共和国平民简史

一个工会主席的家访周记

董晨鹏 /著

江苏人民出版社

以史为鉴，可知兴衰；以民为镜，可明得失。

目录

第一章 巾帼志

一个社会的各种关系在两个家庭所缔结的婚姻中几乎都可以看到，婚姻不仅与两个家庭的利益密切相关，更与女人的社会地位和家庭地位密不可分。当共和国女人的经济地位得到彻底改变之后，我们发现，她们的社会地位也不仅仅只是“半边天”了……

第二章 老兵列传

自从“党指挥枪”“枪杆子里面出政权”成为中国共产党重要的政治思想之后，“好男不当兵，好铁不打钉”的传统思想就在新中国逐渐淡化。共和国建立后，随着对军婚实行特殊保护、对烈军属和退伍军人实施优抚等一系列政策措施的出台，军人一度成为“最可爱的人”。但当整个社会经济水平发展到一个相对高度后，普通退伍士兵的未来多少就有点令人担忧了……

第三章 083

岁时杂咀

镇江民间大大小小的节日，可谓数不胜数，但最重要的节日还是要算春节、端午节和中秋节这三大节日。当年对普通劳动者来说，这三大节还意味着“头牙”和“财神酒”、“端午酒”、“中秋酒”，而一个受雇于人的劳动者，一年也只能喝上主家提供的这三顿酒。时至今日，除了团圆，这三大节日的主题已分别演变成平等沟通、合家安康、尊老爱幼了。

第四章 121

风俗记

一个地方的民风习俗，大抵是由当地的经济基础决定的。镇江的仍然活跃于郊远农村的担子厨房，平民阶层仍然乐此不疲的“尝八新”和“吃八鲜”，说明一种风俗的流传是有着自己的规律性的。但有的习俗也会因某一个著名人物的出现而发生彻底的逆转，镇江至今还流传着的“镇江无太岁”的传说就是一个最好的例证。

第五章 151

世相剪影

每一个普通家庭都有自己的活法。一个普通人的命运里，交织着太多的渴望和痛苦，但又有多少人不愿意自己留下的历史轨迹，是尊严而体面、快乐而温暖的呢？对美好生活的向往，成为平民百姓努力工作的最大推动力，让他们的家庭呈现出了自己独一无二的人生特点。这些平凡却不简单的普通人的历史，是那么的真实，又是那么的鲜活。

第六章 173

闲暇录

随着中国经济的不断发展，普通劳动者用来工作的必要时间也在迅速缩短，假期不断拉长，暂时工作、独立工作、自由工作等非传统工作的就业模式逐渐兴起，生命中的空闲时间、自由度、灵活性则急剧增多，这就为精神文化产品的消费提供了巨大的空间。就普通劳动者而言，随着休闲时间越来越多，其需求也越来越高级化。

第一章
巾帼志

一个社会的各种关系在两个家庭所缔结的婚姻中几乎都可以看到，婚姻不仅与两个家庭的利益密切相关，更与女人的社会地位和家庭地位密不可分。当共和国女人的经济地位得到彻底改变之后，我们发现，她们的社会地位也不仅仅只是“半边天”了……

高家奶奶

镇江人称爷爷为“爹爹”，伯伯为“大大”。“奶奶”这个词在镇江话中除了称呼祖母及祖母辈的女性外，还直接用来称呼泼辣能干、在家中有一定地位的已婚妇女。“奶奶”和“太太”这两个词在镇江话中基本上是可以相互替代使用的。“文革”前出生的镇江人，大都习惯使用“太太”；“文革”之后出生的，则多喜欢称“奶奶”了。

家访对象：体育会展中心保洁董凤家庭

家访时间：2015 年 8 月 30 日周日，天气多云有雾

董凤并不是镇江本地人。1976 年出生的董凤，属龙，是安徽合肥长丰县董郢人，在镇江已经整整 20 年了。董凤长得和她唱黄梅戏的老乡马兰非常像，脸形都很饱满。

长丰位于寿县和合肥之间。寿县是战国时期楚国的最后一个都城所在，因此，长丰一带属于故郢之地。楚国先后有过四个都城。公元前 278 年，秦将白起攻破存续 400 年之久的楚国郢都（今湖北江陵境内），屈原闻讯后投汨罗江，楚国被迫将政治中心迁于陈（今河南淮阳境内），随即再迁于巨阳（今安徽阜阳境内）。公元前 241 年，楚国又把都城迁往寿春（即今寿县境内），并改称新都为“郢”。20 年不到，公元前 223 年，秦将王翦率 60 万大军

伐楚破郢，楚国灭亡。故郢所在地的人们为了永远记住自己的故国，多以“郢”来命名自己居住的地方，寓有“故楚之地，怎能忘郢”的意思。“董郢”就是这样一个带有楚文化基因的地名。

镇江属于“吴头楚尾”。董凤嫁到镇江，仍然算是嫁给楚地故人，并没有太多文化习俗上的陌生感，她所熟悉的家乡的风俗习惯，可能比镇江本地人所传承的楚风还更加正统些。

明清两代的大部分时间里，安徽和江苏都属于同一个省级行政区。这个省级行政区明时叫作南直隶，清代叫作江南省。北京的皇帝下“江南”，即指的是江南省旧地。后来江南省的实力太强大，一省的赋税即占全国的三分之一，每期科考上榜人数更是占了全国近一半，时人称作“天下英才，半数尽出江南”，中央政府便于顺治十八年(1661 年)，将江南省一分为二，分别叫作“江南右”与“江南左”。康熙六年(1667 年)，江南右取江宁府(今南京)、苏州府首字，改称为“江苏省”；“江南左”取安庆府、徽州府(今黄山)首字，称为“安徽省”。

镇江由于地处运河和长江的交汇处，历代又多有战事，因此，是个典型的移民城市。抗日战争爆发前，镇江城的居民结构大抵为苏北籍的占 45%，安徽籍的占 30%，土著 20%(远祖同样来自江北)，其他省籍 5%。时至今日，民间仍然称镇江为“江北人的天堂”、“安徽人的第二故乡”。我的奶奶就是江北淮安人。

原本约好是周五(28 日)去董凤家的。

周三(26 日)下午，董凤打个电话给我，说周五是农历七月半，家里要烧纸祭祖的，是不是改期?

镇江老的风俗，祭祀过世的人，相关准备工作都是由女主人操办的。

家境差的不好讲究，富裕一点的人家，家庭成员去世之后，都要做七，七天一祭，焚烧纸钱。头七供馒头，二七供米糕，三七供饭，四七可以供菜，五七则由已嫁出去的女儿回来祭奠，七七提前与六七同烧纸钱，叫作终七。

每年在死者的生日、逝日，要过冥寿、做忌辰供。满 100 岁就不再过冥寿，忌辰满 30 周年也不再烧纸。在清明、七月半、十月朝、冬至、除夕都要祭奠。

十年“文革”，被称作迷信的祭祀活动在镇江城乡一度销声匿迹。在那个连卫生纸都要凭票供应的年代，几乎没有人家敢抱烧一烧纸钱的奢望。大凡一种风尚的兴起和传承，都有一个必要的前提，就是物质生活的相对丰裕。在一个物质匮乏的社会里，人们很难有太多的精神需求。但是，一旦一个风尚的兴起有了相应的物质基础，风尚就会变成一种浸淫于整个社会的风气，成为人们潜意识中的社会规范和准则，政府是很难简单地凭借几个文件或布告就能加以整顿和控制的。

改革开放之后，随着生活水平的不断提高，祭祀先人的风气也重新兴盛了起来。如今一到特殊的日子，许多人家的门口便能见到银白色的纸灰漫舞如雪的场景。

作为高家的女主人，董凤自然不会忘记这件祭祀先人的大事。

不过，有点出乎我意料的是，当我进了董凤的家门，发现董凤并不是家里最年长的“奶奶”，她的婆婆也跟他们住在一起。这个上有老下有小的家庭竟然是由媳妇当家，婆婆反而“大权旁落”。

董凤夫妻俩是双职工。董凤的丈夫高履伟是名保安，比董凤要小两岁，属马。在董凤的嘴里，高履伟的头衔是“我们家小伟”，而他们的儿子高望却被叫作“大望”。高履伟有点自嘲地说，马善被人骑，我们家当家的是董凤，凡事都由她作主。

董凤家所在的小区叫作富润华庭，是个拆迁安置小区。她家住的是120平方米的户型，三室两厅。董凤夫妻俩住一室，小高的母亲一室，儿子高望一室，属于三代同堂。

常言道：“家家有本难念的经。”婆媳关系是世上最难处的关系之一。婆媳亲，全家和；婆媳不和，全家鸡飞狗跳，一手托两家的那个男人就会成为风箱中的老鼠，两头受气。一般而言，长辈主导下的婆媳关系往往容易相安无事；而由媳妇主导的婆媳关系，能够每天都充满灿烂阳光的，在我的印象中还真的不算多。

董凤在镇江安家落户的模式，是改革开放以后很多外来农村人口在苏南的迁徙模式。

董凤家有兄弟姐妹六个，董凤排行老五，上面是大姐、大哥、二姐、三姐，下面还有一个弟弟老六。如果没有什么其他亲戚的话，董家兄弟姐妹几个，可能会一直待在老家安心地务农。但生活往往就是这样，因为有了一个亲戚，有了这个亲戚的一个热心的建议，一个家族的历史轨迹就此会彻底改变了发展的方向。

董凤有一个姨夫，在安徽当地的国营丝织厂里做管理工作，是董家人心目中最有水平的人。董家凡有大事，都要先问问这个吃商品粮的姨夫的意见。

能否吃上商品粮，是上个世纪50年代初至80年代末中国城乡身份的一个最主要的标志。这个“商品粮”指的是农村征购、城市配售的粮食，不是如今市面上自由流通到处都是的粮食。在对农产品实行统购统销的时代，只有拥有城市户口的人才能吃上每月凭粮票定额供应的“商品粮”。在商品粮的基础上，城里人的生活消费很快“计划化”，吃的油凭票供应，做衣服的棉布凭票供应，然后猪肉、豆腐、糖、酒等所谓的副食品也全都凭票供应了。农民按国家的统一价格交售公粮，不能把自己的余粮拿到市场上去卖，偷偷进行交易的地方，则被称为“黑市”。

在一个仅能解决温饱的年代，吃上了商品粮，就意味着个人温饱有了基本保障，自然会成为农村人羡慕的对象。小时候，董凤母亲跟他们兄弟姐妹讲得最多的事情，就是希望他们将来能够过上她姨夫一家那样的生活。

十一届三中全会之后，粮食统购改为合同定购，农民的余粮可以自己拿到城里光明正大地来卖了。似乎是一夜之间，街上卖议价粮的多了起来，黑市在太阳底下烟消云散。历史上的一幕再次重演：很多苏北、安徽的农民来到镇江的街头巷尾卖起了黄豆、花生，卖着卖着就定居下来，花点钱买个户口，孩子就成了镇江真正的城里人。

上个世纪80年代，苏南模式的镇江乡镇工业风起云涌的时候，不再吃商品粮的董凤的姨夫被重金邀请到镇江润州区乔家门的乡镇企业当技术顾问。时间长了，董凤的姨夫喜欢上了镇江的城市山林，后来就干脆把家安到镇江了。

董凤的大姐是第一个到镇江投奔姨娘姨夫一家的。此时，已是1990年，粮票虽然还没有取消，但在市面上也只能抵作两分钱使用。大姐很快在镇江安顿下来，找了份事做，并由姨娘姨夫做媒，嫁给了镇江润州区大桥村的当地人。日子越过越红火的大姐自然忘不了下面的几个弟弟妹妹，每次回家探亲都要动员他们也来镇江。

1995年，19岁的董凤也到了镇江，住在了大姐家里。此时，粮票已经在镇江市面上彻底销声匿迹，买什么都不需要凭票供应了。由于连续几年都是丰收，农民生产出来的粮食还谈不上什么深加工，除了卖就只好自己吃了，竟然有了谷贱伤农的苗头。董凤见种田种得粮食多了，却反过来要靠政府的保护价来维持收入，离开老家的决心就更大了。

董凤的二姐和三姐因为已经结了婚，犹豫再三，还是选择留在了老家。不过，董凤的二姐最终仍然到了镇江。十多年以后，离异后的董凤的二姐，日子过得相当艰难，董凤便在镇江帮二姐找了个敦厚体贴的男人，让二姐重新有了个完整的家庭。如今，董凤的二姐有人疼爱有人照顾，养得是又白又嫩的，逢人便说妹妹让她二次投胎找了个好人家。自此，董凤在家族中的威信称得上是与日俱增。

董凤大姐夫的四大大老吴是大桥村人。老吴喜欢钓鱼，经常到距西边龙门村两里远的高家鱼塘钓鱼。一来二去，老吴跟高家人混得烂熟。这个时候，在镇江种粮食已赚不了什么大钱，脑袋瓜活的已开始种水蜜桃，种草莓，承包鱼塘，搞稻鸭共作什么的。高家属于“万元户”，住的是楼上楼下，屋里摆的是电视电话，比当时的普通人家要富裕很多。

老吴觉得一门心思养鱼的高家儿子小伟相当不错，就有心跟人家结个亲家。一问年龄，高家小伙子还比董凤小两岁，更是高兴，决心把媒做定了。镇江郊区的风俗，叫作“女大二，没得话；女大三，抱金砖”。这岂不是天造地设的一对？

高家的祖上也不是镇江本地人，而是来自于江北的逃荒者。镇江江边有很多不停淤涨出来的沙洲滩地，逃荒到镇江的外地人只要肯吃苦，生存下来是没有太大困难的。所以，镇江的扬中、世业和江心这些沙洲，历来就是拓荒者的天堂，处于鲇鱼套青沙洲上的龙门一带，自然也是拓荒者的乐土。

逃荒到镇江的高家人最初定居在青沙洲上的芦苇滩旁，以打鱼为生。经过几代人的繁衍，高家在鲇鱼套已经枝繁叶茂，人丁相当兴旺了。人烟稠密之后，高家居住的芦苇滩一带，因为每到晚秋季节，芦花就会随风漫天飞扬，竟然得了一个比较富有诗意的名字——飞花圩。

董凤说，家里亲戚把她介绍给高履伟时，高家已经是鲇鱼套龙门一带的大家人家。跟高履伟初次见面的时候，觉得这个男人比自己还小两岁，看上去又有点呆，三拳打不出个闷屁，就不想谈了。竭力想撮合亲事的大姐不乐意了，说，人家高楼房、大鱼塘，比上不足比下总有余，你还想怎样？再说了，人家童男子还比你小，长得又不比你丑，谁吃谁的亏还说不准，你把你当皇帝的姑娘啊？

董凤一下子竟然被噎得无话可说。谈就谈吧。

董凤说，高履伟还真木。有一次两人一起看电影，小高特地跑到电影院附近的摊子上买了一串香蕉，我当时心里还很开心，觉得他晓得照顾人了。哪知道小高只给了一根给我，剩下的他全都自己一个人吃了。照顾人有点木，其他方面倒不木，谈了不多久，我就怀孕了。刚到镇江怕岁数比较大，难找婆家，第一次办身份证时，把自己的出生日期改成了 1980 年，看上去反而比小高还小了两岁。怀孕的时候，他 20 岁，我身份证上是 18 岁，连结婚的年龄都不够，怎么能生孩子呢？哭了好几天，最后也只好忍痛流了。2000 年的时候，我又怀上了。村干部说，虽然够结婚年龄了，但不符合晚育，他们还要我流。这次我死活不答应了。我说我们董家姑娘生孩子，第一个都是女的，第二个都是男的，这次说什么也要生下来。再说了，我的实际年龄不是已经 24 岁了吗？为什么不让我生？结果，生下来就是个男孩！

董凤不仅给高家生了个儿子，还成为高家干活的一把好手。董凤不无自豪地说，刚嫁过来的时候，高家虽然看上去是高楼房、大鱼塘，还不是每天都要吃萝卜干喝稀饭？80 亩鱼塘，要剐草喂鱼，活儿都是我干。想日子过得好一点，就要想着方法挣钱。我在鱼塘边种了 240 棵油桃。桃子上市的时候，都是我摘下来拿到路边去卖钱。闲下来的时候，我就到处去捡人家不要的碎砖头，还有石棉瓦，硬是在鱼塘边搭起了八间房子。要不是我搭的这些房子救急，第一次拆迁的时候就会遇到大麻烦。就是生了孩子后，高家的日子也谈不上很好，还不是要一分钱一分钱掰着花？

我有点疑惑不解，问董凤，你嫁到高家怎么会每天吃萝卜干喝稀饭呢？

董凤长叹一口气。小伟的爸爸在我和小伟谈对象之前就有病了，得的是贲门癌。公公不能吃，每天只能吃稀饭。谈对象的时候，公公刚动过手术。进高家的第一天，我就对小伟说，我们吃饭公公喝粥，会让他心里难受，就全家陪他一起吃稀饭吧。就这样，吃萝卜干喝稀饭一直吃了整整四年，直到公公走了为止。现在，我们家小伟见了粥就头皮发麻，胃里直冒酸，躲得远远的。

小高的父亲高瑞宝病逝于 2002 年。老高临走的时候，最放心不下的便是自己的老母亲。他把全家人叫到跟前，叮嘱大家：能够跟着高家人连喝四年粥的媳妇天下难找啊，以后的家就由董凤当了，大家都要听她的。老高最后特别关照董凤，无论将来发生什么情况，都要把太太带着，照顾好。

董凤讲话的时候，高履伟只是喝茶吃菜。父亲的病给小高以很深的刺激，他如今是滴酒不沾。

董凤指着桌子上的菜说，炒藕片和糯米藕的藕都是小伟到野塘里采的，糯米藕是自己摭的，花生是自家在边角地种的。俗话说："找一找，用不了；紧一紧，赛过金。"过日子哪能大手大脚呢？

我笑了，说，你这家当得好。刚才上楼前，看到社区宣传栏里有你的照片，说你是社区的好媳妇。

一直不说话的小高抬起头来，望了董凤一眼，然后对我说，她在家照顾我太太，我太太一直活到 97 岁才走。太太走了之后，她才到物业公司上班。

小高太太最后的几年，记忆力已经不太好，甚至连儿子的名字都想不起来，但却始终记着董凤这个媳妇。高家前后搬了五次家，每次搬家的时候，太太都会握着董凤的手说，乖乖，不要丢下我不管啊。董凤就像哄孩子一样安慰奶奶，什么都可以丢，就是不能丢太太！太太就是家，没有了太太，这个大家就没有了！董凤知道，高家这么多人，太太在，就是个大家庭，就是个家；太太哪一天不在了，这个大家庭也就散了，大家也就都自然而然地变成亲戚了。

董凤说，太太是个不简单的人，上半辈子命苦，下半辈子不能再让她苦了。太太当年嫁到高家时，高家还是鲇鱼套龙门一带的穷苦渔民。

小高的爹爹叫作高国富，一辈子都靠划个小划子在长江上打鱼为生。按镇江民间说法，“鱼虾没有三日猛，有女不嫁上船郎”。渔民不仅生活艰辛，而且江上劳作的风险很大，很容易翻船死人，但小高的爹爹偏偏很早就娶上了媳妇。太太生前告诉董凤，小高的爹爹特别讲义气，为朋友肯两肋插刀。

太太跟爹爹接连生下了四个儿子，取名叫作“金银财宝”，就是希望高家能够发财过上好日子。董凤的公公高瑞宝是太太最小的儿子。太太说，爹爹如果不是突然走了的话，他们还会一直生下去，直到爹爹不想生了为止。

抗日战争爆发后，地处茅山抗日根据地和苏中苏北抗日根据地中心的镇江，成了新四军南下北上的主要交通枢纽，爹爹经常被地下党请去做秘密交通线的运输工作。1945 年抗战胜利后，飞花圩江边的芦花漫天飞舞，当爹爹在长江上逆风远送新四军北上的时候，却付出了生命的代价。

新四军北撤的这一年，董凤的公公才 6 岁。太太说，头一天晚上新四军托人找到爹爹，说第二天过江，请爹爹帮个忙。爹爹二话没讲，胸脯一拍，便答应了。

爹爹不知道第二天过江的新四军会很多。第二天天麻麻亮的时候，爹爹把自己的小渔船划到约定的地点，惊呆了：江边上黑压压的全是部队上的。爹爹是个一诺千金的人，答应的事情一定会做。从早上到晚，爹爹一刻也没有休息，在长江上来来回回，一船又一船地把新四军送过江去。

爹爹回到家，已经是深更半夜。以前每天回来，爹爹跟太太总有说不完的话。这一次，精疲力竭的爹爹破天荒地没有跟太太说话。他一口饭不吃，连茶也懒得喝，只是说累瘫了，要睡觉了。

爹爹这一睡就再也没有醒过来。

那天晚上，太太心疼爷爷，破例打了两个麻油蛋瘪子，冷了又热，热了又冷。

爹爹在床上整整躺了三天三夜，怎么叫也叫不醒。

太太给爹爹招魂。她拿一只三横碗，里面盛满清水。她用一双筷子立在碗的边沿，边用碗里的清水浇筷子，边念叨着记忆中的高家先人的名字。一个名字吐出时，筷子终于站立在碗的边沿不再倒下了。太太开始折叠纸钱，折了很多，在门口燃起一堆火，烧给前来纠缠爹爹的这位先人。

一切都为时已晚。

第三天的夜里，爹爹身体凉了，走了，没有留下一句话。

盯着那两个蛋瘪子，奶奶说，秋风如刀，想不到秋风也能够杀人不见血！

那一年飞花圩的芦花开得特别茂盛，整个天空飞得到处都是。奶奶说，老天也舍不得爹爹走啊。后来，只要看到芦花，太太就会想起爹爹。

太太没有再嫁人，靠着娘家人的接济，把四个孩子带大成人。

董凤嫁到高家时，太太的腿脚就不灵便了，看上去一个长一个短，出门离不了拐杖。董凤听高家人说，太太60岁时，髋关节就不行了，走路很困难，发展到最后，只能靠拄两根拐杖，双脚在地上拖着走。董凤后来曾经带太太到医院检查过一次，医生说，是股骨头坏死，由类风湿性关节炎引起的，要想彻底好的话，只能动手术，把双膝和双髋四个关节都换上人工关节。手术还不能一次性完成，要分批做，先解决了双膝的问题，养好后再解决双髋的问题。太太听说要这么折腾自己，说什么也不干了。至死，太太都没有丢掉拐杖。

太太一直跟着老巴子高瑞宝过。高瑞宝生有一女一子。高履伟的上面还有一个姐姐，一直务农。董凤和高履伟结婚后，最初同小高一起在家养鱼。2008年第二次拆迁后，鱼塘被征收了。在家闲了两年后，2010年，镇江城投集团建设的金山水城安置房开始回迁，小高便应聘到小区当了保安，算是吃上了一碗安稳饭。董凤则继续留在家里照顾老人忙家务。

太太一辈子没有找过政府的麻烦，也不让自己的儿子“金银财宝”找政府的麻烦。

董凤说，大大大高瑞金，今年81岁，拿着低保，一辈子在龙门务农，有一个儿子。

二大大高瑞银，有三个儿子。二大大年轻时务农，后来到乔家门的水泥厂当了工人，但没有活到退休年纪。20多年前，有一天晚上下班回家，说是头痛，便去床上休息。这一休息就再也没有醒过来。

三大大高瑞财，有一子一女。三大大是高家唯一的共产党员。镇江解放前，13岁的三大大就离家出走，独自一人去了东北。后来在一个煤矿里当锅炉工，并入了党，退休后才重新回到镇江。解放后，已经成为工人的三大大回家探亲，太太惊喜交加之余，便把他介绍给附近六摆渡廖姓人家做女婿，算是拴住他的心。虽说是招女婿，但廖姓人家思想解放得很，生下来的孩子仍然都姓高。董凤带着太太搬进富润华庭的那一年，也就是2012年的一天，三大大去五摆渡，不知是心肌梗塞还是脑溢血，被人发现躺在路边上，已经没有了气息。

老二、老三、老四这三个儿子，都走在了母亲的前头。

2012年秋天，高家终于欢天喜地地住进了富润华庭。太太在新房子里住了将近一年。2013年，董凤被村里评为了好媳妇，照片贴在了安置小区的宣传栏里。太太打心眼里为董凤高兴。太太似乎心中的一件事有了着落，很是心满意足。就在这一年的冬天，97岁的太太安详地离开了这个她越过越开心的世界。

董凤说，太太走的时候非常干净，似乎存心不给大家添麻烦。那天晚上，太太洗过澡，换上干干净净的衣服，甚至连大小便都解清爽了。一个晚上，睡得很香。第二天早上，当董凤去看她时，老太太脸上挂着微笑，已经走得很远了。

太太走的前一年，有一天把董凤拉到身边，关照说，小伟的舅舅很可怜的，你心好，能够照顾就照顾他吧！自此，董凤开始承担起了一项义务，抚养和照顾婆婆的弟弟。

董凤的婆婆今年64岁，除了血压有些高，身体还好。如果不是因为有个身有残疾的弟弟，董凤婆婆的日子应该是过得顺风顺水的，没什么好纠结的。但偏偏老天就让她有个头痛不已不省心的弟弟。

董凤的婆婆总共有三个妹妹一个弟弟。大妹妹嫁在大桥村，身体不太好，自己照顾自己算是勉勉强强；二妹妹已不在了；小妹妹则远嫁丹阳，逢年过节才回趟娘家。最小的则是弟弟，今年也已50多岁。

这个弟弟是连生四朵金花以后才盼来的宝贝疙瘩，捧着怕摔了，顶着怕歪了，含在嘴里还怕化了，小时候不用说有多宠多惯了。但这个弟弟就是老长不大。几个月的时候，特别喜欢哭闹，大家都说是来讨债的，上辈子欠他的。过"百露"的时候，姐姐们发现这个弟弟不怎么跟大家笑，偶尔一笑，也显得相当怕人。大人们都从好的地方想，说这孩子这么小就不苟言笑，将来一定是干大事的。抓周的时候，大人们开始有点担心了，因为这孩子竟然自己还坐不住，手一松就会软软地向边上倒下来。好不容易拖到两岁，问题更大了，既不会走，也不会讲话，整天咿咿呀呀的，像个哑巴。更让大人们紧张不安的是，宝贝疙瘩伸舌头、流口水、磨牙齿的现象不仅没有好转，还会动不动表情动作非常夸张地发出刺耳的尖叫声。这个时候，姐姐们终于明白，这个弟弟的大脑发育出了问题。

儿子总是自己的好，脑袋瓜不行就不行吧。这个有点智障的男孩，一直待在父母的身边，在父母无微不至的关怀下，长成了青年，步入了中年。越来越衰老的父母，终于先后撒手人寰，留下的只是两间老屋。好在舅舅还能知道饥饿和寒冷，还能够勉强自己照料自己，胡乱混个温饱。都已嫁人的姐姐们哪里敢把这个弟弟接回家住？只是有空会做些吃的，买些穿的，回到老屋看看弟弟。

失去了父母的舅舅，孤身一人，又老又残，既无劳动能力，也无生活来源，姐姐们照顾他纯粹是出于情分，与本分无关。村干部们弄得懂这个道理，便由村民小组出面向上级打了个申请，在本村作了个公示，把有关材料报给了镇政府。镇里收到报告材料后，也很重视，当即就签署了审核意见呈送区政府民政部门。区政府的民政部门派人到村里调查了一下，便给舅舅发了本《农村五保供养证书》。这样，舅舅吃的、用的基本上就由政府负担了，每个月还有点零用钱花，一人吃饱，全家不愁，倒也过得逍遥自在。

神仙的日子过到2012年便告一段落了。这一年，舅舅中了风，送到医院已经没有知觉，医生说抢救过来的希望微乎其微。舅舅只享受基本的农村合作医疗保险，救不过来的话，钱就等于扔到水里了，亲戚们开始打退堂鼓。董凤二话没说，回去把家里装修房子的钱拿了出来。奇迹发生了，舅舅醒了过来，而且只住了十多天的医院就出院了。

中过风的舅舅大脑反应更加迟钝。出院后的舅舅在床上又躺了两个多月，大小便都是董凤服侍的。在董凤的服侍下，舅舅终于又能够自己出门溜达了，并没有留下什么后遗症。如今舅舅身体还好，就是有高血压和哮喘，每天要靠吃药来控制。但舅舅还是给大家出了一个难题，就是他自己已不会做饭，更不知道按时换洗衣服了。

按道理，对生活不能自理的五保户，政府和村里应该派专人来照顾供养的。不过，本村哪里有闲人？如果到外面专门找一个人来服侍舅舅，那成本又得多高？村干部们伤脑筋了。大家想来想去，还是想到了董凤身上。

村里找到董凤，大桥村的翟书记亲自做董凤的工作，请董凤领养，村里答应将来把舅舅的两间小房子的宅基地算在董凤的名下，如果董凤有钱的话，可以翻建，房子的收益就作为她抚养舅舅的回报。

董凤先是不肯，后来在太太的劝说下，董凤心想，放在太太年轻的那个时候，一个人还不是照样要带着四个孩子过活？自己辛苦点就辛苦点吧！

董凤后来自己积攒点了钱，把舅舅的两间破房子翻建成了二层楼房，楼下还是由舅舅住，楼上则准备用来出租。由于房子靠近大路，交通方便，想租的人确实不少，房客却总是住不长。原来，舅舅只认董凤了，家里来了生人，他就会脾气变得非常暴躁，大骂不止，几天就能把人给骂走。

董凤没办法，最后只能把楼上的房子租给自己的亲哥哥当仓库用。自从董凤的大姐到镇江后，董凤的哥哥也到了南京，做起了通讯器材配件生意。后来生意越做越大，在镇江也有了些业务，需要找个放货的地方。这样，一年给董凤算个五六千块钱的房租，也算公道。

舅舅现在只拿一个残疾险，一个月有580块钱的补贴。这些钱主要用来给舅舅买药。至于舅舅的生活费，大部分还得由董凤来承担。

董凤说，太太在世的时候叮嘱她，舅舅脑袋瓜子不好使，是他的命；能不能过上安稳的日子，是他的运；在我们家里，不能让命苦的人受罪啊！太太走了以后，无论是刮风还是下雪，一天三顿，董凤总是给舅舅忙得好好的，从来没有让他饿过一顿。

董凤笑眯眯地望了一眼自己的丈夫和儿子，补充道，有时遇到事不能亲自去照应舅舅，我就会安排小伟、大望把饭菜做好了送去。

听到母亲夸奖自己，初三男孩高望开心地笑了。阳光般的笑意在屋子里辐射开来，竟让人感觉到有几分灿烂的味道。

哈尼依莫利

中国56个民族中，现在生活在镇江的有48个。自建国以来，由于少数民族与汉族通婚所生育的子女绝大多数选择少数民族，再加上改革开放之后大量外来人口的进入，带动了镇江少数民族人口数量的相对增加。镇江的常住人口中，少数民族人口已经超过了18500人，并形成了句容边城倂池、丹徒世业卫星、润州七里大桥三个民族聚居村。哈尼族的依莫利梅淑淑就居住在七里大桥村附近。

家访对象：体育会展中心保洁梅淑淑家庭

家访时间：2016年4月13日周三，天气晴

“丫利妖”是小女孩，“雅米”是姑娘，“依莫利”是结了婚的女人，“丫莫莫”是老妇人。

我鹦鹉学舌般重复了一遍梅淑淑所教的哈尼语单词。她笑着直夸我，你学得真快！

梅淑淑租住在乔家门的前巷。他们家租住的地方，是镇江一个典型的城中村。这里离民族聚居村大桥村不到七里地，是少数民族外来务工人员特别喜欢租住的区域。

乔家门位于镇江西南部五州山山脉和十里长山山脉交汇处。巨龙般的

五州山和十里长山的东北端之间，有两座连在一起的山体，叫作东山和嶂山，仿佛一只碧绿的绣球。这个地方因此形成了“二龙戏珠”之势。乔家门就如同一只美丽而纤细的手，静静地托着这只绣球，已经托了一千多年。

关于乔家门的来历，镇江一直流传的说法是：东吴美女大乔、小乔的父亲乔国老的家就在此地。跨江击刘表的孙坚，自其父辈起就定居镇江的丹阳，孙坚阵亡后，亦归葬于丹阳的高陵。当年周瑜跟随“小霸王”孙策从镇江出发打下皖城（今安徽潜山）后，孙策娶了大乔，周瑜娶了小乔。随后，孙策就把皖城的几万人全部迁到了镇江一带。乔公一家便定居在了镇江。后来孙权短暂地把镇江定为东吴的政治中心，这才有了乔国老陪同吴国太，在北固山甘露寺上演了一出“刘备招亲”的千古传奇。

乔家门的历史，可以说就是一部移民的历史。

沧海桑田。乔家门如今已经没有了乔家的后人，但它仍然是许多外来者首选的居住之地。处于急剧嬗变之中的亦城亦乡的乔家门，仿佛一块跳板，承载着外来务工人员对更有尊严生活的向往。

梅淑淑家位于乔家门的最东端，以前也是村子的最深处。2011 年，由于京沪高铁紧贴着乔家门北面的田野飞驰而过，高架的桥墩下面，很快就形成了一条宽阔的黄土路，成了去梅淑淑家的捷径。坐在她家里，可以听到 50 米外隆隆驶过的“和谐号”。她住的是农民临时搭建的平房，总共有两间，下雨时房间还会渗漏，一个月租金是 300 元。

2014 年春节前我曾经到过梅淑淑家一次，那时她刚回家探过一次亲，从老家带回来的几串黑乎乎的牛干巴正悬挂在木梁上，散发出一股浓郁的花椒香。她跟我们出门的时候，她的女儿彭春丫利妖正好从学校回来。她说，女儿是在镇江长大的，在离家不远处的蒋乔小学上学，学习成绩很好，第二天老师要到家里来看女儿。

2015 年春节前我也来过她家。那天下午，很好的太阳，温暖地照耀着站在山坡上的母女俩，她俩身上一黄一红的羽绒服绚烂得有点刺眼，远远的就能看见。

今年的春节前，雨后的土路显得相当泥泞，站在山坡上迎接我们的仍然是一身红得耀眼的母女俩。此时的彭春，已经成为镇江润州实验中学的一名初中生，算是哈尼的雅米了。我跟淑淑约定，春天里，一定坐下来跟他们全家好好唠叨一次。

春光里的乔家门，有着一种明媚的美。路两旁种着成片的油菜和桃树。油菜已经长出了一簇又一簇的又细又长的圆筒型的长角果。残存的桃红和菜黄，在傍晚显得有一种楚楚动人的感觉，让人禁不住心生怜惜之意。白色的蝴蝶旁若无人地在眼前翩翩起舞。蜿蜒的小路，从大路一直爬上山坡，匍匐进农家的青砖黛瓦。

此次，我不仅见到了梅淑淑的老公彭学师，还见到了彭学师的弟弟彭学祥。学祥是专门从租住的蒋家门赶过来的。蒋家门紧邻乔家门，在乔家门的南面。镇江蒋乔的地名，便源于蒋家门和乔家门的合称。

梅淑淑是普洱市墨江哈尼族自治县孟弄乡半坡村人，在家是老大，下面还有一个弟弟。她的弟弟今年春节后刚刚结婚。为了弟弟的婚礼，淑淑歇了公休假，专门赶回老家，按当地的习俗，帮弟弟背回了嫁妆。

淑淑告诉我，当年她和彭学师在一起，家里人内心里其实是反对的，没有替他俩举行过当地传统的嫁娶仪式。每次想到这事，她都觉得有点遗憾。后来，小叔子彭学祥结婚的时候，作为嫂子，她特地回家为学祥办了一场非常体面的传统民族婚礼。2 月 25 日，她的亲弟弟结婚，作为姐姐，按老家哈尼人的风俗，一定得回去帮弟弟接回新娘子。她说，女儿要上学，已经上初二了，丈夫要留在镇江家里照应女儿，她只能一个人回去。

淑淑说，她是她坐火车回家，坐飞机回来的。她发现，坐飞机竟然和坐火车的钱差不多。但最令淑淑烦恼的是，那天接新娘的时候，出门的时候天还是好好的，到了新娘家，天竟然下起了雨。当地的说法是，男孩子出生的时候下雨，结婚的时候就会下雨。如果出生的时候没有下雨，结婚的时候下雨了，说明新郎小时候骑猪骑多了。

淑淑回到镇江后还在想这件事，觉得很奇怪，说自己弟弟小时候虽然贪玩，但家里没有养过猪，哪里有猪给他骑呀？我哈哈笑了起来，问她自己是不是属猪的？淑淑这才恍然大悟，说弟弟小时候确实都是她经常背着跑东跑西的。

淑淑说，当弟弟不再需要她背着照应的时候的，她就要想着如何帮着家里挣钱了。

半坡是个海拔超过 1400 米的山村。这个村有 200 多户人家，田里产量最高的作物就是玉米。淑淑离开家乡前来镇江打工的那一年，全村人均年纯收入只有 709 元。那时，进出村子最好的路是一条通向乡政府的弹石路，车子开在上面，不仅耳朵吃不消，屁股也吃不消。

2000 年的夏天，17 岁的淑淑从孟弄中学初中毕业了。她要开始自己养活自己了。淑淑知道，要想多挣钱，光守着山里的那一点耕地肯定不行，得出去打工才能过上更好的日子。半坡人一般喜欢去离孟弄不远的新平县的漠沙镇打工。漠沙是个比较富裕的地方，盛产甘蔗、荔枝和苦瓜，能赚很多钱。漠沙名气也很响，出过一个很有名的人物，就是人民音乐家聂耳的母亲彭寂宽。聂耳的母亲是花腰傣，聂耳因此有着傣族的血统。

经人介绍，淑淑翻山越岭，来到漠沙小平田村，给一户姓方的人家弄甘蔗。

小平田村位于云南红河上游的西边，和半坡一样，都属于哀牢山的东麓。这个村不是漠沙最富的地方，但因为很适合种植甘蔗，村民人均纯收入一年要比山那边的半坡村多上两百块钱。正因为如此，这个比上不足比下有余的村子，仍然成为附近许多人羡慕的好地方。

方家有一个儿子。这个男孩非常喜欢淑淑，但梅淑淑偏偏对他没感觉，觉得方家的男孩岁数太小，看上去还不太成熟，来不了电。淑淑的出现，不仅让方家的男孩意乱情迷，也让方家邻居的男孩们欣喜若狂。其中就有一个叫作彭学师的男青年。

彭学师出生于 1975 年，此时已经过了 25 岁，比淑淑大八岁多，自然有一种大哥哥的风度。彭学师是个说得少做得多的男青年。他家也种了不少亩甘蔗。当地有一个相互帮工的传统：你家有事了，我家人到你家帮忙，只管吃饭，不付工钱；下次我家有事了，你家人也来帮忙，同样是只管吃饭，不付工钱。这种传统的相互借兑工时的做法，最终竟成了淑淑和学师的真正红娘。

学师自然不会简单地去跟一个雅米黏糊献殷勤。既然方家需要帮工，作为邻居，也有义务去帮忙。学师在方家帮工时，干活干得比平时还要认真，没有任何撩细妹的言谈举止。学师的所作所为，不仅让方家人放心满意，而且，给梅淑淑留下了深刻的印象，觉得学师大哥是一个勤劳朴实可靠的男人。

一个再勤劳朴实可靠的男人，也是有情感需求的。学师当然也不例外。

学师像一部疯狂的工作机器，一声不吭地让方家欠了很多工。就在方家的农活快要了尾的时候，学师对方家人说，我们家的山甘蔗也要人来弄了，那个丫利妖能来帮工吗？

淑淑开始帮学师家弄甘蔗。学师还是没有什么话，但会不时地关照淑淑不要累着自己，甚至干脆捎带着把本该淑淑干的活干完了。吃饭时也从不克扣淑淑，总是把家里最好吃的东西拿来烧煮。

如果一个人肯为另一个人吃苦，并把最好的东西做给另一个人吃，这应该就是一种真爱吧。

有一种爱叫作一见钟情，还有一种爱叫作日久生情。学师对淑淑属于一见钟情，而淑淑对学师则是日久生情。无论是一见钟情还是日久生情，终于到了两情相悦之时，剩下来的无疑便是情投意合、缠绵悱恻、如胶似漆了。

2001年“六一”儿童节过后不久，淑淑突然发现自己怀孕了。学师一时没有思想准备，也有点发懵：淑淑还不够结婚年龄啊！

中国女孩子的法定结婚年龄是20岁，不到20岁就怀孕，当然是不符合法律规定的，自然要罚款。按当时乡里的规定，提前一个月得罚100块钱。淑淑早生了19个月，要罚1900块钱。家里哪来的这么多钱呢？好在淑淑的叔叔就是乡里的计生干部，给她网开一面，先缴200块钱，剩余的可以迟一点缴。

闯了祸的学师没有推卸责任，后来的1700块罚款都是学师和淑淑用种甘蔗的钱缴的。

学师说，我们那儿一个人只有一亩多耕地，用这种地来种的甘蔗，叫作田甘蔗，政府有补贴。自己开垦的山地也可以用来种甘蔗，种出的甘蔗叫作山甘蔗，政府没有补贴的。当年山甘蔗一吨可以卖120块钱，一亩地可以出四吨山甘蔗。把生孩子的罚款缴完，要卖掉整整四亩地的山甘蔗。

那现在一吨山甘蔗可以卖多少钱？我问学师。

现在一吨白皮的山甘蔗可以卖到350块钱。

那田甘蔗呢？

田甘蔗是抢手货。现在，大家都种水果甘蔗。一亩地可出八吨水果甘蔗，每吨收购价超过两千块。只不过，我们全村只有耕地两百多亩，能种水果甘蔗的地没有几亩，大都只能种山甘蔗。

淑淑插话说，再值钱的甘蔗也能算出个数字来，自己的孩子是没办法用钱来衡量的。

早春二月，女儿出生了，取名叫彭春。

3岁的时候，2005年大年三十，彭春在家门口摔了一跤，把右手手臂摔断了。过年了，山区里到哪里去找医生？只能按当地的传统风俗，找点草药做成膏，给女儿敷上。幸亏女儿骨头软，很快就长好了，没有落下什么后遗症。但这次意外的事情，还是对淑淑刺激很大，她觉得做父母的有义务给女儿创造一个更好的生活环境。

淑淑一闲下来就对学师说，老二，你就打算一辈子窝在山沟沟里？家里有大哥、二姐，不愁老的没人照应！

女儿5岁的时候，犹豫不决的学师终于下定决心对淑淑说，女儿生下来的时候，就花了我们许多钱，她将来要过上更好的日子，肯定还要花上许多钱，我们确实应该带着她一起出去闯一闯了。

当一家三口准备外出闯荡世界的时候，突然发现，不仅需要有证件证明自己的身份，还需要有证件证明自己一家三口的关系。

2007年的3月13日，淑淑把自己的户口从半坡迁到了小平田。3月20

日，淑淑和学师领到了户主为彭学师的户口簿。4 月 5 日，给女儿彭春办理好了出生落户手续。“五一”劳动节之前，淑淑和学师拿到了平生的第一张中华人民共和国居民身份证。

外出闯荡世界的淑淑和学师一家，并没有去省城和附近的大城市，而是坐了好几天的火车，直接来到了江南古城镇江。

在来镇江之前，淑淑一家特地到墨江县城玩了一趟。这也是全家第一次到墨江县城。到县城的时候，正好遇到哈尼族的太阳节和第三届国际双胞胎节，狂欢的节日气氛感染了淑淑夫妻俩，让他们对未来充满了乐观的情绪。

淑淑说，太阳广场上，挤满了人，她从来没有见过这么多人挤在一起。那么多的双胞胎站在一起，有上千对吧，看得人眼花缭乱的，看到最后，都怀疑起自己是不是也有一个双胞胎姐妹了。大家互相在脸上抹着柴火的黑灰，满街的人都是大花脸。

我笑了，问淑淑，哈尼人为什么喜欢相互在脸上“抹黑”呢？

淑淑很认真地说，火塘在我们哈尼人的心里地位非常高。村里通电之前，我们家中的火塘一年四季都不会熄掉的。哈尼人用火塘来照明、取暖、烧水、煮饭，还通过火坑与祖先和神灵说话，很多知识和哈尼人的规矩我们都是在火塘边学到的。火塘与祖先、寨神林“昂玛阿波”一样，在哈尼人心目中都是很神圣的。在家里，不能跨火塘，不能用脚踩锅桩，不能用脚扒火柴头，更不能把鼻涕擤进火塘、把唾沫吐进火塘。我们哈尼人认为，家族的兴旺、族人的平安、生活的殷实，都跟火种有着一种神秘的联系——只要火塘不熄灭，生活就有希望。

我也认起真来，火塘跟“抹黑”有什么关系呢？

淑淑说，火塘里烧出来的黑灰，我们哈尼人认为是火的结晶，是神灵留给哈尼人的礼物，是吉祥幸福美满的象征。希望小孩子长命百岁，就抹一点黑灰在小孩子的脸上；希望女孩子长得越来越漂亮，就抹一点黑灰在女孩的脸上；希望老人健康长寿，就抹一点黑灰在老人的脸上；希望跟朋友的友谊天长地久，也抹一点黑灰在朋友的脸上……

我追问，是不是抹得越多，就意味着收获的祝福越多？

淑淑笑了，当然啦，一个人脸上被抹得越多越黑，大家给他的开心和快乐自然就越多了！

连县城都没有去过的一户人家，第一次出远门，为什么会选择千里之外的镇江呢？

早在淑淑从半坡到小平田帮工之前，学师的大姐就经人介绍，嫁给了江苏连云港的一个农民。学师的大姐夫种苹果种得非常好，日子过得还算不错。日子好了，想法自然就多了。学师的大姐夫已经有了两个女儿，觉得再有一个儿子就更好。学师的大姐生第三胎的时候，终于生了个儿子。但学师大姐和姐夫的行为，无疑是违反当时计划生育政策的。三十六计，走为上策。学师的大姐和姐夫一家干脆远走高飞，跑过长江，跑到镇江，到城郊结合部的嶂山村承包了一大片山地，种起桃子来了。

镇江嶂山的水蜜桃本来就非常有名，安徽小岗村的桃子就是嶂山村帮着种植的。学师姐夫一家不敢往外跑，怕被老家的乡干部找到，躲在山里一门心思在桃园里下功夫，桃子自然就结得比别人的更甜，卖起来就更不愁销路了。

学师大姐觉得在镇江生活得跟水蜜桃一样，又甜又滋润，就希望学师也来找点事做。学师当时觉得女儿还小，不愿出远门，但弟弟老三学祥却屁股一拍就走了。

学祥到镇江后，大姐夫托人介绍他进了嶂山北麓的一家橡塑制品公司。找到工作后，学祥很快便适应了镇江的生活。由于来得早，学祥讲话已经带着些许江苏口音。学祥住的蒋家门是苏北人的集聚地，他跟我说话时竟然有很浓重的淮安腔调。

2007年的夏天，淑淑和学师带着彭春来到镇江，很快就适应了这里的环境。他姐夫种桃子的嶂山村，一眼望去，都是郁郁葱葱连绵不绝的丘陵，山虽不高，却和老家的山地也有几分神似，无形中多了几分亲切感。

此时，学祥已经在厂里立住了足，交了不少镇江当地的朋友。淑淑一家人住在乔家门，北边的蒋家门住着学祥，南边的嶂山村住着姐夫，这三个地方都属于同一个蒋乔街道办事处，靠得非常近，三家串起门来非常方便。

淑淑不好意思地说，就是冬天有点冷得吃不消，别的都不比老家差。

因学祥在厂里勤劳朴实的良好口碑，学师很快就在弟弟的厂里得到了一个工作的岗位。淑淑则把主要精力放在照顾女儿和操持家务上。空余时间，淑淑还在门前的山坡上种点蔬菜。除了加班，晚上一家人总能够聚在一起吃饭，日子过得虽然简单平淡，却也非常幸福和安逸。

彭春很快就长大了。女儿 7 岁上小学那年，淑淑决定带着她一起去学师姐夫的老家连云港玩，看一看大海是什么模样。淑淑和女儿心目中的大海是湛蓝色的，但当他们到了海边，迎着咸腥的海风，透过雪白的浪花，这才发现这里的大海原来叫作黄海，海水如家门口山坡上泥土一样的颜色，一种黄黄的浑浊，一点也不清澈。彭春比更多的同龄人更早知道了，原来不仅有湛蓝的大海，还有浑黄的大海。淑淑也更加自信起来，原来很多事情与想象中的是完全不同的，只有自己亲身经历了，才会知道到底是怎么一回事。

就是在海边，淑淑对自己的未来有了更宽广的向往。她觉得自己除了忙农活、带孩子外，应该还能做许多其他的事情。女儿上学了，自己难道就不能也当名工人吗？

淑淑把眼光放在了蒋乔的民营经济开发区。这里集聚着众多的大大小小的私营企业，离家很近，步行也就十多分钟。淑淑在开发区的一家私营企业找到了工作。这是个专门生产各种灯管的照明公司。她在这家公司的车间里负责检验灯管，把不合格有瑕疵的灯管挑选出来。工作的劳动强度不是很大，但很单调，需要十分认真细心才行。一天下来，除了眼睛疲劳，心理也很疲劳。不过，这样的苦对淑淑来说，委实算不了什么，她能够承受。

人生第一次拿到工资的时候，淑淑激动得有点打颤。她想让自己不抖，但怎么也控制不住。她按捺不住激动，忍不住要把这样的喜讯告诉母亲。当她在电话里说自己跟城里人一样拿到工资了，淑淑的母亲惊喜交加，第一句话就是：我苦命的孩子！淑淑的眼泪立即奔涌而出。

淑淑非常敬业，也经常做一些份外的事情。2008 年的冬天，时近年底，下起了大雪。当时是厂里发货的高峰，人手相当紧。因为大雪影响了交通，很多员工不能按时上班。厂里打电话给住在单位附近的淑淑，放假休息在家的淑淑二话不讲，立即冒雪步行赶到厂里帮着发货。

善良朴实乐观的淑淑赢得了不少同事赞赏的目光，其中也有爱慕的眼神。其中有一个人对她特别关心，做法与彭学师惊人的相似。淑淑承认，"一个同事他在默默地关注我、支持我，真的让我心动不已，让我此生难忘。"不过，淑淑已有家庭，已有丈夫和女儿，她不可能再接受其他什么人的感情了。

民营企业是具有高度灵活经营机制的企业。几年工作下来，淑淑基本了解了，一个私营企业，是完全自主经营、自负盈亏、自我约束和自我发展的，它可以面对市场的竞争，不断适应新的市场环境，寻求最好的发展机会。一个私营企业可以这样做，一个人为什么不可以这样做呢？淑淑开始比较自己工作的企业与其他企业之间有什么不同之处。

淑淑发现，同样是打工，但有所谓的合同工、劳务派遣工和农民工之分。在实际工作中，大家说的却又是正式工和临时工。淑淑最后终于弄明白了，正式工就是那些跟单位签了无固定期限劳动合同的人，享有社会保险和住房公积金；除此之外，都属于临时工。淑淑自己更是属于临时工中的农民工，只有工资，没有社会保险和住房公积金。知道了这些情况后，淑淑反而有一种失落感了，觉得自己好像还游离于镇江这个城市之外。

2013 年的夏天，镇江体育会展中心投入使用之后，开始向社会公开招聘物业服务工作人员。已经在私营企业工作了五年的淑淑，觉得没有必要在一棵树上吊死，她应该选择更好的工作，得到更好的工作待遇。

淑淑被录用了。金秋十月，经过三个月的试用期，淑淑成了一名正式工。在三个月的试用期里，淑淑的心态非常好，她整天笑呵呵的，把工作当成了锻炼身体。

淑淑是这样跟我叙述她试用期的心理状态的：

我很高兴到体育会展中心上班呀，在这里有很多体会，也学会了很多。

老话常说，健康在于运动啊，所以我每天都认认真真地拖地、擦玻璃，擦得干干净净、亮亮堂堂的，我心里才高高兴兴的。特别让我开心的是，这里的同事之间关系很好，大家都很关照我。上班一个月不到，8 月 17 日那天，我被调到高铁南站，一去一个礼拜，天天扫广场。几个跟我一起扫地的同事，对我非常热情，休息时为我端茶倒水的，挺客气，我都不好意思说什么，一切都在不言中吧。从高铁重新回到体育会展中心不多久吧，碰到市中学生运动会。来了很多学生，他们讲礼貌，讲卫生，非常配合我们的工作。他们又是跑步又是跳高的。看着这些阳光般的青少年，我就想起了自己小时候。我觉得能够把自己岗位上的事情做好，给大家创造一个更干净的环境，让大家的心情更舒畅一点，不也是自己的一点快乐吗？

2013 年的 11 月份，梅淑淑正式拥有了一个镇江市的住房公积金个人账户。只要她愿意，她随时可以动用个人账户上的钱在镇江市区租房或买房。

淑淑一家在生活上多少还保留着一些老家的习惯。

淑淑说，有一天，寻找野菜的她突然在一个山坡上发现几棵结满果子的杨梅树。这是几棵早已被人遗忘的杨梅树。淑淑把自己的发现告诉同事们，但几个女保洁员没有一个敢爬树的。最后，还是淑淑非常敏捷地上了树，采下杨梅，让大家尝了个够。意犹未尽的淑淑和女保洁员们一起，还把吃剩下的杨梅拿回去泡了高粱酒。

镇江的野外还盛产薄荷，但镇江本地人很少去吃，认识的也不多。淑淑说，她在老家，是把薄荷当菜来吃的。淑淑经常去野地里把薄荷嫩的茎叶采来，放点辣椒什么的，做成凉拌薄荷给大家品尝，说这是可以治头痛降血压的好东西。淑淑还把薄荷和鸡蛋做成薄荷蛋汤，告诉大家可以清热去火，不比镇江本地的菊花脑蛋汤的功效差。在她的热心推荐下，周边竟也有不少人喜欢上了薄荷菜。

今天，淑淑做了一道甜笋丝给我们品尝。甜笋丝是用墨江的特产嫩甜竹做成的，清香而甜美，是我从来没有吃过的美味。淑淑说，我们那里不仅有甜竹，还有一种苦竹，制成的苦竹笋干也特别受欢迎，与江南烧肉的梅干菜有得一比。

见我对甜笋丝赞不绝口，学师插话说，我们新平这个地方，好吃的东西其实很多的。就拿我们漠沙来说，漠沙哀牢山的红河里产的田螺被称作红河第一螺，吃过的人都想再吃。还有耀南的火腿，都是用的哀牢山山猪的后腿腌制的，肥肉进了嘴里就化了，被称作"男人的加油站，女儿的美容院"。再过个把月，新平的荔枝妃子笑就会上市了！

一个人，无论他在哪里，总能够在记忆中找到家乡留在他内心深处最美好的东西。一个人离开家乡，很少是因为他不爱家乡，而是为了寻找更明亮的太阳和月亮。

不过，对于来自云南的哈尼族，镇江很多即便是受过高等教育的人，也不一定知道。

有一次，淑淑的女儿生病，去镇江的一家三甲医院看病。医生开药方时询问是什么民族，梅淑淑说是哈尼族。医生愣了一下，有点恼怒地回她一句，哈什么你？我要你哈什么？这里是开玩笑的地方吗？梅淑淑只好跟医生解释，女儿确实是哈尼族，是云南的一个少数民族。医生便掏出手机，百度了一下，然后便抬起头来，尴尬地朝她笑了一笑，默不作声地开他的方子了。

梅淑淑一家已经在镇江生活了九年。对梅淑淑这样的家庭，中国有一个专有名词，叫作"外来务工人员"。和那些春节期间因回家过年而突然消失的离乡进城务工人员不一样的是，梅淑淑一家已经习惯于在镇江过春节，她的女儿也在镇江就学读书。虽然户口仍然在老家，但淑淑本人已享受着镇江当地的社会保险，不仅有着医保、养老保险，还有着住房公积金。从这个意义上讲，她的根已经在镇江扎了下来。事实上，他们全家已经不知道女儿是否能够适应老家的生活了，操着一口标准镇江话的女儿现在甚至连老家带来的辣味腊肠也吃不惯了。

2014 年 3 月，春暖花开的时节，梅淑淑作为镇江市住建系统的外来务工人员，被推选为镇江市总工会第十四届代表大会的代表。会议期间，当她穿着民族服装出现在会场的时候，总会惊倒一片人——大家都想不到镇江的全市职工代表大会上，还会出现哈尼族的代表。

淑淑成为全市的职工代表，全家人也很是高兴，特别是女儿彭春，更是对妈妈另眼相看，觉得妈妈太了不起了。而淑淑夫妻俩的希望显然也放在了自己的女儿身上。

淑淑和学师夫妻俩不愿再让女儿回到家乡山区的环境中生活了，他们觉得女儿应该有更好的生活。但非常耐人寻味的是，他们全家的户口仍然保留在老家漠沙镇胜利村小平田 13 号。淑淑说，他们所能留给女儿的最大财富就是老家的集体耕地和宅基地了。

我对淑淑说，政府不是有一个政策，允许在城里落户的人保留土地承包经营权、宅基地使用权和集体收益分配权这"三权"的吗？也就是说，即便你们在城市落户了，还是应该享有这三项权利的。

淑淑说，可能是在有些地方试点吧，反正我们那里不能把户口迁走，一迁走，什么都没有了。有上大学的把户口迁走的，大学毕业后再迁回去，结果，这三项权利都没有了。国家的想法是好的，要是出台个大家都照着办的规定就好了。

我问，你们反正已经不可能再回去了，承包田总不能空着吧。

淑淑说，这个不用担心，承包权还是我们的，我们把田让别人去种了，别人交点钱给我们就行。

我继续问，家里的老房子就空在那里？

淑淑说，我们那里是山区，旅游还没有开发，租不出去，又不好卖，交给村里又没有补偿，也只能空着了。

我便开了个玩笑，将来等你们退休了，把老家的房子整理整理，有那么好的空气，可以当成养老的别墅了。

淑淑便笑了，说，就看将来彭春了。

注：2017 年 1 月 8 日上午，梅淑淑打电话告诉我，她和学师已在镇江的丹徒新城尚上城贷款买了一套两室一厅的新房子。

保洁员史云珍

建国之初，普通人家安排子女的婚姻仍然主要考虑的是养老，大多由媒人往来通言，相互考察，讲究个门当户对；婚礼规矩很多，女方索要聘礼，男方索要嫁妆，婚嫁论财现象比较严重。“文革”前后，婚姻形式变得相对简单，子女自己做主成为主流。不过，时至今日，寡妇再嫁、男人入赘，仍然是一个相当复杂的社会现象。

家访对象：跑马山公园保洁史云珍家庭

家访时间：2015 年 7 月 24 日周五，天气晴

史云珍长得非常富态，皮肤光滑而白皙，脸上始终挂满了微笑，让人很难将她跟她的工作岗位联系起来。

1968 年 7 月出生的史云珍老家是句容白兔行香。行香人天生忠烈，敬重读书人，而出自行香的读书人又很喜欢投笔从戎，以身报国。

出自行香后颜村（今龙山村）的唐代著名书法家颜真卿拒不投降叛将李希烈，被叛军缢杀后，由朝廷追封为鲁郡公，其灵柩先被送往长安，然后由其子护送归葬行香的虎耳山（即今龙山），并建颜鲁公祠，供后人祭祀缅怀。

抗战时期，行香柘溪的一介书生巫恒通，毅然从泰兴县教育局长的位置上回乡组织抗日武装。行香的子弟后来成为新四军新三团的基本力量，句

容每五个抗日烈士中，就有一个行香人。身为团长的巫恒通因叛徒出卖被捕后，从容绝食八天，惨烈殉国。

也许是受上述乡贤的熏陶，出门在外的行香人总是给人留下这样的两个印象：一是讲究原则，二是喜欢文化。

史云珍的家是一幢两层楼房。家门口拴着一只全白的萨摩犬。见有生人来，萨摩犬兴奋地叫了起来。一楼除了厨房、卫生间外，就是两个厅。外面的是餐厅，一张圆桌已经放好，上面摆放着好几样菜。里面则是客厅。客厅里铺着简易塑料地板，打扫得一尘不染。石灰粉墙已经泛黄脱落，家具也都是上个世纪 80 年代用木工板和三合板制作的，很是老旧，但斑驳的墙壁上却挂着条幅山水画两张、横幅书法一张。两张条幅山水画之间是一张中华人民共和国的地图，组合成了一个标准的中堂。

特别醒目的是书法。这是镇江本地书法家于文清的作品。上面写道："室雅何须大，花香不在多。华小林、史云珍大雅俪赏。庚午秋于文清。"庚午年是 1990 年，距今已经 25 年了。

见我有点惊奇，史云珍说，他们家小林跟于文清的爸爸是镇江农药厂的同事，两家走得很近，小林很早就认识于文清了。这是老于一家送给他们结婚的礼物。

华小林出生于 1962 年 4 月，比史云珍大六岁，初中学历。小林从 1979 年开始，一直在镇江农药厂当工人，做到 2008 年下岗回家。去年才到镇江体育会展中心消防控制室上班。

史云珍说，小林他当年是顶父亲的职进的农药厂，进厂时才 18 岁。他们家现在住的房子是他父亲留下来的。不过，他父亲留下来的房子当年只是两间茅草房，1990 年前后才由小林花钱翻建成现在的这个样子。

史云珍和华小林家的门牌号叫作润州区厉家塘后 54 号。以前到厉家塘一带并不太好走，给人有进了迷宫的感觉，拾荒的都不大敢进去。十几年前新建了一条南北向的黄山北路，把厉家塘前的东段一分为二，进出就非常方便了。我是直接从黄山北路厉家塘前的巷子进去的。厉家塘后是与厉家塘前相并列的一条巷子，在厉家塘前的南面。厉家塘前和厉家塘后的西端都连着一条叫作灵鹫巷的巷子。灵鹫巷的北端连着福建会馆巷，南端连着风车山路。福建会馆巷和风车山路又交汇在一个叫作黑桥的地方。黑桥的下面，就是中国近代史上最早的沪宁铁路。

史云珍说，这里现在连个股级干部都没有，最大的官的就是社区主任，只不过，当年能够住在这里的，都是家境算好的人家。

从厉家塘后步行走到长江边的镇江农药厂，只有两里多地。1960 年前后，镇江人家很少有自行车的，工人上班靠两条腿，安家落户都是就近选在单位附近。小林说，父亲能够到镇江城里上班，完全是沾了“大跃进”的光。

小林在镇江农药厂工作了将近 30 年，对这个当年在全国赫赫有名的国营大厂相当了解。

镇江农药厂的前身叫作大新石粉厂，民国二十五年就有了。解放后，大新是江苏省第一个生产 DDT 杀虫粉的厂家。1954 年公私合营，大新这才改名镇江农药厂，专门为农业部和全国合作总社生产六六六粉剂农药。到了 1958 年，镇江农药厂的年生产能力就超过了 5 万吨，依赛昂、敌百虫、敌敌畏在全国都非常有名。1973 年时，年生产农药将近 10 万吨，占到当时全国农药总产量的 1/10。后来的镇江磷肥厂、江南化工厂这些国营大厂都是从农药厂划分出去的。

1958 年，镇江经济发展搞大干快上，全民单位掀起了一股招工高潮，“谁要劳动力谁招工，随时要劳动力随时招工”，一年招收新工人 40400 人，其中在镇江的农村竟然招收了 26503 人。小林的父亲也随着这股流向城里的洪流，走进了镇江农药厂，户口粮油关系都由农村转到了城里，端上了“铁饭碗”。

小林的父亲虽然成了城里人，但他们全家其他人的户口仍然是丹阳农村的。如今国家鼓励农村户口的人进中小城市落户，而在上个世纪，农村的要想把户口办进城里，很难很难。

小林的母亲带着三个孩子在农村，日子过得虽然有点苦，但大家身体好好的，不属于无依无靠，更谈不上不能单独生活，所以，想通过投靠直系亲属进城，是根本行不通的。

“文革”结束以后，1978 年 6 月，国务院颁发了一个《关于工人退休、退职的暂行办法》。这个办法是这样规定的：工人退休、退职后，“家庭生活确实困难的，或多子女上山下乡、子女就业少的，原则上可以招收其一名符合招工条件的子女参加工作；招收的子女，可以是按政策规定留城的知识青年，或是上山下乡知识青年，也可以是城镇应届中学毕业生。可以允许一名子女顶替参加工作。”

“小林是家里的老巴子，他哥哥、姐姐就把顶职的机会让给他了。”史云珍笑呵呵地说，“我跟小林不一样，我自己没沾任何人的光，我是一个人跑到镇江当工人的。”

史云珍家里有兄弟姐妹四个，她排行老二。由于长得细皮嫩肉、娇俏可爱，村里人一直说她生错了地方，应该是城里人家的孩子。她也一直憧憬着城里的生活。

1985 年、1986 两年，为了满足纺织行业的特殊用工需要，由镇江市劳动服务公司鉴证，镇江纱厂等企业先后从农村招收劳动合同制工人 1855 人，也就是农村协议工，并不办理户口粮油迁移手续。按现在的说法，应该算是农民工。但此时市面上粮油已经放开供应，一两粮票也就值个两分钱。能够在城里每月拿工资，当一名人人梦寐以求的国营大厂的工人，史云珍觉得还是很幸运的。

1986 年，18 岁的史云珍成了镇江纱厂的一名纺织工人。她进厂的第一天，就有点犯晕：这个厂竟然有 3800 名职工，晚上下班时，厂门口黑压压的全都是骑自行车的男人——接自己老婆或女朋友的。

纱厂在象山，镇江焦山公园的对面。因为紧靠着风景区，谈对象的青年人，白天在这里成双成对的很多。这样的场景看多了，独自一人在外的年轻姑娘，夜深人静时难免会想，什么时候也会有个“他”来接我下班呢？

三年之后，21 岁那年，史云珍生命中的那个“他”终于出现了。

那天是个休息天，史云珍去班组里一个非常要好的小姐妹家里玩。中午吃饭的时候，有一个小姐妹父亲的同事，有话没话老是盯着她谈。她觉得这个男人很有意思，就跟他聊了起来。

这个男人说，我姓华，农药厂的。我们厂很大，有一千多人。我们厂的产品有草甘膦、呋喃丹、杀草丹、多菌灵、杀虫双、混灭威、井冈霉素、全效灵、稻瘟净、镇草灵、疫霜灵……我们厂男的很多，女的很少。

史云珍忍不住笑了，回他，我们厂更大，将近四千人。我们厂的产品有纯绵纱、涤绵纱、中长纱，获得江苏省优质产品的有 32 支中长纱、T/C45 支普梳纱、32 支纯绵针织纱、45 支涤绵纱……我们厂女的很多，男的很少。

两个人只见了一面，竟然就对上眼了。

小林说，那时候，他经常买票带史云珍去城外的工人和大华电影院看电影，还清楚地记得有两部电影叫作《出水芙蓉》和《金鞋》。

《出水芙蓉》中，女主人公对男主人公说："亲爱的，你应该想不到吧，我学会做饭了！"男主人公却回答："亲爱的，你也想不到，我吃不下！"

《金鞋》是 1988 年的国产片，小林最喜欢的是电影中的主题曲《四海之内都是朋友》："来吧，朋友，一醉方休，让我们喝光手中这杯美酒。"

经典喜剧片的浪漫毕竟不能替代生活中的真正艰辛，一对青年男女要生活在一起，考虑得更多的还是怎样踏实地过日子。

史云珍对华小林说，我们做纺纱女工的，三班倒，早要起得比鸡早，晚要睡得比狗晚，一天围着机器不停地跑，平时上班除了车间还是车间，下班除了睡觉还是睡觉，工作很苦很累的；岁数大了，关节炎、肩周炎、颈椎病、腰间盘突出难保不上身，怕是照顾不了你。

小林说，吃苦我不怕，我们家都不怕吃苦。

小林的亲生父亲是招女婿的。如果按丹阳的老规矩，他是不能跟父亲姓华的。

他母亲最初嫁给一个姓唐的人家，生了一个儿子后，丈夫就死了。

唐家是当地的殷实人家，小林的母亲出嫁时也是明媒正娶、嫁奁丰厚的。镇江周边农村一带旧时相当流行扛孀和赘婿，特别穷的地方还盛行抢婚。家境比较好、长得也很养眼的寡妇，甚至比黄花闺女还要受人欢迎。小林的母亲自然也成了很多人追求的对象。

一般意义上的扛孀，属于男人娶寡妇，结婚仪式虽说从简，但还是正大光明再嫁的性质。扛孀中还有一种叫抢醮的，对那些苦大仇深的男人很有吸引力——不仅能够把寡妇抢回家，还能够省掉一笔不小的聘礼和结婚开支。穷苦人家的寡妇本来也没有多少钱财，扛就扛了，但富足人家为了防止鸡飞蛋打，往往就会选择赘婿的方式来解决寡妇的再嫁问题。

镇江地区的赘婿形式有两种，一种叫作入赘，另一种叫作卷帐。入赘是男方进入女方家门，生下的小孩要跟女方姓。卷帐是婚礼在女方家办，但婚后三日女方便可以带着奁具回归夫家，生下的小孩子也不一定随女方姓。

因为已经解放了，小林的生父虽然是以入赘扛孀的形式进的唐家，但自己的孩子还是可以跟自己姓。

小林的母亲是唐家的媳妇，赘婿婚的小林的生父自然也是唐家的女婿，生下的子女也是唐家名义上的孩子。

小林的父亲先后跟他的母亲生了两男一女。他最小，是老巴子，中间的是个姐姐。加上他母亲跟第一个丈夫所生的儿子，他们唐家总共有三男一女四个孩子。

1965 年，小林 3 岁的时候，母亲因病去世了。母亲死后，他父亲一个人在镇江工作，除了逢年过节，就很少回家了，但会不时地给家里寄点钱。他们则待在丹阳老家，由唐家抚养照料。他直到 18 岁时才顶了父亲的职。从感情上讲，他确实觉得自己是唐家的孩子。

小林说，父亲虽然也不在了，但现在的房子还是他父亲的名字。这房子翻建的时候虽然都是他花的钱，但没办法把房子变成他的名字。办证的人说，这房子他的哥哥和姐姐都有份。

听完华小林讲述的家庭往事，史云珍还是有点不太放心。

她说，我户口还在句容农村。

华小林说，我户口原来还不是丹阳农村的？结了婚可以迁户口呀！

史云珍还有最后一点顾忌，说，我饭菜做不好。

小林哈哈大笑起来，说这也是问题？

此后，小林除了按时去接下夜班的史云珍，还三天两头做菜给史云珍送去。

小林最拿手的菜有三个：红烧肉、红烧小龙虾和大煮干丝，要算红烧小龙虾最好。

史云珍说，这龙虾是小林的看家菜，朋友来了他都会做这菜。他做这道龙虾的调味料很简单，就是五香、八角、香叶、红尖椒和生姜、葱这六样。做的时候，先把姜、葱用油炸一下，然后把弄干净了的龙虾放进锅里炒，差不多了，就把调料一起放进去，最后加糖加酱油加丹阳黄酒一起煮，把汤收得差不多了，也就好了。

华小林笑眯眯地望了史云珍一眼，说，哪有这么简单？当年的龙虾都是我用新鲜的猪肝一条一条钓上来的！

谈了一年多，两人就谈婚论嫁了。

结婚的时候，三转一响两大件、三金四十八条腿，置办得是一点不差。

当时镇江的“三转”是指手表、自行车、洗衣机，“一响”是指收录放机，“两大件”是指冰箱和彩电，“三金”是指金项链、金耳环、金戒指，“四十八条腿”是指包含立柜、梳妆台、高柜、低柜、沙发、双人床、写字台、椅子、饭桌的全套组合家具。

接新娘用的是当时最流行的上海桑塔纳轿车。

史云珍笑着说，说是用轿车接我，车子走到山下的何家门就开不进来了，一里多路还不是要走着进巷子？好在那个时候镇江还没有拍婚纱照的店，还没有人穿婚纱，就是穿得六角正正的，身上戴朵红花罢了；新皮鞋也不是高跟的，走路也好走。

结婚三年之后，1993 年的春天，两人的儿子华峰出生了。

为什么要给儿子取名华峰？

史云珍说，小林在镇江有几个很要好的朋友，其中有一个是公安系统的，叫作丰晓东。丰晓东当年还是派出所的一个片儿警，跑前跑后，费了很大周折把她的户口从句容弄到了镇江。全家人觉得欠他的情，就把儿子起名华锋，“锋”谐音“丰”，意思是会永远记住丰晓东。

儿子慢慢地长大了，农药厂和纱厂的效益却一天天地下去了。史云珍和华小林先后下岗在家，直到前两年才算重新找到了工作。

看了看家里还是当年结婚时的家具，史云珍说，儿子结婚的房子是够了，只是他们这一代人跟我们当年的想法有点不一样了，标准也不一样了，我们是心有余而力不足了。

正聊着，华峰回来了。

小伙子长得很帅气，有点“小鲜肉”的味道。

他很有艺术范地自我介绍，他现在是名自由摄影者。

华峰说，当年镇江最有名的摄影家之一的吴老师曾跟几个朋友合伙开了个影楼，他就是在那里学会摄影的。学成之后出来跟别的人做过一段时间，现在干脆自己做了，无拘无束的，挺好。

史云珍望着阳光四射的儿子，冷不丁打断他的话：饿了吧？快坐下吃饭吧！

第二章

老兵列传

自从“党指挥枪”“枪杆子里面出政权”成为中国共产党重要的政治思想之后，“好男不当兵，好铁不打钉”的传统思想就在新中国逐渐淡化。共和国建立后，随着对军婚实行特殊保护、对烈军属和退伍军人实施优抚等一系列政策措施的出台，军人一度成为“最可爱的人”。但当整个社会经济水平发展到一个相对高度后，普通退伍士兵的未来多少就有点令人担忧了……

报务员张纪良

上个世纪50年代,"解放军"几乎就是"英雄"的代名词。"当兵不怕死,怕死不当兵",给以爱国主义和理想主义为核心价值的新中国的英雄主义作了最好的注解。"解放军"三个字已经成为一个象征着胜利的符号,人们对解放军战士怀有的最多的东西便是无限感动与敬仰,军人在普通人心目中的形象,也因此变得前所未有的高大……

家访对象:大市口广场保安张建斌家庭

家访时间:2014年11月14日周五,天气晴

事实永远不会主动印证个人的想象,但事实也往往会带给人意外的惊喜。

我一直觉得解放军进军西藏的历史离自己很遥远,但当我坐在张建斌家的客厅里时却发现,这段历史其实离自己很近,近在咫尺。

我是从张建斌的父亲张纪良身上阅读到这段历史的。

张建斌是镇江紫金物业公司的一名普通保安,一家三口都与父母住在一起。家访张建斌时,他父亲陪我们一起吃饭,喝了点酒。当我打听老爷子以前是做什么的时候,意外地发现,老爷子的经历让我翻开了共和国一段并不太遥远的历史画卷。

头发斑白、脸形瘦削的张纪良坐在那里，腰板仍然挺得笔直。当他回忆起自己的部队生涯时，眼睛里的光芒就会持续地燃烧起来，让我感觉到有一股逼人的英气。

张纪良于 1932 年 3 月 30 日出生于崇明岛。不过，崇明当时还不属上海管辖，那时还叫作江苏省崇明县。因为离上海很近，张纪良的父亲在上海吃的是招商局的码头饭，家境算是小康。

1948 年，中国已进入两种命运决战的当口，上海滩却仍然是一片歌舞升平、灯红酒绿。16 岁的张纪良在父亲的安排下，进入上海国立吴淞商船专科学校一年制的高级短期电讯科学习。按他父亲的设想，当时上海招商局非常需要船舶报务员，如果能在招商局谋一份差事，张纪良这辈子就吃穿不愁了。

但计划不如变化。1949 年的春天，江北的解放军正在紧锣密鼓地准备渡江，打过长江南下已成弦上之箭，张纪良的父亲不能不考虑到这一点。

一天，张纪良心烦意乱的父亲正好遇见一个好友的儿子。这个好友的儿子也是学无线电报务的，刚从重庆回到上海。此人告诉张纪良的父亲，蒋介石已把大本营转移到了西南，即便南京和上海丢了，大不了跟抗战时一样。张纪良的父亲经过慎重考虑，认为重庆离战争总会远些，更安全些，便托这位好友的儿子返程时把张纪良带上，想办法在重庆给张纪良找个工作。

张纪良远离家乡到了重庆，但并没有找到工作。那时重庆物价飞涨，工人失业现象相当严重，社会治安也相当混乱，很多当地人都生活得相当窘困，更不用说躲避战乱前来谋生的外乡人了。

就在张纪良把随身带的一点盘缠快用完的时候，他终于等来了人生中最重大的一次机遇。

1949 年 11 月 26 日，解放军第二野战军分三路向重庆进军。1949 年 11 月 30 日凌晨，蒋介石匆忙从重庆飞往成都，当天下午重庆即宣告解放。几天后，中共中央西南局开始在重庆正式办公。刚解放的重庆，百废待兴，急需大量人才。就在 1949 年的 12 月份，张纪良凭着自己能写会算，在西南局找到了第一份工作，吃上了公家饭。

但饭碗还未端热，1950 年的 1 月上旬，他就发现了另一个机会：解放军第 18 军在重庆街头紧急征招报务员。

张纪良说，当时解放军的电台一般配备到团一级，18 军接到进军西藏的命令后，为确保部队在地广人稀的康藏地区的联络顺畅，要求把电台配置到营一级，报务员一时培养不出来，这才从社会上紧急征招了一批专业技术人员。

张纪良学的就是电讯报务，觉得这下可以发挥自己的特长了，便立即前去应征。征召的人一见到张纪良，嘴都笑歪了，这可是天下掉下来的宝贝，这样经过专门培训的专业人才，全军都没几个哇！一边派人看住张纪良不让他走，一边派人立即去他的单位办手续。张纪良好像做梦似的，一眨眼之间就穿上了军装，还被发给了一支手枪。

入伍后的张纪良被直接派到了 18 军 52 师任专职报务员。这个师后来成为进藏部队的绝对主力，歼敌 5700 余人的昌都战役的胜利，就是 52 师取得的。不过，张纪良本人最初并没有被派去参加对西藏地方封建武装的作战，而是被派往了川西剿匪的前线。

张纪良说，按中共中央西南局和解放军西南军区的最初安排，一方面在重庆成立进军西藏支援司令部，确保进藏部队的后勤补给；另一方面由 18 军组织一个先遣支队经雅安、甘孜进抵金沙江边，逼近藏军重兵把守的昌都一线，为主力部队进藏创造机会。

但先遣支队出师不利，计划差点被打乱。

给 18 军先遣支队制造麻烦的不是西藏地方封建武装，而是国民党的土匪武装。

张纪良说，1950 年 2 月 3 日，进藏先遣支队在成都附近的新津集结完毕。不过，这支部队刚刚走到离新津不远的邛崃时，就突然遭到如蚁群般出现的大批国民党游击队的包围。这些土匪可不是一般的土匪，很多来自于国民党正规军，还携带着小钢炮，战斗力非常强悍。

18 军的先遣支队突围后跑进了解放军 62 军驻守的邛崃城。62 军派出一个团，于2月12日把先遣支队护送到了雅安。土匪很聪明，根本不来攻打你的城池，只是躲在农村跟你干，除了把通往甘孜的道路加以控制外，还时不时地往雅安城里放上几炮，弄得人心惶惶的，都不敢出城。

张纪良说，后方乱成了这样子，先遣支队哪里还敢继续前进？就迅速把有关情况电告18军军部。经军长张国华上报二野和西南局后，西南局于2月21日下令，要求18军全力剿灭川西土匪，确保入藏顺利进行。鉴于川西匪情严重，2月26日，西南局又向中央请示，要求将进藏日程推迟至第二年的春天。但中央并没有答应西南局的要求，命令当年入藏计划保持不变。

如此一来，18军的任务就变成了两个：进军西藏和川西剿匪。

张纪良所在的52师被一分为二：154团作为第二支进藏先遣支队，155团和156团则在川西剿匪。156团向师部请求，报务在剿匪过程中非常重要，暂借师部专职报务员张纪良同志。师长心里虽然一百个不情愿，骂了几天后，还是忍痛割爱了。

张纪良因此成了156团的报务员。

张纪良说，他从1950年2月开始，就跟随部队在眉山、邛崃、名山一带陪着土匪捉迷藏。土匪搞的是游击战术，主要目标有两个，一是抢粮食，二是搞袭扰。你人少他就围上来，你人多他就远远地打枪，弄得我们当时一出城心就跳到了嗓子眼，不知道什么时候就牺牲了。不要以为只有共产党会打游击，国民党打起游击来，一点也不比我们差。大家拼到最后，就拼的是当地人到底会支持谁了。

剿匪剿了有半年多。张纪良说，剿匪最艰难的不是面对面地战斗，而是要千方百计地找到土匪的老巢。只要找到了土匪的老巢，就基本上能够把这股土匪一锅端了。那时，比较大股的土匪只要一被盯上，部队就会穷追不舍，跟土匪比体力、比意志。追丢了，一切都得从头再来。不要以为这些土匪都是杀人不眨眼的，没有一点群众基础。要是真的没有一点群众基础，一到哪儿就有群众随时来通风报信，还不早就灭了？

由于是报务员，张纪良在部队里是相对安全的，但也有一次例外。

张纪良说，那时156团有三部电台，电台平时都统一集中在团部，遇到执行任务，电台就会被临时配置到营部。平时营里都没有电台，更不用说连里了，联络都靠通讯员的两条腿。

那次，他跟随一个营追踪一股土匪，急行军走了整整一天，已经非常疲劳。吃完晚饭又走了大半夜，都是在崇山峻岭中跑路。除了跑路还是跑路，实在是累得吃不消了，他就跟其他人说，我坐着歇一会儿，马上赶上来。

他原来的打算是最后跟着部队尾巴走。谁知，一坐下来，人就站不起来了。好不容易站起来，腿竟然又胀又黏又沉，差点迈不动步子。他和部队的距离很快拉开，他眼睁睁地看着部队一阵风似地消失在黑暗中，怕暴露目标，就是不敢大声呼喊。

张纪良说，这一夜，让他知道了什么叫作害怕。

他又急又慌，用匕首削了根棍子作拐杖，咬紧牙关，一瘸一拐，独自一人继续往前走。作为报务员，他身上配有手枪。孤独感让他有时候忍不住想拔出枪来放上一枪，但还是克制住了。

最初，每走一步都怕路边会突然打来一闷棍，刺来一刀。越怕走得越慢，甚至有往回走的念头。真的往回走，就成了逃兵了。怕到最后，索性想，不就是一条命吗？这样豁出去一想，反倒不怕了，走得也快了。

天麻麻亮的时候，他闻到了饮烟的味道，遇到了一户山民。

他敲开门，屋里只有一个正在做早饭的老人。锅里煮的是野菜，能看到的米只有几粒。

他请求老人让他吃顿饭。老人迟疑了一下，看看他腰里的枪，还是答应了。

张纪良拿出随身带的搪瓷碗。第一碗，很香，狼吞虎咽，他觉得这是自己这辈子吃过的最美味的饭菜。随即又盛了第二碗，但他发现，这大概是他所吃过的最难吃的饭菜——只有苦涩！

就在川西剿匪的那个凌晨，张纪良悟出了一个人生哲理：再粗的饭菜，对一个饥渴到极点的人来说，也是天下最好的美食；天下最好的美食，对一个饱暖思淫欲的人来说，也是难以下咽的。

两碗野菜下肚，张纪良觉得气力恢复了。他付了老乡的饭钱，拄着棍子又上路了。

翻过一个山头，远远望见对面半山腰上有一支队伍在开饭。因为有些雾，看不清楚，他怕是土匪，只敢悄悄接近。好不容易摸到近处，观察了半天，才终于断定是自己的部队。

见到归队的张纪良，营长是又惊又喜，上来照着他的胸口就是一拳，嘴里骂着脏话，又把他紧紧搂住不放。果真把报务员丢掉了，无法跟上级联系了，这仗也用不着打了，营长算是吃不了得兜着走。

张纪良说，剿匪是先清剿后驻剿。清剿只花了两个月的时间，到 1950 年的 4 月底，成股的土匪就基本上看不见了。到了 5 月份，部队便进入发动群众肃清残匪的驻剿阶段。驻剿的任务主要由 18 军的 53 师和 54 师承担，52 师则把主要精力用于挺进西藏。

由于进藏交通线两侧的匪患基本被肃清，1950 年的 4 月，52 师的进藏先遣支队顺利抵达甘孜；7 月，53 师的南路进藏先遣支队也进驻巴安，即今天的巴塘。

1950 年 8 月中旬，张纪良随部队到了甘孜，准备参加昌都战役。

张纪良说，当时，只要解决了给养问题，昌都战役将没有任何悬念。但给养问题恰恰是个大问题，因为当时中央执行的是“进军西藏，不吃地方”的政策，要求入藏部队的给养都由政府解决，绝不允许侵扰西藏地方的老百姓，不能造成进军西藏，却吃光西藏粮食的后果。

8 月底，康藏公路通车甘孜。雅安到甘孜 700 公里，甘孜到昌都 450 公里。

西南局最终的解决方案是：从 1950 年 4 月至 12 月，先后组建了 20 多个兵站，常年使用 500 多辆卡车、3300 多头骡马，还有大批的胶轮大车和牦牛，特别困难的时候还运用飞机，所有能想到的手段都用上了，拼命向甘孜、昌都地区抢运粮食，这才基本上保证了当年的进军。即使这样，有的部队还一度断粮，靠挖野菜、逮地鼠充饥才坚持下来。

给养到位后，1950 年的 10 月 6 日，昌都战役拉开了帷幕。

张纪良说，他们随身携带足够吃十天的粮食，向昌都进发。

他说，刚到甘孜时，很快就有了高原反应。按照部队的要求，所有的战士都要吃酥油。自己一开始非常不习惯，直接想吐，但几天吃下来，便习惯了。刚开始还觉得当地人身上有股膻味，很快自己身上也有了，后来也闻不到当地人身上的膻味了。整个部队在甘孜休整了十天左右，大家便基本上恢复正常了，又继续前进。

156团为北线主攻部队，但直到10月19日部队进入昌都时，也没有打过什么大仗。

张纪良说，昌都战役藏兵基本上都被消灭了，但这些事都是外围兄弟部队干的，等他们赶到昌都时，昌都总管阿沛·阿旺晋美已经率领近三千人撤出了昌都。昌都城里只有两百来个未及撤走的藏兵，解放军一进城，便放下了武器。

这样的战争场景当然让我有点失望。我有点不甘心地问老爷子，就没有遇到过激烈的抵抗？

张纪良深思半天，说渡金沙江的时候还真遇到过拦截我们过江的藏兵。

那么，仗是怎么打的呢？

也谈不上打仗。我们在江的这边，藏兵在江的那边，人都能清清楚楚地看到。我们准备妥当，开始渡江时，藏兵就三三两两地站在江对过看着。正式展开渡江行动时，部队接连打出了许多信号弹。信号弹在天空中划出一道一道的弧线，很是好看。藏兵没有见过信号弹，便纷纷跑出来看稀奇。他们不知道信号弹是解放军渡江的命令，只顾看着好玩。等到稀奇看完了，再转过头来看的时候，解放军已经上岸了。一看解放军上了岸，藏兵便一哄而散，骑马跑了。

我差点笑了起来，这也叫战斗？

张纪良也笑了，说，进军的时候，当时藏兵人也不少，但战斗力确实不行，根本不能打，也不敢跟解放军正面交锋。最初，这些藏兵都离得远远的。看到解放军扎营了，他们也扎营。看到解放军前进了，他们便也立即开拔，好像在前面领路。

失望之余，我便换了个话题，问老爷子：当时印象最深的是什么？

张纪良说，就是不动地方一草一木，不吃地方一米一粟。

他说，进藏前有纪律交代，要求执行民族政策，尊重藏区的风俗。他们进藏时要经过一个又一个土司头人的领地，经过时都要跟这些头人交涉一番，得到他们的允许后才能通过。刚开始的时候大家还不理解，到西藏不就是为了解放穷苦大众的吗？怎么还让农奴主继续作威作福了呢？有想法归有想法，对上级的命令还得严格执行。

张纪良说，什么叫地广人稀？西藏才叫地广人稀。部队进去后，有时走个四五天也看不到一个人家。高原的天气说变就变，一会儿暴风雪，一会儿冰雹，一会儿大雨倾盆，夜里好不容易碰上个寺庙，也从来不进去，都是就地支个帐篷休息，住民房更是谈不上了。看到经幡、经塔、神山、神树、玛尼堆什么的宗教建筑物，谁都不准碰。这样走到最后，部队后面竟然经常会有一些藏民跟着，把我们当成是菩萨派来的军队，远远地磕着头，送我们离开。

我突然想到了“攻心为上，攻城为下”这句话。

同时想到的还有《孙子兵法》中的语句：

“故善用兵者，屈人之兵而非战也，拔人之城而非攻也……夫用兵之法，全国为上，破国次之；全军为上，破军次之……是故百战百胜，非善之善也；不战而屈人之兵，善之善者也。”

这是以菩萨的“我不入地狱谁入地狱”的大慈悲情怀来消融以农奴制为支撑的西藏民众的宗教情结，是一种“润物细无声”的“善之善者”的上谋！

不动地方一草一木，只要严格执行“三大纪律，八项注意”就可以做到，但要做到不吃地方一米一粟，那就不是一件简单的事情了。

张纪良说，我们那时最痛苦的不是没有吃的，而是吃不到米。

当时毛主席说，部队到西藏不能吃地方的，吃的东西要自己解决。这样，所有的粮食都要从内地往西藏调运。我们的伙食标准很高的，每天是大洋 5 角，一个月就是大洋 15 块。这样的标准在成都可不得了——成都当时的大米才 8 分钱一斤。当时，虽然专门成立的支援队从西南给我们运粮食，但到后来路越走越远，粮食供应就成了问题，米就很难吃得到了。一头牦牛只能驮 120 斤大米。把大米从成都运到甘孜，运输成本要 8 块钱；再从甘孜运到拉萨，再加运输成本8块钱。真的要吃米，15块大洋在甘孜也只够吃两斤大米。

那时，主食就是肉，副食才是酥油、青稞，大米就是奢侈品。每天都是肉，除了羊肉就是牦牛肉。刚开始时，一锅肉上来就被大家吃完了，但吃到后来，看到肉就反胃，没有几个人能吃得下去的。弄点野菜伴肉煮汤都成了抢手货。后来上级只好派飞机空投。每次都要在天气好的时候才能实行空投。那时飞机又少，只有不到十架的美国产的高空运输机，因此，空投的粮食数量也大不起来，一个星期还是见不上几粒米饭。

昌都战役胜利结束以后，和平解放西藏已经没有任何悬念。

张纪良说，第二年的春天，1951年的5月23日，《中央人民政府和西藏地方政府关于和平解放西藏办法的协议》正式发表。5月25日，中央军委发布进军西藏的训令，18军开始向拉萨和西藏全境挺进。12月，中共中央、中央军委决定以18军为基础组建西藏军区。1952年2月10日，西藏军区在拉萨正式成立。3月17日，我们18军的番号宣告撤销。

张纪良说，18军番号取消后，我们所在的部队被就地改编成了警备部队。

昌都战役之后，18军的口号已经变为"政治重于军事，补给重于战斗"。后勤补给如果跟不上，解放军也就无法在西藏站稳脚跟。为了保障补给，中央指示18军，必须"筑路与生产并重"。

张纪良所在的156团从昌都出发，继续西进，每到一个地方便留下一部分人马，就地设立兵站，其余的人马则继续往前走。部队走到丁青地区的时候，不再往前，后来被改成了西藏军区39族警备区。39族是个地名，包括当时的丁青、边坝、沙丁、比如、嘉黎等广大的区域。

我问，这个地方为什么被称作39族？

张纪良说，昌都战役之后，成立了一个昌都地区人民解放委员会，在当时相当于一个省级行政区划，下面有一个直属区和两个办事处。昌都直属区管有昌都、贡觉、三岩、拉多、察雅、八宿、类乌齐、硕督、洛隆、宁静、左贡、江达、西邓柯，还有云南入藏部队移交的盐井、桑昂曲两个宗，总共15个宗，范围大致相当于今天的昌都地区东部和林芝地区的察隅一带。两个办事处分别叫作39族地区第一办事处和波密地区第二办事处。39族地区第一办事处驻地是丁青，下面管有10个宗，就是丁青、色扎、尺牍、巴青、索宗、聂荣、边坝、沙丁、比如、嘉黎，也就是今天的那曲以东地区和昌都地区的西部。波密地区第二办事处驻地自然是波密，下面辖有倾多、曲宗和易贡3个宗，相当于今天林芝地区的中部。

39族地区现在已经没有了。以前的39族地区历史上又被叫作霍尔39族游牧地。在清朝雍正皇帝的时候，以唐古拉山为界，对青海、西藏地区的一些游牧部族进行了管辖权的明确，唐古拉山以北的40族，叫作北路40族，由西宁办事大臣管辖；唐古拉山以南的30族，又叫南路39族，归驻藏大臣管辖。1956年西藏自治区筹备委员会成立后，39族地区才被一分为二，分别成了今大那曲地区和昌都地区的一部分。

张纪良先是被派驻到丁青西南方向的边坝，然后又被派到更西的沙丁，在沙丁兵站待了将近两年。这也是张纪良在西藏所到的最西的地方。

沙丁兵站后来也被称作39族警备区第三兵站。之所以在这里设兵站，是因为这里当年是怒江的一个重要渡口，是进出西藏的一个主要通道。张国华军长率领的18军军部机关前往拉萨时就是经过的沙丁渡口。

张纪良说，当年部队在这里渡过怒江时，最初都是在当地雇用牛皮筏子，后来军部过来时才又带来了十几只橡皮船。军部过江时没死过人，但淹死冲走了20多匹骡马。当地藏民最初对我们很是警惕，但后来发现我们招呼他们一起吃饭，帮我们划牛皮筏子还有银元拿时，就纷纷过来帮我们搬东西。后来还有藏民拿着自己刚缝制好的牛皮筏子过来帮我们的部队过江。发展到最后，沙丁、格尼、日普几个村的藏民跑来帮忙的有好几百人，几乎家家都有人出力。

在沙丁兵站时，加上报务员的技术补贴，张纪良一个月的津贴为8块钱。当地的青稞并不多，部队如果跟驻地的群众争粮食吃，很多当地人就会生活得更加困难。部队决定，就地垦荒种粮食。

部队里很多都是江苏、安徽、山东的战士，便按照传统方法进行深耕播种。战士们并不知道，高原上的土地，经过不知道多少年的牛羊粪的浸润，早已是肥沃异常，根本用不着深耕。结果，第一年种下去的麦子长得竟有一人多高，一结穗，便趴在了地上，损失惨重。而藏民种青稞时则用个木棍在地上划拉划拉，边划拉边播种，长出的青稞虽然矮趴趴的，收成却很好。第二年，战士们便学藏民们种青稞的方法种麦子，再也不敢深耕。麦子终于有了收成。

有一年大雪封山，有两个月的时间缺粮。张纪良说，当时就靠牛肉、羊肉和芫根充饥。

我问什么叫作芫根。

张纪良说，芫根就是一种类似于萝卜的蔬菜，跟南方人吃的苤蓝菜，也就是大头菜差不多，西藏人叫作"牛妈"，主要用来喂牦牛的，是高原上特有的。那时没有什么其他蔬菜，能吃上煮芫根就不错了。芫根不仅可以用来当菜吃，对缓解高原反应还有特效。每当我们缺氧头痛时，吃上几顿芫根，头就不痛了。39 族地区的芫根比其他地方的芫根补气要更好，最多两顿，人就没事了。

洗澡呢？

洗澡？虽然兵站靠在怒江边上，但要取个水还真的不方便。从驻地到取水的地方要下去好几百米，挑着水再爬上来，很不容易。天冷了以后，个把月才能洗一次澡。那时洗澡要用四盆木炭，在烧得旺旺的四盆木炭中间，放个大木桶，轮流着洗。在当地人看来，已经奢侈得不得了了。

1953 年的春天，一个偶然的机会，让张纪良脱下了军装，并留在了昌都。

经过朝鲜战争的洗礼，中苏关系于 1953 年开始进入历史上的"蜜月期"。也就是从 1953 年开始，苏联开始大规模地援助中国进行社会主义经济建设。

张纪良回忆说，苏联对中国的影响体现在西藏驻军的报务方面，就是电台原先是用英文发报的，从 1953 年开始要改成俄文发报。当时昌都是西藏军区的一个报务员培训基地，39 族警备区的报务员都得分批到昌都警备区进行俄语发报培训。张纪良自己也不例外。

1953 年的 3 月中旬，张纪良来到了昌都警备区。这是时隔三年他再次来到昌都。昌都还有着156团的许多战友，见面之后当然是亲热异常。他激动的情绪还未消退，就有到地方工作的战友瞄上了他。

昌都邮电局本来有五名报务员，但在当时的镇压反革命运动中，到1953年年头上时，竟然查出其中三名报务员有问题，而且问题还相当严重：一种是进行间谍活动，具有资敌行为；另一种是参加反革命特务或间谍组织。根据1951年施行的《中华人民共和国惩治反革命条例》，只要跟特务或间谍沾上边的，起步便是五年以上的徒刑。如此一来，只有两名报务员的昌都邮电局苦不堪言。好在邮电局的负责人便是18军的转业干部，听说警备区正在集训报务员，便找上门来。

昌都警备区的首长支援地方也不含糊，当下就拍板把张纪良交给了昌都邮电局。昌都警备区其实做的是个顺水人情。要知道，当时的丁青警备区还不属于昌都警备区管辖。昌都警备区已经生米做成熟饭，做了好人，39族警备区也不好再说什么，只能哑巴吃黄连，给张纪良办了转业证明。此时的张纪良才刚刚21岁。

张纪良说，听说昌都警备区把他送给了昌都邮电局，丁青警备区的首长大发雷霆。朝鲜战争爆发后，1952年西藏军区挑选一部分报务员去朝鲜时，虽然报务员们都踊跃报名，但丁青警备区仍然只选送了几个新手，硬是把张纪良这样的业务骨干给打埋伏留了下来，现在却被别人做了人情，搁在谁身上都不会太舒服。不过，张纪良自己对昌都警备区的“擅自做主”还是比较欢迎的——他毕竟可以待在工作和生活环境都比沙丁更好的地方了。

过了两年，1955年7月1日，丁青警备区划归昌都警备区管辖，张纪良也算是昌都警备区转业的老战士了。

转业到了昌都之后，张纪良有了回老家崇明探亲的机会。就在探亲的时候，经人介绍，认识了如今的老伴杨兆恺。杨兆恺比张纪良小四岁，也是崇明人。那个时候年轻人的婚姻主要还是父母做主，只要两个年轻人见面有了不坏的印象，基本上就可以选定日子办大事了。

1956年的夏天，宝成铁路还没有正式通车，张纪良第二次回崇明岛探亲，与杨兆恺成了家。假期结束后，张纪良带着他新婚的妻子准备一起到昌都。但没有料到的是，在翻越秦岭的时候，杨兆恺就有了高原反应，身体相当虚弱。张纪良觉得这么点海拔杨兆恺就不行了，到了昌都肯定适应不了，便只好安排妻子返回家乡，自己独自一个人进藏了。

两地分居的日子并没有持续太久，1957 年的夏天，张纪良就有了一个回到江苏的机会。

张纪良说，当年由于中央对西藏的政策调整，昌都前后共内调了三批汉族工作人员，他是最后一批内调的。

为了解决两地分居问题，听说有机会内调时，张纪良在第一时间就打了报告递上去，找昌都邮电局的孙局长汇报过，要求调回江苏。

孙局长有点不开心：组织上还没有征求你的意见，你就想当逃兵了？没隔几天，就安排张纪良带着电台，跟随上级组织的地质勘测队去察雅一带搞野外勘测去了。

张纪良内心受到沉重打击，但仍然认真努力地去干好自己的份内事。从察雅刚回来，孙局长就过来告诉他：虽然很舍不得你，但你可以回江苏去了。

孙局长说，现在全国各地的知识青年都积极参加自愿垦荒队，你们江苏的不少青年人都到了青海垦荒，你们这时候却要求往回调，你们江苏省委组织部根本就不愿意接收你们；好在中央组织部做了很多工作，直接下命令给你们江苏，你们江苏才勉强同意给你们安排工作。

张纪良告诉我，1957 年正是中国以知识青年自愿垦荒为标志的第一次上山下乡运动的高潮时期。在新中国第二次上山下乡运动中，才有了“老三届”“新三届”这样的历史名词。

离开西藏的时候，同事们请张纪良好好吃了一顿藏香猪肉。这种猪长得比较小，平时都是早上自己出门、晚上自己回家，属于自己到处找食吃的货，肉烧出来有一种特殊的香味。

张纪良说，1957 年回到江苏后，当时组织上征求他的意见，他说苏北不想去。组织上便对他说，准备在宜兴的丁山、蜀山成立一个丁蜀市，愿不愿意先到丁山工作？张纪良想，这是苏南啊，将来还是个城市，当然愿意去。

后来丁蜀市没有成立，倒设立了个丁蜀镇。1958 年，张纪良觉得待在丁蜀镇没有奔头，就想换个地方。宜兴当时已经划属镇江专区，镇江刚好成立了个邮电学校，需要无线电通讯教师，张纪良因此被调到了镇江。

人算不如天算。让张纪良没有料到的是，才到镇江工作没有几个月，就在镇江邮电学校第一届学生毕业分配工作的当天，突然接到上级通知说，为了落实《中共中央关于下放干部进行劳动锻炼的指示》，全校师生都要下放到农村、工厂进行革命锻炼，参加体力劳动。

那时老师大小拿的是干部的工资，张纪良属于有技术和专长的“干部”，因此被下放到了镇江郊区的东风煤矿进行劳动锻炼。

下放的时候，组织告诉他，根据中央的文件精神，下放干部进行劳动锻炼时间的长短，应该根据今后社会主义建设事业发展的需要和本人在劳动中的表现来确定。经过一定时间的劳动锻炼，有些人可以同原单位的干部轮换，有些人可以调配新的工作，有些人可以留在基层工作。

张纪良问，我自己属于哪种情况呢？上级领导朝他笑笑，说组织上会考虑的，放心去吧。

张纪良最终被组织上安排留在了基层工作。

就在下放东风煤矿期间，在连生了三个女儿后，张纪良夫妇生下了他们唯一的儿子张建斌。他们希望这个儿子是个文武双全的红色接班人。

张纪良在东风煤矿整整待了 21 年，直到 1979 年镇江粮食学校成立时，他才又被调到粮食学校教书，直至退休。1999 年，更名为江苏省江海贸易学校的镇江粮校并入了江苏科技大学，也走进了历史深处。

我问老爷子有没有当年在西藏拍摄的照片之类的东西。

老爷子说当年从西藏回江苏的时候，因为怕有什么变卦走不了，跟逃似的，头天接到通知，第二天便跳上了返乡的汽车，哪还顾得上带东西？都丢了。

见我很是失望的样子，老爷子可能于心不忍，便起身去房间里摸索了半天，找出了一个小红本子，放在了我的手里。

这是一本 1973 年 10 月 1 日由镇江市人武部换发的《转役军人证明书》。

打开证书，第一页是一张毛泽东同志的黑白肖像。

第二页是毛泽东的题词：“发扬革命传统，争取更大光荣。”

第三页则是编号为“(73)苏换转字第 1275 号”的转业军人证明书正文：“张纪良同志系上海市崇明县人，于 1949 年参加中国人民解放军，现为加强国家社会主义建设，特准予转业。中华人民共和国国防部。1953 年 4 月 1 日。”

第三页的反面除了老爷子年轻时的一张相当帅气的黑白头像外，还载有相应的个人资料：“出生年月：1932 年 3 月。部别：39 旅警备区三兵站。职务：报务员。专业技术：报务。”

最后一页上的内容为转发证件机关的说明：“西藏军区 39 旅警备区第三兵站发，镇江市人武部换发。”

西藏军区没有 39 旅，只有 39 族警备区。很显然，是镇江人武部的工作人员在换证时把“39 族”误为“39 旅”了。

抚摸着这本证书，我的眼前有些模糊。我非常分明地看见，就在历史的不远处，有一支部队正在风雪中前行，向西，再向西……

炮兵徐承富

上世纪60年代，在黄继光、邱少云等等众多英雄形象的感染下，解放军的精神在中国人心目中得到了进一步的无产阶级的革命化，南京路上好八连成为“拒腐蚀，永不沾”的典型，雷锋则成了解放军全心全意为人民服务的象征。“全国学人民解放军”与“工业学大庆、农业学大寨”的口号同时响遍中国大地，姑娘择偶的眼光，首先瞄向的都是解放军指战员。

家访对象：如意江南保安徐朝晖家庭

家访时间：2014年5月30日周五，天气晴

徐承富是徐朝晖的父亲。

这位炮兵老战士告诉我，当年在部队，大家都会背诵毛主席写给老同学周世钊的七律诗，他特别喜欢这诗最后的两句：“我欲因之梦寥廓，芙蓉国里尽朝晖。”离开镇江前去越南跟美国人作战的时候，他跟新婚的妻子交代，如果生的是个儿子就叫“朝晖”，如果是个姑娘就叫作“芙蓉”。

朝晖外表看上去比较魁梧高大，性格却相对内向，略显腼腆。他自嘲说，差一点就成了“徐芙蓉”了。他有点自豪的是，他父亲跟他一样，当年也干过类似保安的活。

和镇江本地的许多家庭一样，徐承富的祖先也是移民，来自于江苏盐城。不过，在徐承富父亲这一代，徐家在镇江已算是殷实人家。徐承富自己则于 1939 年出生在镇江，并在镇江长大，算得上是地道的镇江人。

徐承富小学和中学上的都是镇江名校——小码头小学和第一中学。1955 年中学毕业后，一时找不到工作，便在镇江清真寺街居委会当了一名治安员。他说，那时正是中国社会主义革命的两个高潮时期，一个是农业合作化高潮，一个是资本主义工商业全行业公私合营高潮，为防止坏人搞破坏，居委会专门有人负责了解社会动向。

不过，治安员干了一年不到，1956 年 3 月，徐承富便坐火车北上，参加了水利电力部北京勘测设计院的勘训班。

一个年轻的居委会的治安员，突然得到了这么个机会，当然不是天上掉馅饼。徐承富说，是通过一定的关系才得到培训机会的。这个关系就是当时水电总局的一个负责人。

徐承富说，他们家与水电总局这个负责人的夫人多少有些亲戚关系，拐弯抹角算起来，他得喊人家为姨奶奶。他说，他父母是如何把他托付给姨奶奶的，他并不清楚。他只记得他刚到北京时曾经去过姨奶奶家，印象中姨奶奶家的客厅很大，比一般人家的两个房间还要大。

镇江有句俗话，叫作"一代亲，二代表，三代就拉倒"。徐家跟这位姨奶奶的关系算起来也就是可以"拉倒"的三代远亲关系，人家仍然愿意伸手相帮，算是出了天大的力气。徐承富知道这层关系，知道机会来之不易，学习起来自然就更加刻苦用功。

勘训班的学习结束时，徐承富果然成绩优异，立即就变成了水利电力部北京勘测设计院的正式员工，开始从事野外勘测工作。

但好景不长。

1959 年庐山会议之后，水电总局的那位负责人成了"反革命"，姨奶奶也受到牵连，被下放到工厂做了工人。随后，不好的消息接二连三：1960 年，水电总局的那位负责人下放北大荒；1961 年，姨奶奶夫妻俩离了婚。

没有特殊的关系你能到北京来吗？弄你来的人都成了反革命，你还好意思跟他们藕断丝连吗？沉重的心理压力让这个年轻人不堪承受，他觉得不能再在北京勘测设计院待下去了。他决心用行动来证明自己的无私和奉献。

他想来想去，只有当兵一条路可以正大光明地离开原来的单位。就在这一年的 8 月 12 日这一天，徐承富入伍了，成为了 69 军 107 师高炮营的一名战士。也就从那天起，他再没有去过姨奶奶的家，从此便和姨奶奶一家断绝了联系。

我问他为什么要当兵，就是为了逃避吗？

徐承富想了想，很郑重地对我说，绝对不只是为了逃避。

他笑了笑，说，可能你不相信，那时我们这一代人都很单纯，我也是那么单纯，就是想当兵，就是想报效国家，确实没有想过太多其他方面的事情。

他叹口气说，那时在设计院拿的工资是 32 块钱一个月，还有两毛钱一天的野外津贴，而列兵一个月的津贴只有 6 块钱。如果单单考虑钱的事，是绝对不会去当兵的。

当代年轻人可能很难理解徐承富那一代人当年的想法，但我能理解。徐承富先工作后参军的履历和同时代的雷锋几乎完全相同。雷锋小徐承富一岁，却早徐承富一年当兵。在当兵之前，雷锋已经在鞍山钢铁厂工作了一年零两个月。如果能够理解雷锋，自然就能够理解徐承富们。

但我继续追问他，真的不是为了逃避吗？

徐承富便把他参军前后的事情都跟我作了详细的叙述。

他说，他两年来其实一直都在打入伍申请，打了许多次的入伍申请，就在他几乎不抱希望之际，入伍通知书却寄到了他的手里。收到入伍通知书的当天晚上，他被请去看了一场电影——《智取威虎山》。第二天，他便跟着带兵的去了河北省。

徐承富特意提到一个细节，就是他姨奶奶最初并不赞同他当兵，还利用仅有的一点影响，一直阻拦着他，直到最后才改变了主意，随他自己决定自己的命运了。

当自己一家的命运都无法预料的时候，姨奶奶是否也认定当兵是这个年轻远房亲戚的最好出路呢？

徐承富最初在高炮营当战士，由于是勘测员出身，精通算术，对数字很敏感，很快就被提拔为司务长。

他说，他能够当上司务长纯属偶然。部队里有文化的人那个时候并不太多，学习算术的人自然更少。原来的司务长是个农村出来的老战士，做事非常认真，但总是算出一笔糊涂账，总要有人帮助他。后来部队首长发现徐承富报到数字时，总是一口清，非常高兴，便破格让他当司务长去了。

当了司务长的徐承富终于等到回家探亲的时候。

那年回镇江探亲的时候，徐承富的母亲安排他和一个姑娘见了面。

女孩子名叫谷淑华，1942 年出生，是南京人，在扬州商校上的中专，1962 年毕业后全国分配，被分到了镇江食品公司。女孩子在单位有个非常要好的大姐，这个大姐正好住在徐承富母亲家的对门，对徐承富知根知底的，便极力撮合这对年轻人相亲。

徐承富已经开始有了军人作风，判断问题非常直截了当：第一，这女孩子写得一手好字；第二，这女孩子人长得不丑；结论：同意进行交往。

谷淑华听说徐承富是个司务长，便以为他是个管理汽车的负责人，也很满意。关键是，徐承富本身就长得非常帅气，再加上一身戎装，当然杀伤力惊人。后来，当热恋中的谷淑华弄清楚司务长不过是个管买菜管吃饭的负责人的时候，徐承富已经变身为一名宣传干事。

徐承富从司务长变为宣传干事，更是纯属偶然。

他说，那时候讲究培养“又红又专”的无产阶级革命事业的接班人。有一次在部队参加学习毛主席著作的培训班，每天每个人都要谈学习体会。当时 107 师的一个师副政委正好下基层在连队蹲点，有一天也参加了他们的会议。徐承富事先作了精心准备，发言时自然是条理清晰，重点突出。结果，这位副政委对他的发言大加赞赏，说这样的人才放在司务长的位置上，真是可惜了。一个月后，徐承富便被提为团部的宣传干事。

他说，宣传干事在部队里被称作“笔杆子”，要把基层连队里的好人好事好思想写成宣传稿，要出黑板报，要刻钢版，事情很多很杂，也很有意思。

报到那天，宣传股长跟他谈话说，既要能拿起枪杆子，又要会握紧笔杆子，希望你做一名合格的充满豪情的革命二杆子。

1965年年底，北京军区以军区的野战高炮群为基础，并从63军和69军抽调炮兵部队，在石家庄组建炮兵72师，徐承富因此成了72师647团的宣传干事。1967年3月，炮兵72师调归福州军区指挥，抵达福建角尾和杜坞地区，执行入闽作战任务，接替入越作战的炮兵64师防务。

不过，在换防到福建之前，徐承富参加了他终生难忘的一个活动。

1966年中国的"文化大革命"发动以后，徐承富作为军代表，被部队派到北京帮助训练红卫兵。也正因为有着这个特殊的身份，他有机会参加了毛泽东主席最后一次接见红卫兵的活动。

1966年11月10日，毛泽东主席第七次接见红卫兵后，中共中央和国务院虽然发出紧急通知，要求红卫兵暂停来北京和到各地串连，但全国各地的红卫兵仍然从四面八方涌进北京城。由于当时北京天气已经很冷，相关部门已经很难有效保障红卫兵们的衣食住行，毛泽东主席决定，于11月25日和26日连续两天接见最后一批红卫兵，此后就再也不接见红卫兵了，要求红卫兵们就地闹革命。

也正因为如此，当时，红卫兵们人人都很珍惜这最后一次见到毛主席的机会。

徐承富说，那天，接受检阅的红卫兵们都很兴奋。等候检阅时，大家最初都是席地而坐，但看见主席的车子过来了，就克制不住，齐刷刷地站了起来。

这一站可不得了，惹了大麻烦了。

大家站起来时都习惯性地拍拍屁股上的灰尘。几十万人同时拍屁股是什么效果？结果，前面红卫兵屁股上扬起来的灰尘挡住了后面红卫兵们的视线，有很多红卫兵因为看不清毛主席而大哭起来，有的红卫兵甚至伤心得在地上打滚。

徐承富说，他因为是军代表，有幸站在了第一排。他最近时离毛主席的车子只有三四米远。他说，你很难体会到我们当时见到伟大领袖时的那种激动心情，还有内心由衷发出的对领袖的那种愿意赴汤蹈火的爱戴！

他说，他至今仍然印象深刻：毛主席有着一副古铜色的脸膛，但显得很疲惫。

检阅结束之后，徐承富说，他一眼望去，广场上到处都是挤掉了的鞋子。

我问，那么多鞋子没有人拿吗？

徐承富这样回答我：

很多人确实丢掉了鞋子，光着脚，但因为谁都不会把别人丢掉的鞋子当作自己的来穿上，广场上的鞋子反而多得没有人拿了！

我不得不承认，我从来没有从这个角度来想过当年天安门广场上鞋子成堆的问题。但徐承富的解答，无疑是具有冲击力的，让我感到了一种灵魂深处的震撼：

我们自以为荒诞的现象，背后隐藏着的其实却是那个时代最纯净的做人的品德。

到了福建，徐承富才知道什么叫作真正的前线。

他发现，福建的战备气氛与石家庄是完全不同的。他感觉到了紧张和兴奋。

他们是 1967 年春天驻扎福建的。就在他们抵达福建的两个月前，福建的相关部队刚刚打下了一架飞机，一架国民党军的美制 F－104 型战斗机。

他还发现，福建的部队是两手抓的，不仅要时刻准备打仗，还要把群众工作做好。就在部队进驻福建的当月，根据中央军委的决定，驻福建的各个部队就开始执行“三支两军”任务，也就是要派出官兵到地方上去，同时做好支左、支工、支农和军管、军训的任务。

随后发生的一系列事情，让徐承富有点眼花缭乱的感觉。

5 月份，一伙国民党军武装特务，乘着一只橡皮船偷偷摸进来，打算在崇武小岞附近上陆，执行内潜闽西的任务。结果被发现了，当地驻军出动了两艘护卫艇，把橡皮船打破了，活捉了这批特务。

这件事过后没几天，中共中央就作出对福建省实行军事管制的决定，由韩先楚担任福建省军事管制委员会主任，由省军管会下设的文化革命小组和生产指挥部来负责日常事务。

6 月份，福建省军管会发布通告，指出要坚决执行毛主席关于“抓革命、促生产”“要节约闹革命”的指示，要坚决执行中央关于停止外出串连的指示，要求大家不得擅离职守，要严守岗位、努力工作、积极生产。军管会还通知要求，为了保障国家运输任务的完成和战备需要，各群众组织占用的生产运输车辆，应交回原单位投入国家建设；今后不准动用汽车改装宣传车，更不准动用车、船运送人员参加武斗。

7 月份，福建省军管会发出严禁武斗、抢夺武器的通知。

8 月份，福建省军管会传达周恩来总理的指示：不论哪一派，在福建前线夺的枪支、弹药、一切军事装备和物资都必须立即交还解放军，立即停止夺枪，违反的以破坏国防安全论处。

作为宣传干事的他，第一任务就是把上面所有的精神及时向战士们进行宣传。

就在徐承富已开始逐渐适应一边准备打仗，一边着手恢复社会秩序的紧张工作时，他接到命令，准备执行新的任务。

1967 年 9 月，为入越作战做前期准备工作，炮兵 72 师选调了六个人，组织了见习小分队，作为总参见习大队的一部分，进入越南北方，参加援越抗美作战。72 师师长亲自担任见习小分队的领队，徐承富则被指定成为这个小分队的一员，负责见习资料的具体搜集整理工作。

那时部队对出国参战的官兵管理非常人性化。让徐承富参加见习大队的事情是于 1967 年 6 月决定下来的。事情一确定，师长便让徐承富立即回镇江一趟，完成一个光荣的任务——结婚。

师长语重心长地对他说，你老大不小的了，去了越南万一有个三长两短的，将来连个扫墓烧纸的人都没有，对不起你未来的媳妇和你的父母啊。

徐承富的心头一热，“啪”地给师长一个立正敬礼，眼泪当时就不争气地流了下来。

他说，从那一刻起，他就下了决心，一定在战场上做到一不怕苦，二不怕死，哪怕在战场上粉身碎骨，也死而无憾，值了！

回到镇江，徐承富坚决而圆满地完成了首长交代的任务。

10个月之后，谷淑华便为他生下了儿子徐朝晖。

炮兵72师的小分队在越南整整待了三个月。

徐承富说，他们蹲点见习的部队是炮兵70师。炮兵70师组建于1965年年底，属于广州军区，刚刚于1967年8月从广西进入越南对美军作战。

70师当时主要部署在以越南太原市为中心的地区，负责保卫太原的钢铁厂、发电厂以及两座重要的桥梁——架百桥和陈国平桥。

他说，陈国平桥是以1955年9月30日牺牲于越南的年仅29岁的中国援越国际主义战士陈国平的名字命名的。保卫这座象征着中越两国友谊牢不可破的桥梁不被美军的飞机炸毁，在当时具有很强烈的政治意味。

我请徐承富谈谈当年在越南的感受。

他想了半天，说，没有什么印象太深的事情，我们真心地帮助越南人，越南当地的老百姓也对我们很好，把我们当作恩人，也就是哥哥帮助弟弟的感觉吧。

我便说，你就随便给我讲讲故事，讲什么都行。

事实上，徐承富的内心深处，仍然清晰地烙下了在越南的许多印记。

他说，他们是从凭祥的友谊关进入越南的。进入越南的前一天，他们在凭祥住了一个晚上。巧合的是，同一个旅馆中还住着几名援助越南的苏联军事顾问。见到苏联人，队员们当时都很好奇，但师长则轻蔑地直呼这几名苏联顾问为“老修”。第二天，苏联人与中国人各自换上自备的越南军队的服装后，一道过关进入了越南，但很快便各奔东西，以后再也没有见过面。

徐承富说，他们那时执行的任务是绝对的国家机密，不能向家里人交代自己去了哪里。出国时是悄悄出去的，回来时也是悄悄回来的，没有手捧鲜花热烈欢迎的人群，有的只是默默的奉献。

他说，那时越南的部队在他们眼中根本就不像部队，准确地讲应该叫作游击队才是。越南人缺衣少穿，衣服和食物都是从中国国内运来的。他们穿的衣服与越南人的一样，不能穿解放军的制服。这些衣服当然也是从中国国内运来的。

徐承富给我看了一张他们小分队在友谊关前的合影。

在这张模糊不清的黑白照片中，我仍然可以不太费力地辨认出友谊关上的三排巨幅标语。

最上面的一排标语写着："伟大的导师、伟大的领袖、伟大的统帅、伟大的舵手——毛主席万岁！"

中间一排的标语内容为："战无不胜的毛泽东思想万岁！"最下面一排的标语则是："中国共产党万岁！""中华人民共和国万岁！"

这两句话的中间悬挂着毛泽东的巨幅肖像。

透过岁月的迷蒙，我能从这张照片的背后看见那个特殊时代最难能可贵的东西：信仰、纯粹和无畏。

当年徐承富们最喜欢唱的歌是"东风吹、战鼓擂，当今世界上究竟谁怕谁"，单纯而充满激情，把自己的青春与毛泽东思想哺育完全联系在了一起，一腔热血中流淌着"忠于毛主席、忠于党、忠于人民"的忠诚，一颗赤胆中包裹着"无限热爱党、无限热爱祖国、无限热爱毛主席、无限热爱人民"的信念，在祖国需要的时候，会毫不犹豫地挺身而出，甚至献出自己的生命也无怨无悔。

徐承富说，见习时几乎天天都有美国人的飞机来轰炸。当时他们这样的政工人员也要上阵地，但为了安全，都被安排在半截掩体之中。

让他难忘的是，每次指挥作战时，70 师师长张建中都是直接站在炮兵阵地上，从来不待在掩体里，别人劝他去隐蔽的地方躲一躲，他也总是加以拒绝。

张师长说得最多的是，战士们坚守在那么高的炮位上都不怕，我还怕死吗？

徐承富说，师长不怕死，下面的团长、营长自然也没人敢躲在掩体里。

徐承富并不太瞧得起当时的越南军人。

他有点轻蔑地说，当时北越军人已经被美国飞机炸怕了，部队转移时从来不敢集中行动。从上一个地点往下一个地点集结时，一个北越军人就会找两三个村民，把自己的枪支弹药和服装交给他们，这些村民就会把这些东西分散藏在自己身上，偷偷地送往指定的地点，而北越军人则自己空手前往集结地点。这样，即便有一个村民被发现携带武器或藏匿军用物资，也不会被当作真正的军人逮捕，真正的北越军人则永远也不会出大问题。

他说，那时的中国援越军人，把援助越南视作自己的国际主义义务，所有的人都是轻伤不下火线。有一次阵地遭到美国飞机的轰炸，很多人都受了伤，有一些战士其实受的是重伤，但在汽车往后方医院送伤员的时候，总是让别人先上车。有一名战士背部被炸了个窟窿，血直往外涌。这个战士坐在地上，背靠着椰子树，还笑着对大家说，伤重的先走，我不要紧，能坚持得住。他就这样失血过多，靠着椰子树，牺牲在了越南。

沉默了一会儿，徐承富有点自责地说，我永远记得这个人，但我却把他的名字忘记了！

他在说这些话的时候，头微微地低了下去，眼里闪着泪光。

徐承富告诉我，战争让越南男人变得很少，也让越南女人变得很有攻击性。

当时，战士们在驻地的井边洗衣服时，越南的女人们就会围拢过来，先是拿起肥皂盒看一看，然后在放下肥皂盒时，再有意无意地在战士的手上抚摸一下，然后满脸含笑，双眼放光地盯着我们的战士。

他说，越南是热带啊，越南女人都穿得很少，有的时候洗澡也不避开人。但我们不能沾人家便宜啊，你沾人家女人的便宜，跟美国鬼子有什么两样呢？

纪律虽很严，不过，当时确实也有战士禁不住诱惑，跟当地女人你情我愿地，铤而走险，有了特殊关系的。

徐承富说，他当时亲眼目睹过部队对出轨战士的处理。

有一名战士与驻地附近的一个越南女人在山坡上苟且时，被大家发现了。

事情败露后，部队首长认为这是给中国丢脸抹黑的严重行径，便下命令将这名战士关在了猪笼子里。

我问,关猪笼,岂不是有点过分?

徐承富笑了,那是在越南呀,哪里有固定的房子来关战士的禁闭?往往打了就跑的,总不能把人绑在树上、绑在汽车上吧?关禁闭只能关在猪笼子里。

这种猪笼子是用当地的竹子编织而成的,专门用来运猪的,人站在里面还是挺宽敞的。关在猪笼里本身不怎么难受,难受的是其他战士对你的额外惩罚。

那个时候,好像对涉及不正常男女关系的搞腐化特别不能容忍。处罚人时,把人关在猪笼子里,旁边的人有时就会突然冲上来,用手一推,猪笼子便会“哗”地一声倒地,里面的人自然也会被摔得头昏脑胀。

那天晚上,点着汽灯,一大群战士围着猪笼子,准备把给祖国丢脸的战士惩罚一下。

大家还没有把批斗的话说完,越南的老百姓就围了上来,问部队首长这是在干什么。

首长没好气地说,在开批斗会。

越南老百姓不依了,说这么好的战士来支援我们的,为什么要批斗他呢?不就跟一个女人好上了吗?算大事情吗?你们不要,我们要了,赶快放人吧!再不放,我们就抢人了!

首长看当地的老百姓哄了起来,怕影响军民团结,只好下令放人。

一场好端端的批斗会硬是给当地越南老百姓给搅黄了。

徐承富说,当时的越南老百姓确实对我们很好,他们天天都给阵地上送来刚摘下来的新鲜芭蕉叶,让我们用来伪装高炮,几乎是一天不拉。

他说,美国人的报复心很强,你反击得越厉害他就报复得越厉害。每次开过炮后,我们都会转移一下,重新布置一下阵地。用来伪装的芭蕉叶晒上一天就枯了,第二天必须再换上新鲜现摘的。伪装的工作量很大,当地的老百姓见我们辛苦,每天总是会主动来帮忙。

徐承富说,奇怪得很,当时美国人基本上不炸越南的舞厅,也不怎么炸苏联人的炮兵阵地。他说，苏联人和美国人好像有默契似的，苏联人防卫的区域，美国的飞机基本上不从那儿飞，苏联人也从不主动出击去打美国人的飞机。

他说，有一次，我们中国人悄悄把炮兵拉到苏联人防守的区域边上，抓住机会狠狠揍了美国人一顿。结果，第二天美国人就派了大批的飞机飞到苏联人阵地的上空，把没有怎么防备的苏联人炸了个头昏脑胀。

徐承富哈哈大笑起来，有些得意。

在越南三个月的见习结束后，徐承富又回到了福建，被提拔为炮兵72师647团的宣传股副股长。徐承富说，原来以为部队很快就会轮训进入越南作战的，但他等啊等啊，整整等了三年。

三年后，徐承富所在部队接到出国作战的命令，但地点已不是越南，而是换成了老挝。当时老挝也被称作寮国，他们的任务便是援寮抗美。

从1969年12月开始，徐承富所在的部队陆续进入老挝。1970年12月，炮兵72师647团奉命和成都军区的空军高炮15师一起进入老挝，直至1972年11月5日方才回国归建。

徐承富说，他们是从西双版纳的勐腊县悄悄进入老挝上寮的孟赛地区的。他们的任务主要是保护筑路的工程支队。他说，在老挝的两年里，他们部队基本上没有打仗，但其他部队则跟美国人的飞机较量过，打下了不少美国人的飞机。

刚开始的时候，美国人的飞机还时不时地飞过来骚扰一下筑路的工程支队，后来被炮兵打下飞机后，就来得越来越少，最后干脆就没有飞机来了。老挝北部的公路修好后，中国很多支援越南的物资就是从老挝北部源源不断运到北越的。

徐承富似乎又回到了当年。他说，那时老挝上寮根本就没有一条真正的公路。他们在孟赛的时候，中国人正帮着老挝修筑孟赛分别至波亭、孟夸、孟洪的三条公路。施工的除了部队人员外，还有交通部的、云南民工总队的，甚至还有贵州和山西来的工程技术人员。当他们回国的时候，这三条路已经全部修好了。很多老挝当地的老百姓常常站在刚建好的公路边上看汽车，一看就是大半天。

老挝三年，徐承富印象最深的便是兄弟炮兵部队的楠乌河战斗。

他说，在老挝的第二年，也就是1971年5月的一天，在孟夸的楠乌河，兄弟部队跟美国人干了一仗。那一仗打得有点惨烈。美国人来炸桥，我们要保卫桥。我们共打下了美国人的两架F－4鬼怪式战斗轰炸机，打伤了一架。但我们的炮兵也牺牲了20多个。

他说，美国人投下了各种各样的炸弹，什么气浪弹、子母弹、燃烧弹、化学弹，都扔了下来。我们的一个炮手，肠子都被美国人的炸弹炸出来了，他硬是用手把肠子塞进肚子，继续朝美国人的飞机开炮。直到美国人的飞机全部飞走了，他才倒在炮盘上一动不动。这个烈士叫什么名字记不清了，但他留下了一把匕首，他在匕首上刻下了这样几个字："愿把热血献正义！"

从老挝回国后，徐承富仍然在72师647团担任宣传股副股长。

1976年，中国粉碎了"四人帮"，持续十年之久的"文化大革命"宣告结束。此时虚岁38岁的徐承富，还是副股长。社会安定了，快接近不惑之年的徐承富，也开始思考自己的未来和家庭了。

徐承富说，当时在部队干，有一句话，叫作"升官不发财"。他两次出国，在国外的伙食是七毛钱一天，自己交四毛五，还剩下两毛五。后来驻扎在福州，他一个月是62块钱，吃食堂20块，10块钱抽烟——只能抽"飞马"的，三角几分一包——寄给老婆和老娘各10块钱，再加上其他零用，就所剩无几了。一个家庭，三根烟筒冒烟，再大的家私也吃不消！

从1976年12月开始，徐承富就给部队打报告，要求复员回家。他前后共打了九次报告，部队才同意他的要求。他说，当时师长都发了火，问汇报的人，徐承富究竟想干什么？想走可走，还得给我抓一个连队的典型出来，不在省报上见报，不要想回家！

徐承富很快就完成了任务。当时福建军区的炮兵司令听说他很能写稿子，就专门把他叫来，问他原来是干什么的。徐承富说原来是干司务长的。司令员便大声对身边人说，以后提宣传干事，还要从司务长中提！

部队首长毕竟爱惜人才，便让团政委做徐承富的思想工作。但徐承富是王八吃秤砣铁了心。政委做不通，团长便亲自上阵，说，徐承富你改变主意还来得及，不要后悔！徐承富咬咬牙，回道，不后悔，将来哪怕讨饭也会跳过这门槛！

我问徐承富，当年从部队回来，真的一点都不后悔？

他叹口气，说，当年如果没有后顾之忧，能够安下心来，会一直待在部队上的。当时淑华在镇江上班，朝晖放在南京婆婆家，由于户口不在南京，在南京上幼儿园，地方上不同意，还是部队出了证明，最后才解决了问题。眼看着儿子就要上小学了，那边还有老的身体不好，想不为家里操点心都不行！

他说，于1977年春天复员回镇江后，1982年12月28日，我们部队就划归29军指挥。三年后，国家百万大裁军，我们部队被整编为南京军区高炮第13旅。1992年，高炮13旅的番号被撤销。早一点迟一点，还得要离开部队，没什么后悔不后悔的。

上个世纪70年代，很多国营大单位都非常欢迎复员军人，把复员军人当作宝贝，认为他们思想好、觉悟高，干什么工作都能很快上手，打心眼里尊重他们，提干都是优先。

复员回到地方的徐承富，被安置到了镇江煤矿专用设备厂，继续干他的老本行宣传干事。镇江煤专厂是当年国家煤炭部部属36家重点机械制造企业之一，镇江人称其为“171”，带点半保密半军事化性质。

返回家乡后，徐承富才于1978年又生了一个女儿。他把儿子从南京的外婆家接回到自己身边时，朝晖已经10岁了。

徐承富在镇江煤专厂一直干到退休，都没有离开宣传岗位。退休的时候，老徐是单位的宣传科副科长。

老徐说，他1999年退休的时候，单位效益已经是一年不如一年，后来于2003年改制了。

老徐家是两室半一厅。他说，现在住的房子是当年镇江煤矿专用设备厂分配的公房。他们两个老的带着儿子、孙子住正好。他退休后，早几年还在外面忙个门面挣点钱，但后来老伴身体不好，他就待在家里陪老伴了。谷淑华前不久还动了乳腺癌手术，老徐更是不敢往外跑了。

坐在客厅里，可以看到防盗门上贴着一条提醒的标语："一个人在家时，不要开门"。我问这是什么意思。老徐说，怕有坏人乘机进来伤害老太婆，提醒她一个人在家时，不要让外人进来。

住了近30年的房子，家具毕竟有些老旧。刚进老徐家入座时，木头椅子上放着一张竹垫。我觉得这样有点受宠若惊，就把竹垫拿给老徐。老徐赶紧拦住我，说这垫子不能拿走，凳子有裂缝，会夹到屁股。后来我发现，这凳子确实摇晃得厉害，坐到最后，凳子的面板与架子差点分离开来。

汽车兵葛炯杰

新旧世纪之交，随着中国工业化进程的加速，第三产业给社会呈现了异常丰富的职业岗位，加之承平日久和多元化的精神需求，让普通民众的英雄情结逐渐弱化，军人的形象在不知不觉间开始边缘化，人们把更多的目光聚焦到了军人平凡和人性的一面，甚至注意到了部队中的某些阴暗面……

家访对象：西津渡保安管理员葛炯杰家庭

家访时间：2016 年 5 月 13 日周五，天气晴

身高一米八的炯杰生于 1981 年的夏天。虽然属于 80 后，但在我的印象中，他却是一个不折不扣的老兵——不是因为他当兵时间的长短，而是因为在他身上体现出来的那种“在部队什么苦没有吃过”的素质。

炯杰很小的时候，父亲就因病去世了。母亲含辛茹苦把他这个独子抚养成人，炯杰因此非常孝顺母亲。他最初是和母亲一起住在镇江的百盛家园安居小区里，结婚生子后，为了儿子上学方便，才在儿子学校附近的三茅宫小区买了一套一楼的一室半一厅的房子。现在儿子刚上一年级。好在母亲今年才 61 岁，身体非常硬朗，经常跑过来帮他料理料理家务，省了炯杰不少烦心的事。炯杰说，当初之所以坚持要买一楼的房子，是怕将来母亲岁数大了，爬楼爬不动，好住在这里。

理着个莫西干人发型的炯杰不大喝茶，但喜欢抽烟。跟我聊天的过程中，他的烟一根接着一根，就没有断过。炯杰问我抽不抽，我说从来不抽烟。他便笑笑对我说，都是在部队养成的习惯，戒不掉了。他说话的时候，脖子上粗犷的金项链一闪一闪的，搭配着花格子短袖衬衫，让我觉得他倒有点像西北的少数民族。

炯杰是在新疆当的兵，只当了两年的义务兵。但就这两年，一直影响他到现在。

2015 年，炯杰被评为西津渡文化旅游公司廉洁从业好员工。我对炯杰说，我没记错的话，今年春节前，你们公司开了个表彰会，是集团董事长亲自给你颁发的西津渡公司最美职工奖状。

炯杰打了个哈哈，低头看着自己腿上有几个破洞的牛仔裤，不好意思地说，我这个人当兵前是个扶不起来的阿斗，每天什么事情都不想干，白天“环环”①，晚上玩玩，最好。十几年前如果没去当兵，现在还不知道我是什么样子呢！

按炯杰自己的说法，他小时候确实不很要求上进，只有中专学历，毕业于镇江丹徒区职教中心的汽车运用与维修专业。上个世纪末，司机在镇江还是个比较吃香的职业。他母亲省吃俭用，硬让他学了个驾驶，拿到了可以开大货车的 B 照。

炯杰说，我那时候是个烂大肠，中专毕业后，也不想找个工作，就想爬起来吃，吃过了睡，懒得很。母亲怕我这个儿子废了，心一狠，就让我当了兵。如果当兵再不成器，我母亲也就认命了。

炯杰说，我是 2000 年 12 月 16 日从镇江南门汽车站坐汽车出发，然后到南京乘火车，18 日到的新疆乌鲁木齐。

部队知道炯杰学过驾驶，先把他放到了新疆军区第一司训大队，在新兵 5 连 3 排 10 班。接受了两个月的纪律、队列集训后，于 2001 年 3 月正式下连队，分到汽车 56 团 2 营 4 连 1 排 2 班。部队驻地库车，《西游记》传说中的

---

① “环环”：镇江方言，指两手抄进衣袖中当看客，什么事情都不想做。——编者注

女儿国。

炯杰告诉我，你别说，部队门口还真有条河叫作子母河。库车女孩子长得非常漂亮，按新疆当地话讲，叫作“库尔勒的香梨哈密的瓜，库车的姑娘像朵花”。库车当地产一种白杏，非常美味。部队主要是给阿富汗边界、巴基斯坦边界和印度边界的边防哨所提供给养，吃喝拉撒都要靠我们团运输上去。

炯杰是带着驾驶执照参军的。当时部队刚刚改革，按部队的规定，有照的集训一个月，没照的要集训半年。全连队只需集训一个月的只有炯杰一个人。

集训结束，老兵要带新兵上昆仑山长途拉练。一个老兵带一个新兵，开一辆“斯太尔”大卡车。第一次上山的时候，班长指定由自己亲自来带炯杰。班长叫作刘嘉友，是湖南永州人，比炯杰大个四岁。

当年 5 月，部队拟定上山计划的时候，整个连队只有炯杰一个新兵。因此，开春后的第一次长途拉练，参加的新兵蛋子只有炯杰一个人。

新疆部队边防点多，道路艰险，气候恶劣，为了培养新训驾驶员的过硬素质，部队从实战出发，每年都要组织大家到 2000 多公里外的昆仑山和帕米尔高原，进行高原运输知识和驾驶技能的学习与培训。从库车出发，开车经过拜城、阿克苏、莎车，就到了叶城。叶城是新藏公路的起点。

炯杰说，从团里刚开车出来的时候，刘班长指着北面遥远处天山的雪峰对他说，小葛，你看到前面这座山没有？我说看到了。班长说，我们就到那个山上，过几天你就知道什么叫作地大物博了。炯杰便天天去看天山，结果，连看五天，那座山还是那座山，几乎和原来看到的没有什么区别。这种没有变化的时空感，让他觉得自己非常渺小，还对无边无际的空旷感到有些恐怖。

从库车开到叶城，整整开了十天。从叶城到西藏阿里的狮泉河，将近 1100 公里。

炯杰说，到西藏有川藏、青藏线，但最险最难走的还要算是新藏线，被称为“死亡天路”，不过，新藏线沿途的风景，也是他今生见过的最美的风景，没有之一。

但这条路，也是让他今生跑得最痛苦的公路，也没有之一。

正式上山的地方叫作普沙。叶城到普沙有 60 多公里比较平坦的路，70 公里以后就开进了山谷，开始爬山了，路完全成了碎石山路。炯杰说，上了山才知道，除了胆大心细技术过硬外，还要有一个颠不烂的铁屁股。

上昆仑山的第一个地方叫作库地，通过库地达坂才能到达库地。达坂就是山口。库地达坂是新藏线的第一个冰雪达坂，海拔超过 3100 米，当地人称作连猴子也爬不上去的雪山。进了达坂都是盘山路，一圈一圈的，车必须开得很慢，一天都在路上。库地当地话叫作鬼门关，到了库地，就进了鬼门关了。我们左边是河，右边是山，山陡路险，是个经常发生泥石流和塌方的地方。

从普沙到库地，也就 80 多公里吧，我们的汽车竟然爬升了近 3000 米。库地过后，沿着溪流继续往上开，就是麻扎达坂，过了麻扎达坂便是中途可以休息的麻扎兵站。

麻扎达坂的盘山路非常凶险，坡度很大，风也很大。乔戈里峰就在麻扎兵站的西边。长长的上坡路，车子开得很慢。公路就像一条巨蟒一样曲曲折折盘旋在高山上，相当壮观。新藏线上最长的达坂就是麻扎达坂了，上下各有近 40 公里的行程，连续的坡道，一直延伸到云里，满山都是褐色的碎石头，寸草不生，像是个大铁矿。有句顺口溜，叫作“麻扎达坂尖，陡升五千三”。这个地方的海拔应该有 5000 米吧。

过了麻扎达坂，我开始觉得有点头疼。班长问我行不行，我说还能坚持。班长笑笑，也不多说什么。

我硬撑着，经过黑卡达坂，经过赛图拉，经过三十里营房，再经过红柳滩兵站、奇台达坂、泉水沟，便到了甜水海兵站。到甜水海兵站之前，整个人就已经非常不舒服了。本指望可以咬牙坚持到甜水海兵站好好休息一下，却偏偏遇到了搓板路。

本来就已经有了高原反应，在搓板路上上下下得得得地这么一搓，就直接觉得呼吸跟不上来了。已经有六年志愿兵资历的班长知道我快不行了，从车上不知道哪里竟然找出一只氧气袋，让我吸上几口。几口氧气下肚，我立马好受多了。如果不是班长事先备下氧气袋，以后的路程我真的难以想象。

正准备一鼓作气开到甜水海兵站，出乎意料的事情发生了：卡车竟然双爆胎。当时我们车上只有一个备胎，双爆胎意味着必须要扒下一个轮胎现场修补。下轮胎好下，扒轮胎就不那么容易了。我已经有了高原反应，用三角铁和大头夯了两下，便觉得气上不来，心慌慌的，双手发麻，浑身虚汗直冒，一屁股坐在地上，直接想吐。

这个时候我才知道什么叫作过硬的素质。瘦小的班长从车上下来，让我坐在地上先歇一下，把工具从我手上拿过去，不急不忙，干净利落地把胎扒下补好，又干净利落地把轮胎装上。班长做完了这一切，竟然没有淌汗。

炯杰说，从甜水海到界山达坂，中间你真正是看不到一丝人烟。快到界山达坂时，就是阿克赛钦湖。过了界山达坂，就进了西藏。界山达坂是新藏公路的最高点，也是世界上海拔最高的一段公路，是个高到真正伸手可摸天的地方，海拔差不多要有 5250 米。新疆和西藏的分界线就是以此而定——这座高山的北面是信仰伊斯兰教的维吾尔族，高山的南面就是信仰佛教的藏族了。

过了界山达坂，就是与界山达坂差不多高的红土达坂。翻过红土达坂，也就挺过了最艰难的时刻。从红土达坂经过多玛、班公错、日土，便是长途拉练的终点狮泉河镇。这一路，基本不用再爬山，大都是在平缓的高原上行驶，但也不好开，除了搓板路还是搓板路。

原以为从狮泉河原路返回叶城时，不会再有什么大问题，想不到还是有低原反应，人会醉氧，四肢无力，直接想睡觉。

从叶城到狮泉河，再从狮泉河返回叶城，后来成了炯杰他们长途拉练的基本路线。

炯杰对班公错印象非常深刻。班公错是个长长的湖，东西长有 100 多公里，大部分在西藏，还有一小部分在克什米尔。这里的海拔也有 4200 多米。

炯杰说，这个湖特别奇怪，在西藏境内都是淡水，湖边都是大片大片的草地，非常养眼。湖里还有个鸟岛，成千上万的鸟儿飞得铺天盖地，让人看了非常震撼。湖水到了克什米尔，就成了咸水，连条毛鱼都没有了。

炯杰说，阿克赛钦和班公错之间的广大地区战略地位重要，居高临下，像一把悬在印度人头上的利剑。当年这里就是中印边界自卫反击战西段的主战场。

我告诉炯杰，西段战事我多少了解一点。“文革”时，上小学的我看过一本上海人民出版社出版的连环画，书名就叫作《滚雷英雄罗光燮》。这个来自四川的普通工兵战士，在排雷中，左腿、右臂相继被地雷炸断，用来排雷的爆破筒也被炸到山坡下面。最后，他以纯粹的血肉之躯滚向印度人布下的雷区，宁愿让自己残缺的肉体成为碎片，也要为部队开辟出一条冲锋道路。战后，罗光燮烈士被授予了“战斗英雄”的称号。在我的心目中，滚雷英雄罗光燮和舍身堵机枪眼的黄继光一样，都是难以忘怀的伟大战士。我记得这部连环画是由中国人民解放军7969部队政治部供稿的。

炯杰吸一口烟说，7969部队，就是老的新疆军区野战4师，师部驻地就是库车。罗光燮就是我们一个部队的战友。

和平年代的炯杰当然不会再遇到罗光燮那样的为国家献身的机会。炯杰第一次感受到战争的紧张气息是从2001年9月11日开始的。

炯杰长吸一口烟，有点感慨地说，将近三个月的时间，我们一直在阿富汗边境跑运输，吃的穿的用的，都要往上拉。每辆车都是一个老兵司机和一个新兵学员，500公里两人轮流开，人歇车不歇。这三个月跑下来，驾车的技术能不好？

炯杰说，中国与阿富汗交界的地方是喀什的塔什库尔干塔吉克自治县，当地人叫作石头城，刚解放的时候，这个地方叫作蒲犁县。塔县地方很大，我们整个苏南的南京、镇江、常州、无锡、苏州这五个地方加起来，才跟它差不多大。但塔县很荒凉，这么大的地方总共才三万多人口，还不如我们这儿一个乡镇人多。这个地方已经算是帕米尔高原，也就是古代的葱岭。

这里跟阿富汗之间有一个瓦罕走廊，古代的丝绸之路就从这里经过，西游取经的唐僧就从这里走过。瓦罕走廊属于高寒山区，虽然有六万平方公里，比整个苏北的土地面积还要大，但只有一万人生活在那里，也是个人迹罕至的荒漠高原。

我简单计算了一下：塔县加上瓦罕走廊，面积和整个江苏省差不多，但这么辽阔的高地上，竟然只生活着不到五万人口；也就是说，平均两平方公里的土地上才有一个人，很多地方都是无人区。要想防止别有用心的人溜进来，其难度可想而知。

炯杰说，到了中阿边境，他才发现驻守边境的战士是多么艰苦，这种苦倒不是物质上的，更主要的是心理上的。这里从 9 月份开始就大雪封山，雪地反射的紫外线特别厉害，所有人的脸上都是漆黑的，只有眼睛是亮的。突然有这么多战友上来，边境上的战士别提多高兴了。有一个同样来自南方的战士拉着炯杰聊天，从身上掏出厚厚的一沓人民币，把炯杰吓了一跳。这个战士把这沓钱一张一张地数了一遍，重新放进口袋后，对炯杰说，这么多钱现在都用不上，没地方消费。炯杰说，这个步兵团的战士是第二年的义务兵，给我的感觉，他经常没事就数钱，用来打发时间。

冬季过后，2002 年的春天来临的时候，炯杰所在的部队接到命令，运送一批给养上喀喇昆仑山的神仙湾哨所。此时已是 4 月底 5 月初，山下虽然春暖花开，山上却仍然是冰天雪地。

神仙湾哨所海拔高度 5380 米，当年是世界上最高的哨所。这个地方凌晨 3 点就能看到太阳，被称作神仙才能上去的地方。

我们沿着新藏线，先是在昆仑山上跑。神仙湾哨所虽然确实是在皮山县，但我们必须过了皮山，把车开到和田境内，然后离开新藏线，向西南方向绕上一大圈，绕上喀喇昆仑山，才能够抵达哨所。下了新藏线，从昆仑山跑到神仙湾，车队要跑上至少四天。

我们这个车队总共六辆大卡车，由连长亲自带队。我们连长叫作席伟，是陕西渭南人。我们班刚刚换了个新班长，叫作秦海波。秦班长跟刘班长一样，也是湖南永州人，也指定我跟他的车。秦班长复员后，后来搞建筑，现在听说在国外忙着做工程。

秦班长也是我的师傅，他一边开车一边喝酒。部队当然不准开车喝酒，但他偷偷摸摸地喝，我又不会举报他，谁来跟他计较？连长也知道秦班长会偷着喝酒，但也是睁一眼闭一眼。怎么说呢，我们班长的车技实在是太牛了，他是个非常特殊的人才。举个例子吧。我们“斯太尔”的车库，车库后面有两个呈梯形的墩子，卡车入库后，车子的后轮胎必须靠着墩子成一条直线。所以，不论从哪个角度看过去，我们所有的车子都是非常整齐划一的，停在那里，场面看上去非常震撼。

入库停车时，人家师傅要移动好几次，把头伸出车外来看才行。我师傅呢，用右脚扒在方向盘上，左脚抬着半连动，眼睛看着后视镜，一把头就能把车停到位。

我师傅属于那种天生玩车子的高手。

去神仙湾，刚开始一路上都很顺利。但高原上的天，说变就变。刚刚还是阳光普照，突然间天就黑了下来，很怕人。天不仅黑乎乎的，风还非常大。大到什么程度？把装满东西的卡车吹得左右直摇晃。连长怕出意外，命令大家就地停车，等风小一些再走。大家刚刚把车靠拢聚集在一起，还没来得及下车，喀喇昆仑山就发生雪崩，把我们整个车队埋在了雪里。不幸中的万幸，我们被埋得不是太深，还能从车里爬出来。我们把车子周围的雪清理干净后，连长把人员清点了一下，还好，没有一个人受伤。虽然没有人受伤，车队却被困在了原地，进不得，退不得。

连长是安徽蚌埠汽车学院毕业的，上了四年，然后分配到我们连队来的。

连长不管是气质，还是做事能力都相当棒，后来提成副营，两年后提正营，再两年副团。现在跟连长没有联系了。

席伟连长确实是个人才。我们团以及其他兄弟单位的训练大岗都是我们连长拿出来的。连长说，我们玩汽车的跟别人玩枪玩炮的不一样，跟社会上的驾校也不一样，要体现出部队的铁的纪律。

他说，犯的小错误不跟你们计较，但关键时候你们必须能上得去，过得硬，不能掉链子。

我们到了训练场上，非常大的训练场，建在戈壁滩上，过断桥，走铁轨，我们什么没有玩过？在地上画四个白点，出去转一圈回来，停车时，要一把头四个轮子都轧在白点上才行。

午间休息时，别人在戈壁滩上比谁跑得快，我们连也比，是比谁倒车快。

我们连是联勤分部的先进连队，我当兵的两年，两年都是先进。在师里面，能评先进连队的非常不容易。

每次训练完后，连长要求我们车子必须擦得干干净净，轮胎也是。不保养好了不准入库。不允许我们有一起交通事故，连小的擦碰都不允许。

就是这样的一个连长，遇到雪崩也没有太好的办法。

连长用无线电跟部队联系，汇报了情况。部队说，这么远的路，铲雪车赶过来得要一个星期的时间。

我们被雪困了四个晚上五个白天。白天还好过，晚上就有点难受。每天晚上都能听到狼叫，那嚎叫声，听得好像就在汽车外面。头一晚还有点紧张，第二天竟然就不怕了。最难受的就是没有吃的。我们第二天就基本上处于饥饿状态了。没有水，身边现成的雪，吃上几口就解决问题了。没东西吃，我们就吃山上的一种枯草。把这草用手捻碎了，一点一点咽下去。

一般情况下，我们都是按计划到兵站，兵站给我们准备好食物，车上没有什么干粮。断粮后，只能吃昆仑山上特有的枯草。第一天，我只吃了几口雪，吃了一把草。

草很难拔，只有用刀割。人饿起来，有什么好吃不好吃的，只管填饱肚子就行。有了吃苦的经历，我就理解当年穷人为什么能够把观音土吃下去了。

紧跟着我们的一辆车是一班长的车。一班长叫作沈伟，是甘肃兰州人。第三个白天，一班长见同车的新兵饿得有气无力的样子，实在是心痛，就去向连长建议：车上装着这么多吃的东西，先动用一下，让大家吃个饱，也好坚持下去。连长脸色顿时就变了。席连长马上就把六辆车的人都召集起来，开了一个会。会的时间很短，只有两分钟。连长说，车上的食品是专门送给哨所的战士们的，我们谁都没有权力动，谁动车上的食品，我就送谁上军事法庭！连长还强调，野外生存七天都坚持不下来，还当什么兵？

第四天，连长又召集全体人员开了个短会。这次除了继续强调不准动用车上的食品，还对大家说，一定要相信上级，相信组织，救援的人马应该很快就到了。最后，连长声音有些沙哑地要求大家，看看车上还有什么纸和笔吧，把想对家里人说的话都写下来吧。

炯杰说，当时听到连长说出这样的话来，自己大脑一片空白，觉得离崩溃已经不远了，好长时间才缓过劲来。自己想，这不跟战争年代一样了，怎么就会把命丢在这荒山野岭之中了！

被困时，天天想的事情，就是把命丢在这里是不是值得。我想啊，我是江苏的，本身也比较富裕吧，家里就我这么一个独子，我死了，老母亲怎么办？就这样死在这里值吗？

也就是第四天，跟我们一样吃雪吃草的秦班长，竟然从行军包里掏出了一袋方便面。他把方便面塞到我手里，说，慢慢吃吧，不要吃得太快。我掰了一半还给班长。班长拒绝了，说，小伙子，你饿了，你还很年轻，就多吃点吧，我岁数比你大，我还能扛得住。"唰"地一下，我眼泪当时真的淌了下来！

这件事发生在班长和我的那辆"斯太尔"大卡车里，我永远不会忘记这辆车的号码：丙C63438。

第五天的时候，我们终于听到了隆隆的机械声，铲雪车终于开过来了。

赶到神仙湾哨所时，哨所已经为我们准备好了吃的。这是一顿终生难忘的美味饺子。我们吃饺子时，身边都有人看着：每个人只准吃五个，绝对不允许一次性吃饱，歇上半个小时再吃五个，再过半个小时再吃五个。哨所怕我们一下子吃多了，在缺氧的情况下造成意外。

饺子都是肉馅的，没有蔬菜。神仙湾这么高的地方，常年离不开棉衣，就夏天能看到一点绿色，其他时间能看到石头和土壤就不错了。冬天的时候，除了蓝天白云，整个世界就是白茫茫的一片冰雪。路边经常看到一些白晃晃的东西，是以前商队死掉的马和骆驼留下来的骨头，拿在手里，居然都是轻飘飘的。哨所战士的食物基本上以罐头和干菜为主，如果看到新鲜的蔬菜和水果，眼睛立马就变绿了。

由于很少见到外面来人，神仙湾哨所的战士对我们格外热情，好像有说不完的话。有一个东北兵，跟我同时入伍的，跟我聊天时说，我们这里其实什么都不缺，就是缺点新鲜的玩意儿，下次你再来时，记得给我带点苹果。

下次很快就来了。从哨所下来，我们接到命令，把车开到阿克苏，再运一趟服装和被褥上神仙湾。第二次上神仙湾时，虽然是阴历"六月心"，但山上却下起了鹅毛大雪。

这次上山，我专门买了四只苹果带上。买的时候，苹果又红又亮的，非常好看。到了山上，我拿出来给东北兵时，苹果皮竟然变得皱巴巴的，像个老太婆脸上的皱纹了。我正觉得奇怪，东北老兵非常开心地说，正常的正常的，山上缺氧，苹果都会皱皮的。东北老兵高兴之余，硬是塞给我平时省下来的六听牛肉罐头。要知道，要是在山下，光一听牛肉就可以换到不止四只苹果了。

我们汽车兵志愿兵多，义务兵少，全连只有 18 个义务兵。两年到了，上级给我们连十个士官名额。

连长比较器重我，因为我是带照当兵的，技术还可以。连长对我说，不要退伍，留下来当士官。营教导员也希望我留下来，竟打电话到我家里跟我母亲做工作。那时我母亲身体不太好，我考虑再三，还是决定退伍回家。当时，还有一个非常特别的原因，就是我如果不退伍回家，就会影响到另外一个战友的去留。

我们一个连里，还有一个镇江老乡，句容的战士刘庭，当时在给连长当勤务员。他虽然给连长当勤务员，连长却不搞特殊化，一碗水端得很平。连里不是有十个士官名额吗？我排在第一名，刘庭却排在第十一名。刘庭便经常过来找我聊天，问我回不回去。他说，你是城里人，我是农村人，你回去还能够过上好日子，我回去就只能种地了。我知道他的意思，跟他说，你放心，我肯定退伍回去，不会骗你老乡的。

说来也巧，刘庭留下后，很快，部队司令部就来招开小车的司机。来我们团挑选的人一眼就看中了刘庭，因为他长得比较小巧，眉清目秀的。刘庭刚开始在司令部开办公车，有一天正好副司令员临时用到他的车。副司令员是镇江丹阳人，跟刘庭一聊天，发现大家竟然是老乡，从此便对他有了印象。后来副司令员要更换驾驶员，很自然就想到了刘庭。更巧的是，给副司令员开车的刘庭，不知道怎么又被首长的二姑娘看上了，最后就变成了副司令员的二女婿。

刘庭后来转役到地方，去了新疆乌鲁木齐的税务部门。三年前战友聚会时，刘庭端着酒杯敬我说，哪个都不感谢，也要感谢你葛炯杰，没有你葛炯杰，就没有我刘庭的今天。我想得很开，对刘庭说，不要感谢我，我当时坚持留在部队的话，可能也早就退伍回家了，更不可能成为首长的女婿。你有今天，主要还是靠自己的努力和机缘巧合，跟我并没有多大关系。

2002 年 11 月，当兵两年的炯杰复员了。他重新回到了镇江。他到民政局报了到，民政部门把他安排到镇江一家国营玻璃厂上班。炯杰兴冲冲地去上班，结果，这家企业对复员军人的态度相当冷淡，什么情况也不问，当天就打发炯杰去车间扫碎玻璃渣子。炯杰并不知道，当时很多地方都酝酿着要搞企业改制，都忙着准备裁减老员工，根本就不欢迎复员军人来上班。他们不敢明目张胆地拒绝上级安排的任务，就变着法子来软抵抗，炯杰就不幸成了这种软抵抗的牺牲品。

一个在昆仑山上用脚也能开“斯太尔”军用大卡车的复员军人，竟然被安排去扫玻璃渣子，这不是太欺负人了吗?！炯杰上了一天班，回到家里，越想越气，第二天干脆辞职不干了。

炯杰自己买了辆出租车，当起了个体户。

但非常不走运的是，2003 年的春天，中国爆发了“非典”。“非典”的后遗症，尤其是对一些行业的负面影响，一直持续到了 2005 年。炯杰所在的出租车行业，自然属于受冲击最大的重灾区。

拉不到客，还要交管理费，让炯杰觉得负担很重，干脆决定把出租车转让出去了。

把出租车卖掉后，在家干什么呢？炯杰一下子也没了方向。几个月后，炯杰陪一个朋友去镇江劳动力市场找工作，正好碰到西津渡公司招聘保安。

他说，我那个时候还不知道西津渡公司是干什么的，便问招聘的人，西津渡在哪里。招聘的说就在城西的小码头五十三坡一带。我舅舅正好住在五十三坡，我觉得这个地方蛮好的，上班吃饭不成问题，便报了个名，结果被录取了。就这样，一直上班上到了现在。

炯杰说，他记得第一天上班的日子是 2006 年 12 月 16 日。六年前的同一天，他参军离开了镇江。他因此把这个日子当作自己人生重新出发的一个起点。

炯杰还清楚地记得，退伍的时候，连长对他说过这样的话：

一个人无论到哪里，一个要放正自己的位置，二个做什么事要有个态度，三个做什么事都要有责任心。只有这样的人，才不会自暴自弃，才会永远是一名真正的中国军人。

炯杰长吸一口烟，非常认真地说，时间越长，越觉得连长说的话有道理。我一直把连长的话放在心里，到了西津渡也是如此，做人做事情就按照这三条来做。我到公司将近十年了，就做这么一个小保安，一个月就这么点儿钱，要在当兵前，我肯定是不会来做的。现在想的是，我既然干了，拿一分钱，就要出一分劲，必须抱着这样的态度来工作。

第三章
岁时杂咀

镇江民间大大小小的节日，可谓数不胜数，但最重要的节日还是要算春节、端午节和中秋节这三大节日。当年对普通劳动者来说，这三大节还意味着“头牙”和“财神酒”、“端午酒”、“中秋酒”，而一个受雇于人的劳动者，一年也只能喝上主家提供的这三顿酒。时至今日，除了团圆，这三大节日的主题已分别演变成平等沟通、合家安康、尊老爱幼了。

吃春酒

辞旧迎新的春节是中国人生活中最重要的一个节日，过好春节，意味着就有了一个“一元伊始，万象更新”的吉祥的开头。不过，当温饱已不再是问题，年年有余；当迷信的恶习不再成为主流，娱神的活动变成了娱人；当独生子女构成的小家庭成为最基本的社会细胞，一天就可以走完亲戚；当一幢楼里的人们非常陌生，不再有了相互串门……年味是不是越来越淡了些？

家访对象：御带河花园保安华明祥家庭

家访时间：2015 年 2 月 22 日周日，天气晴

过年期间，走亲访友，互相拜年，坐下来喝酒聊天，在镇江叫作“请春酒”或“吃春酒”，文雅一点的说法叫作“请春卮”。吃春酒一般都是事先约好了的，今天到你家，明天到我家，一家家吃过来，年也就过完了。现在很多饭店过年期间不休息，不少人吃春酒就吃到餐馆里，但真正的春酒，还是得在家里吃才有气氛。

如今不能当面拜年的话，很多人喜欢发个短信问候，也有打电话的，很少用贺年卡了，更没有人用“飞帖”了。但在以前，镇江讲究的人家会让自家晚辈拿着大红的贺年片，先往有关的长辈人家拜年，同时约好吃春酒的日子。这叫作“飞帖”拜年。

吃春酒一定要拜年，拜年却不一定吃春酒。镇江的老习俗，大年初一是儿子给父母拜年，大年初二是已出嫁的女儿带着全家回娘家拜年，初三、初四是其他亲朋好友之间拜年，到了初五就开始忙着接财神吃财神酒了。

习惯上，镇江人每年从送灶开始就算忙着过年了，然后一直忙年忙到正月二十落完灯才算正式结束。

送灶有“官三民四”的说法。普通老百姓都是腊月二十四送灶，也称之为“小年”。过小年送灶之前要掸尘。当然，你也可以提前一天，在腊月二十三做掸尘送灶的事情。

掸尘意味着家家要扫房擦窗，清洗衣物，刷洗锅瓢，实施一次干净彻底的卫生大扫除。“尘”与“陈”谐音，所以，掸尘不仅要让家里焕然一新，还象征着把陈年旧事一扫而光，把以前日子中遇到的不快一扫而光，欢欢喜喜迎新年。

送灶意味着在腊月二十四要把灶王爷送上天去。送灶王爷走很简单，供点麦芽糖就行，目的在于把他的嘴粘住，在天上少说坏话。所以，很多人家会在灶房或厨房里贴一副对联：“上天言好事，下界保平安。”

二十四送灶，接灶则是年三十吃完团圆饭后做的事情之一。

传说灶王爷是骑马上天的，因此，送灶的时候，大家都希望灶王爷的马跑得慢一些，这样，汇报工作的时间就少了。所以，灶王爷走的时候，很多人家都不提供马料。接灶的时候，大家都希望灶王爷赶快回来，因此，除了供麦芽糖外，还会供一份碎稻草和红豆做成的马料。讲究的，再送灶王爷一份“元宝锅巴”。

俗语“有钱没钱，娶个老婆家去过年”，说的就是赶在腊月二十四办喜事的人家。

送灶过后，就开始忙着置办年货了。改革开放前，家家都要排队去磨做圆子的糯米粉，炒瓜子、花生，炸炒米和玉米花，买茶食果子和水果，最费事的就是蒸包子。农村里除了蒸包子，还要蒸年糕。蒸第一笼包子时大人小孩都不能乱说话，怕面发得不好，蒸出来不好看。

现在镇江城里已没什么人家自己蒸包子了，都是找个小吃店定制，或干脆买现成的，挑几个品种打包回家。还有些年轻人的家庭，干脆连门也懒得出，直接网购速冻包子，快递送上门来。

几十年来，变化最小的大概就是吃春酒了。

大年初四还没过完年，吃春酒不作兴空着手，我就带了一包麦片、一箱牛奶。麦片是送给华明祥老丈人的，牛奶是送给华明祥的儿子华佑航的。

直到上个世纪80年代，镇江人过年串门还只是送些茶食果子，包上一包老红糖。如今，除了些怀旧的老人，年轻人过年早就不吃这些传统食品了。

华明祥又叫华小五。他的户口在汝山渔业乡丹徒村51号。丹徒村的房子是他父亲的，现在已经成了家庭棋牌室，楼下娱乐，楼上住人。他目前住在贺家弄100号104室的岳父家里。华明祥和现在的妻子程克静于前年刚生了个儿子。因为老丈人患肺癌已经有两年多了，为了便于服侍，华明祥夫妻俩暂时就靠着老人一起住。

傍晚，华灯初上时分，街上的人并不很多。远处断断续续传来烟火的尖啸声。除了一些比较大的饭店和超市，其他商店都还没有开门营业。大部分的商店都要在初五一大早接完财神之后才开张。大方一点的私营店主，初四晚上都会请手下的员工吃一顿饭，喝上一顿酒，希望大家新年一起帮忙，再接再厉，把生意做得更好。生意人把新年开张的这第一顿酒称作“财神酒”。

刚走到贺家弄中段，便见到方荣九等在路边。方荣九是华明祥的姐夫，和我边走边聊。他告诉我，华明祥是他岳父弟弟的孩子，他岳父自己亲生的只有四个女儿，华明祥实际上是过继过来的亲侄儿。不管是亲生的还是过继的，都是自家的，都喊他“小五子”。小五子前面两次婚姻都没有小孩，这次总算找准了，生了个儿子。

进门刚坐稳当，华明祥的丈母娘就端上了一杯元宝茶，剥开一只桔子，指着桌上的云片糕、酥糖说，这是正宗镇江糕点厂的，还是以前的老味道。

华明祥的岳母姓朱，退休前是供销社的会计，也是镇江报社一个老编辑的妹妹。她说的镇江糕点厂就在贺家弄的南头，离她家只有几步路。

贺家弄是镇江老城里唯一一个叫作“弄”的街巷，找不到第二个，也是镇江土著的吴文化被移民的北方文化大规模侵蚀后残留下来的历史孤证。就在这个独一无二的“弄”的深处，依然还有着一家破败得只剩下一口游气的国营镇江糕点厂。如果不是还有着一批老镇江人顽强地想保存一份儿时的记忆，这个老厂早就关门打烊了。

就在贺家弄巷子北头，平时总有一个镇江糕点厂的流动摊子摆在那儿，虽很简陋，却每天都卖着镇江传统的茶食。这些茶食有大京果、小京果、京果粉、麻雀头、小麻饼、桃酥、奶元饼等等。来买茶食的几乎都是退了休的老年人，即便有些年轻人，也都是受家里老人的嘱托，或买回去孝敬父母的。

事实上，一直到上个世纪90年代初，贺家弄的镇江糕点厂还是江苏糕点行业的一面旗帜。早在宋代，就有了以京果为代表的镇江茶食业的繁荣，明清时的京江饹更是驰名大江南北。解放之后，经过公私合营，镇江的茶食业竟然还有62家。“文革”期间，“抓革命，捉生产”，镇江糕点厂于1969年在贺家弄建成投产，从此开始在整个苏南五市中一家独大。“文革”结束时，年产各类糕点茶食竟然达到2500吨，有工人300多名。上个世纪80年代，还没有知识产权意识的镇江糕点厂到处搞联营厂，把茶食生产技术输出给了苏北、安徽等地。当京果成了整个江苏的特产，京江饹在上海被叫成“老虎脚爪”的时候，这个国营老厂却在市场竞争中越走越慢，最终成了21世纪的弃儿。

这个弃儿之所以还能苟延残喘到今天，跟老城里仍坚守着传统生活习惯的一批耄耋老人不无关系。由于历史上就是个适合居住的地方，闲适的风气在镇江老城至今余绪未断。这种余绪，从镇江的一首歌谣里可窥一斑：

早上起来日已高，
只觉心里闹潮潮，
茶馆里头走一遭。
草鞋底，千层糕，（草鞋底是指镇江当地的一种插酥烧饼。）
拌干丝，堆多高，
翡翠烧卖蟹黄包，
白汤面，脆火烧，

龙魁兰茶香气飘。(龙魁兰是镇江的一种混合茶,由龙井、猴魁、珠兰组成,也是春节元宝茶的一种。)

吃过早茶想中饭:
狮子头,菜心烧,
煨白蹄,酱油浇,
蒜头大烧马鞍桥,
醋熘鳜鱼炒虾腰,
百花酒,墨玉烧,(百花酒和墨玉烧都为镇江产的优质黄酒。)
一斤下肚乐陶陶。

吃过中饭想下午:
寄奴饼子云片糕,(寄奴饼相传为南朝第一帝刘裕所传,为镇江历史名点。)
“杨同兴”的牛肉包,(解放前镇江“杨同兴”的牛肉馆非常有名,后开至上海。)
再来一包香橼条。

吃过下午想晚饭:
水晶汤鸭宴春肴,(以前镇江“李顺兴”的水晶汤鸭与宴春的水晶肴肉齐名。)
盐水虾子撒花椒,
什锦酱菜麻油浇,
香稻米粥黏胶胶。

吃过晚饭想夜宵:
京江饺,鸡汤泡,
京果粉儿补补脑,
一觉睡到大清早。

这些老人的怀旧情结所形成的购买力虽然日渐式微，但仍支撑着贺家弄头上的摊子不至于消亡。不过，我相信，即便这个摊子和镇江糕点厂都没有了，那些已融化在老百姓日常生活之中的文化传统也很难消失。

譬如元宝茶，虽然内容上有不少变化，但其形式，在许多家庭并没有什么大的改变。华明祥岳母家的元宝茶是蛋茶，这是老丹徒和丹阳的习俗。镇江城里普通人家的元宝茶都是红枣茶，做生意的人家准备的元宝茶一般是龙魁兰茶。自家人只在大年初一的早上吃元宝茶，其余时间都是用来敬献客人的。

老镇江的规矩，三十晚上吃完团圆饭，全家人要坐下来包圆子、煮红枣茶，东乡和丹阳一带则是煮茶叶蛋，红枣茶和蛋茶都是“元宝茶”。

家里人大年初一起来后，首先要喝上一碗元宝茶，图个新年生活甜蜜，早早发财。亲朋好友来了，也是先上一碗元宝茶。还有云片糕，寓意“青云直上，步步登高”；还有桔子，象征“走局”，交好运；还有大京果、小京果、芝麻糖等等“甜甜蜜蜜”的茶食。

花生、瓜子是免不了的，家境稍好的人家还会上柿饼，图个“事事如意”的口彩。生意做得大的，还会给客人尝尝桂圆和荔枝，叫作“富贵团圆”“发财利市”。

元宝茶是镇江当年过年所吃的“三元及第”之一。“三元及第”的第二“元”是三十晚上包的圆子，老镇江叫作“元宝”，一定是包得又大又圆的。大年初一新年头上的第一顿早饭，家家户户都要来上一碗“大元宝”的。

“三元及第”的第三“元”比较复杂一些。以前哪怕是城里人家都是用锅腔柴火铁锅烧饭，非常香。把三十晚上的剩饭盛起来，要一直留到初二。铁锅里的锅巴不弄破，整块铲起来，里面放上各种茶食，要供给迎接回来的灶王爷。大年初一老镇江人一般不煮饭，饭菜都是隔年陈，寓意“岁岁有余”。但在大年初二中午就要煮一锅新鲜饭，饭快烧好的时候，一定要把三十晚上的剩饭一起倒进锅里，一起盛碗里吃，寓意以陈接新，食之不尽。这顿新陈相杂的饭就叫作“元宝饭”。

喝了“元宝茶”，吃了“大元宝”，再吃了“元宝饭”，图的就是“三元及第”

的口彩。

时下，三十晚上饭店的剩饭可能不会有人要了，很多人家大年初一的早饭也换成了饺子，至于红枣汤，大概也没有几家做了。如此看来，新年头上想再图个“三元及第”的好口彩，还真的不容易了！

客厅的桌子上摆放着好多样菜，冷盘有肴肉、变蛋、什香菜、熏鱼，炒菜有安豆苗、水芹百页，烧菜有红烧鸡和杂烩。华明祥夫妻俩在厨房里忙着烧鱼，边忙边打招呼，说还有几个菜，快了。

镇江民间一直有着过年吃顺遂菜的传统。有些顺遂菜在过年是从除夕一直吃到初五的。旧时，大年三十家家户户都要敬祖宗。讲究的人家，要在堂屋悬挂祖宗像，所谓“三十晚上挂像儿，正月初五落像儿”。祭完祖先，要在门上贴对联。晚上，家家要吃年夜饭，俗称团圆饭。以前，镇江再穷的人家过年，也要有四大碗顺遂菜：一碗炒安豆苗，一碗水芹百页，一碗红烧整鱼，一碗大杂烩。

安豆苗，也就是豌豆苗，旧时称寒豆苗。镇江话寒豆谐音“安豆”，寓意平平安安。水芹又被叫作通心菜、路路通，在镇江百姓的心目中，是地位与安豆头相等的顺遂吉祥菜。百页谐音“百业”。水芹百页意味着一帆风顺，路路通达，万事通顺。红烧整鱼意味着年年有余。大杂烩是头菜，在镇江又被叫作“一品富贵”，象征着全家和睦，大富大贵。正宗的“一品富贵”要天、地、水三鲜齐全，也就是“天上飞的、地上走的、水里游的”食材都要有，俗称“七条腿”，即鸡、鸭、鹅等有翅膀的算两条腿，猪、牛等地上跑的算四条腿，鱼、海参等算一条腿。三鲜不齐全的大杂烩，不能叫作正宗的“一品富贵”。

其他菜都可以吃，但整鱼在三十晚上是不能动筷的，要等到第二天，也就是大年初一“吃干饭”时才能动筷子吃，叫作“吉庆有余”。

以前大家日子过得都很清苦，三十晚上只红烧一条整鱼。吃春酒时，鱼当然要上桌，但还是以看为主，主人不动鱼，客人不能主动伸筷子吃鱼，否则会被视作没规矩。有的人家的鱼一直要等到初五晚上吃财神酒时才动筷。现在则不同了，在饭店吃年夜饭的，哪有鱼余到新年头上？新年吃鱼，大都是现做了。

镇江城里人吃干饭一般是初一的中午，东乡则大都是晚上，因为东乡人中午还要吃上一顿馄饨。吃干饭的大年初一当天，每家都不扫地，不往室外倒水，不动剪刀，不打骂吵闹。这一天，作为长辈，既不需要给人拜年，也不需要做家务，是一年之中最悠闲的。一年之中吃干饭只有初一一天，到了初二中午就吃元宝饭了。因此，镇江人嘲讽一个吃香的喝辣的却做不成事的人，往往会来上一句"这个人是吃干饭的"。

吃完干饭，吃完元宝饭，正月初二晚上生意人家还会召集手下人吃一顿饭，只上荤菜，不喝酒，称之为"头牙"。镇江人一年24次的"牙朝"加上财神、端午、中秋三大酒的总共27次"打牙祭"活动，就是从头牙开始的。

家庭条件好的，在上面"四大碗"的基础上，会再加上四样，变成"八大碗"：水晶肴肉、变蛋、红烧豆腐、红烧公鸡。

水晶肴肉、变蛋都是镇江的特产。肴肉本来叫作"硝肉"，寓意一年消消停停的，平安无事。变蛋谐音"变旦"，寓意一个晚上运气就能发生变化。豆腐，谐音"陡富"，寓意新年会陡然富贵。红烧一只公鸡，吃时，长辈会分食，对晚辈说上吉利话。公鸡象征着凤凰。鸡头叫作"喔喔子"，鸡翅叫作"扑扑子"，鸡腿叫作"撑撑子"，鸡屁股叫作"撅撅子"。所以，过年时，长辈给晚辈搛菜时，绝对不会说"把一个头给你""把一个腿给你"这样的话。大年三十说这样的话是忌讳的。长辈搛一只"扑扑子"给晚辈，会说："新年飞黄腾达、鹏程万里！"搛一只"撑撑子"给晚辈，会说："新年要成为国家栋梁之材、中流砥柱！"这都是图的口彩。

条件更好的，会上猪头，寓意荫及子孙，荣华不断。猪头跟鱼一样，三十晚上也是不能动筷子的。在这个基础之上，再有什么好吃的，就尽管往桌子上放了。

但也有忌讳的。吃年夜饭时，不能用汤泡饭。老年人认为，三十晚上用汤泡饭，来年就会风吹雨淋，吃苦受罪。

吃完年夜饭，全家要包圆子，做媳妇的要煨红枣汤，做婆婆的要装压岁盘，小孩子每人一份，晚上放在枕头边上。长辈要赠晚辈"压岁钱"。

如果是地道的镇江人，做婆婆的又是个勤快人，那么，年三十的饭桌上，一定会出现一道叫作“什香菜”的。菜名“什香”，其实就是“十香”。什香菜，当然不一定就是十样。基本上这样几样是少不了的：腌菜、黄豆芽、胡萝卜丝、豆腐干、千张、金针、木耳、冬笋、冬菇、酱姜。

这些食材一律切丁或丝，加酱油、盐、糖等同炒起锅。“什香菜”那时是用大锅炒。儿女吃过团圆饭后各自回家时，做母亲的就会把什香菜分成一份一份的，打包让儿女们带回去慢慢吃。所以，什香菜的背后，一定是浓浓的父母之爱！

谈到什香菜，华明祥的丈母娘一边看着外孙，一边说，静静她爸身体好的时候，过年还会做风菜。

很多人都吃过风鸡、风鹅，风菜就不一定吃过了。如今已经很少有人家做风菜了。我母亲当年做得最好吃的一种小菜，就是风菜。但如今，即便她想做，也没有条件了。

以前，立冬一过，父亲就开始腌制大菜了。

那时，我们家房子虽很小，住得十分拥挤，但和老街上其他人家一样，屋子里都放着两只半人深的大缸：一只是大水缸，一只是大菜缸。

和平时买菜不同，大菜都是谈好价，有专人送上门的。腌大菜时，父亲每码好一层，就会赤脚跨进缸里把菜码踩实。码到最后，会在菜缸上压上一块大石头。放在墙角阴凉处的大菜，一个月之后就可食用了。

父亲腌制的大菜，称得上是可口诱人，脆美绝伦。切碎了用麻酱油拌着吃，吃在嘴里咯崩作响，一家人吃早饭喝粥时，脆响一片。也可以用青蒜花一起炒着吃。如果加上干子、百页等其他食材，就成了什香菜。什香菜是可以上酒席的，是我们家三十晚上必备的菜肴。

腌大菜最鲜美的吃法当然是做汤。与咸菜相配的有豆腐、慈姑、河蚌、咸肉。那时家里穷，当然不可能一起做来吃，平时吃的要么是咸菜豆腐汤，要么是咸菜慈姑汤，只有在特别重要的日子，才会在汤里见到河蚌或咸肉。下雪的时候，抱着只饭碗，就着一锅咸菜豆腐汤或咸菜慈姑汤，又鲜美又热乎，有一种特别的满足感。

大菜最具诱惑力的一个吃法是做成梅干菜。每次腌大菜的时候，我们就已经闻到了夏天才有的梅干菜烧肉的香味，内心早已充满了期待。

大菜的最后一个吃法就是母亲的绝活——风菜。

腌大菜的时候，母亲会摘下一些最鲜嫩的菜心，在开水里即焯即起，然后倒挂在绳子上风干。半个月后，母亲会将风干的大菜心洗净，用凉开水醒发一天一夜。醒发好的大菜心，金黄里透着白嫩，晾干后即可切成丝，剁成末，在搪瓷脸盆中放好。把芥菜籽用擀面杖碾碎，然后与糖、盐、醋、酱油一起倒进脸盆搅拌均匀。拿一只外面上釉的小口坛子，把拌好的风菜装进去，用筷子捣塞压实。再往坛子里慢慢倒入麻油，把风菜全部浸入香油之中。最后，用盖子把坛口封好，放于阴凉处，便算大功告成了。

大年三十，母亲会当着全家人的面，把风菜坛子隆重地启封。什么叫开坛满街香？我们家的风菜坛子一开封，立马就是满街香啊！我们兄弟姐妹各自成家后，母亲会把风菜分成五份，她和父亲留一份，给我们每家送一份。

自从父亲中风后，我们家就不再腌大菜了，自然也就吃不上母亲做的风菜了。

父亲已去世很多年了，但我每次只要见到咸菜、什香菜什么的，总会情不自禁地想起父亲，想到母亲风菜的香味！

镇江人过年的菜肴，除了吉祥顺遂菜外，上桌的基本上都是婆婆的菜和妈妈的菜——满载着隔代亲和母爱的菜。

镇江人做婆婆的，都有"团"的习惯，姑娘也巴家，外孙大都是由婆婆带大的，因此，娘家人在镇江是具有崇高威望的。镇江有"舅舅家一头牛，外甥子一只头"的说法，说的就是这种血浓于水的亲情关系。

过年，镇江很多做外婆的会给外孙做一道香酥可口的熏鱼。

熏鱼一般是用青鱼或草棍做的。

这是一道功夫菜。做上人的会把鱼切成块，用黄酒、酱油、糖、醋等调味料把鱼块浸透入味。待鱼块入味后，便将鱼块一块一块地下油锅煎透。所有的鱼块都煎炸好后，把浸鱼的调味料再一起倒入锅中，再放入姜、葱等一同焖烧。最后，待汤基本收尽，鱼块也香酥异常，打手不丢了。这熏鱼是可以当凉菜吃的。

做媳妇的过年也要做菜，一般要做好烧素鸡和八宝酱。

不要小看烧素鸡，要做到入味可口，可不是件容易的事情。厨艺不精的媳妇，虽然非常注重切片、油煎、烧煮的程序，但味道往往一般。掌握窍门的媳妇，就知道烧素鸡一定要用荤汤烧才能烧出好吃的味道来。一个做媳妇的能把素鸡烧好了，基本上也就能够让全家人吃得比较舒心了。

做出美味可口的八宝酱也不是一件简单的事情。这酱一般都是当家的婆婆指导媳妇做，媳妇当家了就要自己做了。

八宝酱做得不好就会淀汤。所以，一个做媳妇的一旦敢在三十晚上自告奋勇地去做八宝酱，就说明这个媳妇已经是家里的一把好手了，做婆婆的可以享清福了。

八宝酱都是家里男人下酒的最爱。配料一般是虾米或虾皮、瘦肉丁、冬笋丁、豆腐干丁、花生米等。这道菜的口味一般偏重，但不仅下酒，也很下饭。

华明祥的祖籍是安徽的。他父亲是渔业乡的渔民，华明祥自己却从未打过鱼。他初中毕业于汝山中学，先在镇江的一家化工厂学徒，然后到安徽萧县化工厂干过一年，后来自己当了个体户，直到2004年才又到江苏大学内的一家酒楼做事，2011年7月听了他姐夫的建议，到紫金物业做了一名保安。

华明祥自己不喝酒，却劝我们喝酒。劝酒之后，就喜欢说一些渔业乡的事情。

他说，镇江渔民打鱼，下网时为什么要戴帽子？

我说冬天可能是怕冷，夏天可能是怕晒。

他笑了，说，不对，戴帽子是怕捞鱼光头。

我把筷子往碗上一放，也笑了，说，看来渔民的忌讳挺多的。

华明祥指了指我的筷子说，吃饭时，筷子可以这样放，但吃完饭就不能把筷子放在空碗上了。再这样放，就会犯渔民的忌讳，这叫作“搁浅”。

我说盛点饭在碗里，上面放筷子不犯忌讳吧？

他摇摇头，说，你说“盛”就是犯忌讳。渔民不说盛饭，忌讳“沉”，都说“添”。

华明祥告诉我，江上风浪大，打鱼很危险。新船刚下水时，船头上都要用钉子钉上四块红绸布，叫作“事事如意喜钉”。碰到要说“十四”的时候，渔民们都不说“十四”，而是说“大十三”，怕“失事”。

他又指了指桌上的红烧鱼说，渔民吃鱼都不用筷子翻身，都从下面掏着吃，怕“翻”。

我反问，照这样忌讳，船上的帆也不能叫作“帆”了？

他说，你说对了！渔民平常把“帆”叫作“抹儿”。不止这些规矩。早上打招呼时都不说“早”，“早”跟“糟”差不多。渔民上船前常吃上一顿粽子，意思是粽子黏性大，能把鱼粘在网上。

我跟华明祥说，渔民的规矩这么多，总体上图的还是个平平安安，图的还是能够多打几条鱼。现在的忌讳应该少些了吧？

华明祥回道，现在长江里的鱼更难打了，光靠打鱼，根本养不活自己，很多人都转行了。那些舍不得丢掉渔船的人，忌讳更深！

端午“十二红”

端午节在江南被叫作“五月节”。传统的江南五月节是从镇江的都天会拉开序幕的，最后以五月五日家家户户吃“十二红”而达到高潮。以前，整个五月节期间，各种活动层出不穷，最主要的有都天会、驱五毒、包粽子、系百索、泡澡堂、送瘟神、赛龙舟、觅金蟾、吃十二红、食馊粽子等。如今，除了吃粽子和十二红外，很多人连五月节的主要活动都说不完全了。

家访对象：镇房财富广场保安徐羊儿家庭

家访时间：2015 年 6 月 19 日周五，天气晴

第二天就是羊年的五月初五端阳，我拎了一盒粽子上徐羊儿家。

按照老的算法，现在正是五月节期间。而镇江五月节的序幕，是从都天会开始的。

江南的都天崇拜，最早是从镇江开始的；而中国历史上的第一座都天庙，也是明朝崇祯年间创建于镇江的。可以这么说，都天庙是江南地区特有的庙宇，所有长江三角洲地区的都天庙，其祖庙都在镇江。

都天大帝最初是镇江道教传说中的人物。大约在南宋末年，其人物形象就已基本形成，是一个集京口书生、火神、主瘟之神和太医王为一身的天尊上帝，也叫作“赤符之神”，全称则是“旻天医王主瘟都天金容大帝”。在明

代，镇江人亦把都天大帝称作“天令天命大帝”或“天符平安上圣瘟火王”，把其视作与阿弥陀佛具有同等无量寿法力的庇护之神。因此，端午前夕，当时的镇江人都喜欢在小孩子脖子上挂一种药葫芦形的铜牌，一面刻着“阿弥陀佛”，另一面就刻着“天符天令天命金容大帝”。葫芦铜牌演变到后来，就成了普通人家用五色索悬挂鸭蛋，有钱人家的孩子悬挂金锁了。

都天大帝虽为镇江一书生，但他的夫人却是江北仪征的包氏，全称叫作“都府内殿恭肃惠顺夫人”。有关包氏成为都天大帝夫人的故事有很多版本，流传于镇江的主要有两种。

第一种说法是：仪征的包氏小姐得了一种怪病，百药罔效，听说都天大帝有神应，便到镇江都天庙求签。不料，签文上竟有都天大帝求婚之意。包氏小姐心中暗想，如果真的能够病好，就嫁给神灵又何妨？心念刚动，病即若失，回到仪征后竟康复如初，便终身不嫁，死后自然成了都天娘娘。

第二种说法是：包氏小姐得了病，久治不愈。一日，梦见都天大帝，说是答应成婚病便自愈。包氏小姐心中狐疑不定，告知父母，父母便领她前来镇江都天庙中烧香。在庙中叩拜都天大帝时，小姐的两掌合上后竟然无法分开。包氏小姐大惊失色，心中暗许如真的有神应，病好后自当许身都天大帝。允婚甫毕，两掌即恢复如常。包氏小姐自然从此与青灯相伴，不再嫁人。

也许正因为有着这样的传说存在，镇江历史上都天庙会举办时，每年确实会有来自仪征的大批插着黄旗的船只前来朝山进香，船头悬挂着“仪征包府”的号灯，代表都天大帝的“岳家”摆设香供。

镇江都天会的行会日期在农历四月十日至二十日之间，每年都不同，具体日期由当年拈阄确定。镇江都天会的日期决定后，江南江北其他地方的都天会才能排期。行会的前一天，各行各业都要抬着各自行业的行业神像前往都天庙参见都天大帝，连当方土地都要被抬着去。行会当天，也称作都天大帝出巡。当头的是都天大帝的神像，后头跟着的是千奇百怪的行业神，总称为“十三甩”。

当年都天大帝出巡的路线，基本上走遍了镇江的主要街道，要花上整整一天。最初的出巡路线是在城外，由都天庙经九里街到西津大码头，路上建有三个都天行宫可以临时休息。太平天国以后，都天大帝被清廷敕封为镇江城的守护神，都天大帝出巡就不走城外了，开始走城里了：由都天庙出发，经东门坡、鼓楼岗、中街至大市口，在行宫巷中的都天行宫中途休息；然后经道署街、西门大街、银山门，在宝盖山下朝阳楼附近的都天行宫再次休息；返回经新马路、双井巷，再到大市口附近的行宫巷行宫中休息；最后出巡队伍全部点灯，流光溢彩回到庙里。这也就是所谓的“白天看会，晚上看灯”。

镇江的都天庙会结束后，各地的都天庙会就如火如荼地展开了。长三角地区旧有都天庙数以万计，但庙的规模都不大。都天信仰在长三角地区民间的影响非常大，崇道者称之为都天大帝，崇佛者称之为都天菩萨。在当时，由于各行各业全面参与，都天会从客观上刺激和促进了各地各种民间娱乐、商业活动的发展和繁盛。

中国人端午吃粽子，传说很多。说实话，在接受吃粽子是为了纪念屈原的教育之前，在大人的嘴里，我听到的都是为了粘住“坏人”的嘴的说法：瘟、火都是都天瘟火王一生气从嘴里喷出来的，用粽子供奉他，就可以粘住他的嘴，保平安，保佑大家不生病，家里不失火。这种做法其实和“十月朝”用红豆饭粘苍蝇、祭灶时用麦芽糖粘灶王爷的牙齿，本意都是一致的。

农历五月初六，镇江嫁出去的女儿还会回娘家再吃一顿粽子，叫作“吃馊粽子”。据说把“馊粽子”吃了，娘家人就不会生病了。这在本质上是一种孝道，跟纪念什么人更是没有任何关系了。

从电梯一出来，拐个弯，便可看到徐羊儿家大门上悬挂着的青色的菖蒲和艾草。如今镇江城里很多人家都不挂这些东西了，只有从农村刚进城的，还保留着这样的风俗。

上个世纪，我们家住在老城区的时候，因为破除迷信，没人敢在门上插艾草。艾草镇江人叫作蓬蒿，晒干了可以用来熏房子的。那时讲爱国主义卫生运动，端午时，很多人家会在中午时分，把蓬蒿点起来，一个房间一个房间地熏。那个时候没有装潢的说法，最多是石灰粉的墙，如今的房子都装修得富丽堂皇，又是墙纸又是窗帘的，谁还会用蓬蒿在家里熏？

城里没人敢插艾草，“驱五毒”的事情还是会偷偷做。“驱五毒”就是用雄黄、大蒜头和菖蒲根浸的酒，洒在屋里墙壁根下面，用来驱除蛇、蜈蚣、蜘蛛、壁虎和蛤蟆这五样东西。

那个时候没几个人能住上楼房，城里大都还是平房，房子里都是烂泥地，很少有人家是砖地或水泥地的。踩的时间久了，家里的地会起球一样的凹凸不平，像自己长起来一样，用铲子铲平了，过一段时间又会长起来。这样的地遇到阴天就会潮湿，墙根处的老土还会长出硝石的白毛，一丛一丛的。这样的环境里，平时就能见到在地上爬行的骚鸡娘、彳亍的地鳖虫、蹦跶的钱驼子，屋角上结网的蜘蛛和静伏在斑驳墙壁上壁虎，更是司空见惯。偶尔吃一次鸡，半夜里就能见到蜈蚣在家里乱跑。至于夏天，屋外墙根下有只蛤蟆叫，更是常事。那个时候家蛇多，但即便一户人家的床上发现了一条蛇，也不打死，都拿到野外放掉，说是蛇会报复。

改革开放之前，大人小孩都知道“季德胜”，就是因为常有人被毒蛇咬伤，要靠季德胜蛇药来救命。蜈蚣有毒，被其蜇后痛不欲生，自不用多说。蛤蟆也有毒，我曾亲眼见到有人把蛤蟆当青蛙煮了吃后，上吐下泻被送到医院抢救的。但蛤蟆可以当药吃。我有一个小学同学，头上长癞子，老是看不好。后来请来一个中医，夏天时开了一个方子，每天用一只蛤蟆煮汤喝，吃了三只蛤蟆，就把病看好了。至于为什么会把壁虎和蜘蛛当作毒物，就不甚了然了。母亲说得最多的，就是壁虎的尿有毒，滴在小孩子的脸上会长癞子。

如今城里的居住条件和环境跟以前完全不一样了，除了蜘蛛，在家里想看到五毒中的其他品种，怕是要碰运气了。

见我望着门上的辟邪之物，徐羊儿笑了，说，就图个吉祥顺遂。

吉祥为“羊”。徐羊儿，顾名思义，属羊。出生于1967年的徐羊儿，初中毕业，原来住润州区七里社区，后来拆迁，住进了新城花园A区高层的12楼。他先后在多个单位当工人，1997年下岗在家，直到去年才做上了保安。

徐羊儿的妻子蔡美华比徐羊儿还大一岁，但身体不太好，一直在家养病。两人只有一个女儿，叫作徐露，在一家超市工作。女儿上班不在家，但女婿在家。徐羊儿的女婿是武警出身，身上肌肉很是壮实，有点倒三角的味道。我问他身材怎么保持得这么好，他说平时闲着没事，就练习自由搏击，不练，反而难受。

来徐羊儿家里作客的，除了我，还有他一个班的保安吴钢明和柳金喜。我们坐在沙发上喝茶聊天时，电视里正放着澳门国际龙舟赛的画面。

吴钢明问我，前几年我们镇江的金山湖也搞了个国际龙舟大赛，这两年好像不搞了，不知道什么原因。

我笑笑，你们为什么去看赛龙舟？

一个回答，图的是热闹，人多，跟庙会似的；另一个回答，过瘾，划得快的真叫本事，划得不行的还有翻船的。

我说，整个五月节，其实就是个送瘟神、保健康的节日。为了把瘟神送走，让全家平安不生病，五月节期间，大家能想的招数全都使出来了。这些招数经过这么多年的演变，有的就纯粹是以娱乐为主了。赛龙舟就是如此。

吴钢明说，老早听我们家上人说，五月节的龙船就是专门给瘟神坐的。

我说对了，我小时候大人也是这么说的。以前发瘟病，大家不知道是细菌和病毒，就认定是瘟神干的事情，把脏东西弄来了。怎么把这些脏东西弄走呢？就用稻草或纸扎个假人当作瘟神，把他像个皇帝老子一样地供在龙船上，大街小巷地转上一圈，希望他把脏东西再收回去。然后赶紧把瘟神坐的龙船抬到水边漂走，没办法漂走的地方，就只好烧了。所以，除了水上漂的龙船外，以前还有旱龙船。旱龙船划到最后，就成了逢年过节游街的荡湖船了。

吴钢明说，听以前的老人讲，镇江自从有了都天大帝后，龙船就不用来送瘟神了。

我说是这样的。听我父亲说，解放前金山寺江面上的龙船赛就非常有名，不仅比速度，还比惊险花式动作，划龙船的人要表演江上抓鸭子、潜水捉鱼等各种各样的节目。为了看划龙船，整个镇江城大小店铺都暂时关门打烊，男女老少都跑到江边来了。这也是警察最忙的时候。因为怕踩死人，当时的省政府还拦着不让办，但拦也拦不住。

柳金喜插话说，现在的龙舟大赛，还不都是政府主办的？

我说政府也是为了拉动地方经济发展，出于好心，但好心不一定能办成好事。以前大家都知道划龙舟是划给都天大帝看的，他老人家高兴了，大家也就没病没灾的了，各行各业都舍得出钱，老百姓也热衷参与，根本不要政府出钱出力。现在呢？大家身体上有了个不舒服，都直接往医院跑，还有几个去求都天大帝的？再说了，那个年代娱乐节目少，有个庙会、划龙船什么的，连外地的人都会赶过来看。还记得上个世纪80年代初在镇江拍《风雨下钟山》的电影吧？多少人去丹徒看呀，称得上是万人空巷了，不少人的鞋子都跑掉了。现在西津渡拍电影拍电视剧，还有多少人围着看的？

吴钢明指着桌上的菜肴说，千变万变，吃是不会变的。

柳金喜说，怎么不会变？羊儿家的筷子就变了。

桌子上放着的不是常用的木筷、竹筷，而是闪闪发亮的金属筷子。

徐羊儿解释说，这筷子是女儿女婿结婚去韩国旅游时带回来的，有点重，现在用惯了，还挺省事的，不怕坏，也不怕有细菌，还好洗。

羊儿家的桌子上摆放着凉拌萝卜、咸鸭蛋、干切香肠几盘冷菜，还有红烧肉、盐水虾、炒苋菜等不少热菜。我从食堂带来的红烧小黄鱼也在其中。

徐羊儿说，端午作兴吃“十二红”。以前都是听上人说的，现在自己弄，弄不清，也弄不全了。

“十二红”形成于清代的镇江，可谓移民顺遂饮食文化的集大成者。五月节的“十二红”形成后，又沿着长江和运河辐射到其他地方，形成了江浙一带的特有民俗。“十二红”本来叫作“京口十二红”或“京江十二红”。既然叫作“十二红”，一定是有着十二样东西，而且一定是成体系的东西，有文化寓意在里面的。

同时期的镇江周边城市，泰州流行吃“五黄”，扬州时尚吃“十样红”。郑板桥曾写过一首《端阳节》，描述当时扬州人的“十样红”是这样的：“端阳节，点缀十红佳。萝卜枇杷咸鸭蛋，虾儿苋菜石榴花，火腿说金华。”“四碟必须烧腊肉，六盘时尚拌黄瓜，豆瓣碎爪爪。”“四碟”加上“六盘”，正好是“十样红”。不过，扬州如今也在吃“十二红”了。

扬州的“十二红”虽然跟镇江的“十二红”叫法一样，内涵却是有点区别的：扬州的“十二红”叫作四碗八碟或四碟八盘，搭配起来没有饮食禁忌；镇江的“十二红”都是单数组合，而且搭配是有饮食禁忌的。

这么说吧，“十二红”是老镇江人饭桌上的一顿正餐，连早带晚，包括三凉三炒三烧一汤一水果一主食，共计十二道，象征着十二个月，寓意着一年到头没病没灾红红火火的。三凉三炒三烧共计九道，“九”为最，不能再多，也不能再少了。

具体菜单如下：

三凉菜：杨花萝卜用刀拍碎糖醋凉拌，咸鸭蛋用刀腰成四瓣，香肠切片，有荤有素。

三炒菜：苋菜加蒜瓣清炒，猪肝加大葱爆炒，紫苏加肉丝小炒，也是荤素搭配。

三烧菜：江虾加酱油糖醋油爆，连皮带壳可以下肚的；猪肉切块红烧，冰糖下油调色，方为正宗烧法；红烧黄鱼则是压轴，也是最贵的。这是三个大菜。

“十二红”里为什么猪身上的东西就占了四样？这是和当时的经济发展水平相适应的。所谓：“市稀鲜食价多昂，惟有花猪肉饱尝。忽听铜钲敲一阵，黄鱼船到已端阳。”

一主食：红豆粽子。

一汤：红豆汤。

一水果：桑葚，也叫桑树果子。

这样的正餐，家家户户都能办个齐备，并不需要花费太多。

镇江茅山是道教的发祥地之一，五月节的“十二红”食谱中，也含有中国传统文化中朴素的辨证理念。早在《千金方》中就有这样的建议：“五月五日，勿食鲤鱼子，共猪肝食之，必不消化，能成恶病。”因此，镇江端午这一天，不要说鱼子不能吃了，连淡水鱼也不能跟着猪肝同吃了，只吃黄鱼。

镇江亦为吴文化的发祥地之一，吃黄鱼的历史源自春秋吴国。那时镇江为海口，就在海边，居民喜欢食用石首鱼，也就是黄鱼。沧海桑田，镇江后来虽然离大海越来越远，但吃石首鱼的习俗却一直流传至今。黄鱼头骨中的鱼脑石洁白如玉，以前很多人家都会留下一些做药，用来治小孩子尿床。没有了黄鱼，对地道的镇江人来说，这个五月节算是白过了。

"十二红"里为什么会有咸鸭蛋？当然不是随便吃的，因为鸭蛋象征着都天大帝的银壶。

我们知道，五月节小孩子脖子上悬鸭蛋、挂金锁源于明代以前药葫芦形的铜牌，目的在于驱瘟辟邪。道教传说中的京口书生——都天大帝是靠什么来保佑镇江人民的？一把有着泻之不尽甘露琼浆的银壶！银壶既是都天大帝太医王身份的象征，也是其驱瘟化疠的专有工具。银壶又是什么？就是银葫芦呀！"悬壶济世"是什么意思？就是挂个葫芦给人看病，治病救人呀。古代"壶"通"瓠"，特指盛药的葫芦，而不是其他的东西。把鸭蛋剖开来吃，就意味着吃到了都天大帝银壶里的灵丹妙药。

至于紫苏，早在唐代就成为端午必备之物了："紫苏、菖蒲、木瓜，并皆茸切，以香药相和，用梅红匣子盛裹。"

紫苏最初也是用来驱除疠气的。紫苏当年在北方金贵，只能用来点缀；而在我们镇江，则是食用。《至顺镇江志》卷四《土产》中的《蔬》载："苏，叶下紫色而香，俗呼紫苏。"南宋的时候，镇江人就把紫苏当蔬菜吃了。今天看来，紫苏确实有防治感冒的功效。这说明，古人的智慧也是了不得的！

现在不大容易吃到桑树果子了，在我上中学的时候，这东西还是我们野获的宝贝。

早在光绪年间，江绸业已经成为镇江的支柱产业之一，有织户约5000户，织工1万多人，开机1万架(张)，产品行销两湖(湖南和湖北)、北五省(河北、山西、陕西、山东、河南)、东三省(辽宁、吉林、黑龙江)以及朝鲜，常年销售额白银400多万两。除了江绸外，镇江的文明绸远销俄国、印度和南洋诸国，最高年销量27万匹，贸易值约白银450万两。镇江江绸业的发达，跟镇江位于丘陵地带大有关系。

丘陵地带非常适合种桑养蚕。所以，蚕桑业也是当年镇江农业的支柱产业之一。清代的资料我没有，但有一份民国二十三年(1934年)的资料。这一年，镇江的蚕茧产量为2.7万担。正因为当年镇江的蚕桑业特别牛，在全国影响巨大，因此，民国时期，"中国合作蚕桑改良会"就设在镇江。后来，中国科学院的蚕桑研究所也设在镇江。

养蚕自然需要桑树。当年镇江的桑树有多少亩？没有人统计过。但有一个资料显示，就是在日本鬼子占领镇江的八年期间，镇江光被日本侵略军砍掉的桑树就有3000亩。

桑树上产什么？当然产桑树果子了。端午和芒种季节，正是镇江桑树果子盛产的季节。所以，端午的时候，小孩子的额头上是黄的——涂的雄黄，但嘴里却是紫的——吃的桑树果子。

樱桃镇江人为什么不列入“十二红”？不大众啊！也不一定能买到呀！例如今年的立夏是5月6日，镇江人尝“八新”时要吃樱桃，樱桃是“八新”之一。黄鱼刚上市的时候，也正是镇江地产中国樱桃上市的时候，所以黄鱼市也叫作“樱桃市”。立夏时，买点樱桃给老年人尝尝，图个新鲜也就行了，算是尽到孝心了。但今年的端午节是6月20日，一个多月下来，当年地产的樱桃哪里还有多少呢？家家户户哪能再去买樱桃吃呢？再说了，当年樱桃的价格也不便宜，所谓“樱桃好吃树难栽”，如果有个早春寒，樱桃就会颗粒无收。万一遇到这种情况，把它列入“十二红”，端午时岂不就有大麻烦了？

以前镇江人端午这天有几样东西是不吃的。其禁忌源于《居家必用事类全集》上的记载：“五月五日勿食菜……生青菜病瘥后食，手足青肿……黄瓜患脚气勿食……水芹赤色者害人，莼菜性滑必痔疮。”镇江人五月五日忌黄瓜等，附近的扬州等许多地方却不忌。

徐羊儿给我们斟上的酒是白酒。以前大家都喝“竹叶青”和“菖蒲绿”，所谓“瓦盏满斟青竹叶，花瓷浓浸绿菖蒲；一年风景端阳好，到处街头醉汉扶”，现在则随便喝什么酒都可以。“竹叶青”和“菖蒲绿”都是自家酿造的药酒，虽从当年镇江五条街针子桥下许仙和白娘子家的雄黄酒演变而来，但里面已经没有一丁点儿雄黄了。

三杯白酒下肚，大家的话题便集中在五月节为什么要吃“红”的问题上了。

徐羊儿说，图个顺遂呗。

吴钢明说，避避邪，求个没病没灾的。

柳金喜说，我看是怕失火，防火的。

蔡美华补了一句，端午不也是女儿节嘛，是不是跟女的有关?

其实，他们都说对了。

镇江因为深受土著道教的影响，很多历史上的风俗习惯就不断地沉淀下来，最终形成了独具特色的端午“红色”文化体系，“十二红”只不过是端午饮食文化的一部分。镇江是中国端午文化典型的“红色”高地。

追根溯源，镇江的端午红色文化肇始于古代的改火巫术，也就是说，跟火神崇拜有关。这也就是不论都天大帝的身份怎么丰富，他仍然是个“天符平安上圣瘟火王”的根本原因。一种传统文化的基因是不可能轻易消失的。

一直到上个世纪90年代，燃气彻底取代煤球之前，镇江城里的一些居民还有着一年四季选取不同的柴火着煤球的习惯。这就是古代改火风俗的余绪。宋代以后，由于统治者不再提倡改火文化，民间的改火便开始同四季的颜色相结合，风俗化了。

事实上，自汉代起，中央政府就已经分别用青色、赤色、白色、黑色来指代春、夏、秋、冬四季的国家改火仪式了。到了唐代，中央政府只在清明举行一次改火仪式，其他时间都不改火了，所谓“改火清明后，优恩赐近臣”。宋代国家虽然不再搞改火仪式，民间却仍在延续，苏东坡因此有诗句:“临皋亭中一危坐，三月清明改新火。”

古代改火时，孟夏、仲夏用赤色，季夏用黄色，这就是五月节时，江南有的地方吃“红”、有的地方吃“黄”的分别所在。镇江地区由于受茅山道教的影响，人们都比较敬畏赤色、神化赤色，自然就成了红色的集大成者。

那么，古人为什么要举行改火仪式?最初是用来禳灾，预防失火，后来用来防病，最后就是完全为了求吉祥平安了。以前大家最怕祝融之祸，一烧起来，什么都没了。经常举行改火仪式，一者求神灵保佑，二者也是自我警示。发展到后来，因为烹煮食物都需要用火，病从口入、因食致病的观念被人们接受后，为了预防生病，改火仪式中又加入了以救时疾的内容。如今，随着消防工作的不断系统化、现代化、智能化，整个社会医疗保健水平的不断提高，五月节防火和祛病的色彩已相当淡化，食疗、求吉似乎成了唯一主题了。

至于五月节为什么成了女儿节之一，原因其实也很简单：古代的改火仪式都需要女巫参加主持，人们相信女巫有一种神秘的力量，能够直接与神灵相沟通，而江南又特别崇尚女巫祭祀。女巫参加改火仪式最基本的功课就是沐浴更衣、化妆打扮。正因为如此，风俗传承之下，端午时分，“新蒲细柳杂山葩，笑倚妆台插鬓斜；醉后红裙好颜色，也应如煞石榴花”，便成了以前镇江的一景。

谈到端午节洗澡，吴钢明说，小时候，还做不到经常洗澡，只是每个星期去澡堂洗一次澡。那个时候很多单位都有浴室，街上澡堂子好像并不多，城里有解放浴室、京江浴室，城外有甘露浴室，江边上有扬子江浴室，洗澡都要买筹子，然后拿着筹子放在别人的座位上等。有一段时间洗澡时自找座位、自带毛巾、自倒茶水，叫作无产阶级的“三自服务”。

徐羊儿笑道，我们是农村的，只知道小时候在田里找三条腿的蛤蟆。五月节的时候，大人说，这个时候田里会有三条腿的蛤蟆，找到了，可以做成药，就是仙药，运气好的话，晚上还会变成金蛤蟆，就发财了。我们一群小把戏，就在田野里到处找，浑身稀脏的回来，大人只是笑笑，也不骂。

我问，捉到过没有？

徐羊儿哈哈大笑起来，哪块有三条腿的蛤蟆？都是故事！现在才知道镇江话里的“三条腿的蛤蟆难找，两条腿的人好找”是什么意思。

柳金喜则说，我印象最深的还是斗鸡。五月节的时候，小孩子都喜欢斗鸡，分成两队，每人都金鸡独立，双手扶着悬空的一条腿，用磕膝头儿互相攻击，跌倒的、双脚落地的，就算输了。

闲聊了一些端午节的其他习俗，话题最后又转到了眼前的菜肴上：是不是应该有个统一的当代“十二红”的标准菜谱呢？讨论了半天，还是形成了一些共识：

如今的五月节吃什么，可不必拘泥于传统，只要有利于健康，图个顺遂即可。“十二红”传统饮食文化的本意在于健康生活，快乐工作。当代很多人家创新提出的食物清单，经过时间的沉淀，都有可能成为新的“十二红”

菜谱。

通过对“十二红”的讨论，我们可以看到一条文化历史的河流，它是如何从以前流淌到今天的；还有，在流淌的过程中，有些东西是如何消逝的，有些东西是如何新流入的。文化的河流，只要不断地有新的支流加入，它就会越来越丰富，越来越壮阔。

谢平安

镇江这个城市，位于长江和运河的十字交汇处，既是交通枢纽，又是兵家必争之地，历史上战乱频仍，一批批的土著流离失所，一批批的移民创业定居，让这个城市对平安的需求显得特别强烈，形成了独特的“谢平安”的风俗。不过，改革开放之后，随着社会保障体系的发展和完善，居安思危的“谢平安”，也逐渐淡出了人们的生活。

家访对象：镇江高铁南站广场保洁班长姬凤阁家庭

家访时间：2013 年 9 月 13 日周五，天气阴

还有不到一个星期就是八月半——中秋节。

老镇江的规矩，过了盂兰会，就是忙中秋了，中秋一过，即是重阳。姬凤阁一家与她公公住在一起，我准备了一盒麦乳精和一箱葡萄，算是提前探望老人。

姬凤阁不是镇江本地人，是从山东菏泽的曹县嫁过来的镇江媳妇。虽说具有中国古代的王族血统，但她家祖上多少代却一直务农。她父母是农民，她自己是农民，嫁的老公卢玉平也是镇江蒋乔嶂山村的农民。

嶂山村是镇江郊外不多的几个山村之一。“七分山地三分田”的这个村

子，坐落在群山环绕之中，只有北面一条可走汽车的大路与外界相通，颇有几分世外桃源的味道。事实上，这个村今年刚刚连中“三元”——先后获得“江苏省级文明村”、“省级和谐社区建设示范村”和“省级社会主义新农村建设先进村”的称号。这个桃花源般的嶂山村确实也以桃花和水蜜桃闻名。

镇江的碧桃早在南北朝时就已经闻名全国。到了唐代，镇江连绵起伏的丘陵之上，桃花开得更加灿烂，春江花月之夜，总会有诗情画意流淌在瓣瓣飞红之间。

那年冬天，诗人王昌龄离开长安前往镇江，岑参为他送行，特别告诉他别忘了看看镇江的桃花：“自闻君欲行，频望南徐州……君行到京口，正是桃花时。”

岑参送王昌龄时想到了镇江的桃花，刘长卿送姚八时同样也想到了镇江的桃花。那年春天，刘长卿的朋友姚八到镇江的句容赴任，刘长卿就想起了他俩当年曾经共同栖居游览过的镇江城：“桃花迷旧路，萍叶荡归舟。远戍看京口，空城问石头。折芳佳丽地，望月西南楼。”

那位花间词派最著名的大词人温庭筠，船行京口，看桃花零落于流水，不经意间便为镇江留下了那首不朽的《更漏子》：“背江楼，临海月，城上角声呜咽。堤柳动，岛烟昏，两行征雁分。京口路，归帆渡，正是芳菲欲度。银烛尽，玉绳低，一声村落鸡。”

到了元朝时，镇江的鲜桃品种已经相当齐全，专有品种“水蜜桃”的名称已经家喻户晓。元代《至顺镇江志》有着这样的记载：镇江的桃子，“花极浓艳，又有绯白二种，而白者极少。其实之小而先熟者曰御爱桃，曰红穰离核桃。品之佳者曰金桃、饼子桃、细叶红桃、水蜜桃、油桃。黑黄曰昆仑桃。曰毛桃者，品之下也。”这说明至少在南宋时，镇江的水蜜桃就已经以品质取胜了。

正是由于镇江地区的鲜桃已经相当出名，明代的拟话本小说在叙述以镇江为背景的故事时，往往会描述到有关桃子的景物。明代冯梦龙所编的《喻世明言》中讲了一个故事，叫作《张古老种瓜娶文女》，其中就说到镇江茅山地区张古老所居住的神仙之境桃花庄。张古老即张果老。这说明在明代的故事传说中,茅山桃花庄还是张果老的居止之所。到了清代,原来主要作为茅山道家仙种的镇江地区的水蜜桃已经广泛传播到了整个长三角地区,随着神话色彩的淡化,水蜜桃也开始世俗化和大众化了,众多的地方品种也开始兴起。

镇江的水蜜桃流布到上海后,在南市的黄泥墙桃园长得特别好。鸦片战争后,上海率先开埠,黄泥墙的桃苗先后被美国和日本引进,在此基础上选育出了很多有名的品种。与此同时,黄泥墙的桃苗也传到了浙江奉化等地。上个世纪二三十年代,江苏的无锡等地又从奉化引植了桃苗,这才有了无锡水蜜桃。

直到上个世纪 70 年代,镇江现在的市区范围内还有很多地方一到春天就桃花盛开。但进入 80 年代后,随着城市的不断扩展,镇江市区的桃园很快就消失殆尽,仅留下一些历史地名:桃花坞、桃园、桃花山庄、桃花源……

现在,除了丹阳的杏虎村、句容的茅山外,镇江的水蜜桃产地就数润州的嶂山村了。嶂山的水蜜桃是获得农业部无公害认证的产品,总共只有 300 多亩,本地人想吃到都不太容易。2010 年,嶂山村与安徽凤阳县小岗村结成共建对子,由嶂山村在小岗村建设百亩水蜜桃基地,把嶂山水蜜桃品种和栽培技术传给了小岗村。这是镇江农民赠送给这个农村改革先行者最好的礼物。

嶂山村是一个行政村,由一条线上的三个自然村组成。这三个自然村分别叫作宕下、王家嶂山和卢家嶂山,都散落于嶂山的东麓。

王家嶂山原来的地名叫作王家巷,属王姓族人的聚居地,祖先来自江西。卢家嶂山顾名思义,就是卢姓族人的聚居地了,其祖上来自河北。宕下,顾名思义,是采石户的集居地。解放前,宕下的采石户主要是为王、卢两族服务的,解放后才算真正成了主人,有了地种。

以前,王家嶂山的都姓王,卢家嶂山的都姓卢,没有外姓。两族也有招女婿的,生下的小孩都不能跟女婿姓。不过,现在这两个村子都有了外姓。

解放后，新的婚姻法公布后，男女平等，做上门女婿的也挺直了腰杆，让小孩子跟自己姓了。这么多年下来，卢家嶂山有两户姓王的，是从王家嶂山招的女婿；而王家嶂山除了从卢家嶂山招的女婿外，还有极个别的其他外姓，开放程度更高些。

姬凤阁的老公却叫作卢玉平。卢玉平上面有三个姐姐，他是老四。姐弟四个都姓卢，与卢家嶂山的卢姓同源同宗，但他们全家都住在王家嶂山。卢家嶂山的人和王家嶂山的人，基本上都是亲上加亲的关系，所有人家都沾亲带故。

进王家嶂山，首先要经过宕下。现在的宕下已经是村委会的驻地，路边建有文化活动中心，活动中心前宽阔的广场上，热热闹闹的，一群上了年纪的男女村民正排练着“马灯阵舞”。也许由于地理环境相对与世隔绝，嶂山马灯仍然保留着比较原始古朴的风格。

嶂山人的祖先来自外省，历史上就有跳马灯的习俗，一代传一代，据说已经传到了第七代，距今已有两百多年的历史。嶂山马灯不是由个人自由发挥的，而是由若干人按各种阵势一起配合着跳，要跳出马队的味道来，因此被叫作“阵舞”。嶂山马灯也确实是围绕着备马、行军、布阵、畋猎和游戏这五个主题展开的，能够跳出备马、遛单马、出对马、铁索环、单放五朵梅花、摆“天”字、里逻城外逻城、摆“下”字、十字穿心、摆“太”字、乌龙摆尾等 16 种花式，营造出一种群马出征、无往不胜的气势，自然也表达了村民们祈望天下太平、五谷丰登的良好愿望。

我不知道嶂山村民的先人是否是军人出身，但跳嶂山马灯阵舞在本质上无疑是在练习布阵对敌。两百多年来，嶂山村能够不受战乱的影响，如世外桃源般安逸，除了特殊的地理环境外，恐怕与这种集体尚武精神不无关系。也许正因为如此，与镇江其他地方不同的是，历史上嶂山村的“谢平安”活动中，总会有着马灯阵舞的影子。

镇江传统的“谢平安”活动串联着中元节和中秋节，始于七月半，贯穿整个盂兰会期，在八月半达到高潮，前后持续整整一个月。而老镇江人的过中秋，其实是从盂兰会期结束之后就算开始了。整个“谢平安”活动是由供奉饿鬼—施放焰口、供奉出家人—举办盂兰会、超度先人—漂放荷花灯、谢菩萨—拜地藏王、谢月公—拜月亮等等仪式组成的，相当丰富。

农历的七月十五，叫作中元节，江南人俗称“鬼节”。七月半这天，从中午开始，就有人给先人焚烧纸钱。从黄昏开始，传说中的地狱之门就已打开，直到月底的晦日才会重新关上。于是，从七月半到七月底，大街小巷到处都是放焰口的，繁华的地段都是参加盂兰会的，水面上漂的都是荷花灯。

焰口为传说里地狱中的饿鬼，对焰口施食施水，救其饥苦，则其他堕入饿鬼道中的先人都可得救。至于施放者自己，则非但死后不会落入饿鬼道，而且活着时能够延年益寿，鬼神常来庇护，遇事吉祥。所以，供奉焰口，是民间“谢平安”活动的重头戏之一——不供奉他，先人就不会得救。施食跟江南传统的招魂差不多，在街头巷尾一边喊着焰口的名字，一边向四处撒大米、洒净水。

但仅供奉焰口，还不能解脱先人不得食的倒悬之苦，还得举办盂兰会。办盂兰会的目的在于供奉出家之人，希望借佛法僧三宝的力量，保得饿鬼道中的先人平平安安，能吃能喝，不受苦报。盂兰会上有一个永远都演不完的戏，就叫作《目连救母》。

盂兰会都是晚上举行，由城乡各行各业轮流办。盂兰会也叫盂兰盆会，这个风俗由“目连救母”的传说而来，始作俑者为出生于镇江丹阳的梁武帝，其用意在于提倡孝道，报送父母的养育之恩。梁武帝的盂兰会也成为中国历史上水陆法会的滥觞。

直到七月晦日地藏王菩萨的生日，也就是当年七月的最后一天，盂兰会才告一段落。始建于唐代的九华山高崇寺是镇江唯一的地藏王菩萨道场，菩萨生日的这一天，很多镇江人都会到寺里烧香拜菩萨，拜完地藏菩萨，就开始忙中秋了。

施放焰口的同时，还会在河里漂放荷花灯。放荷花灯的习俗也源于佛教。佛教有一个“七步莲花”的传说：佛陀在蓝毗尼花园从母亲的右胁降生后，行走了七步，每一步都踩出一朵莲花。鬼节漂放荷花灯，初衷就是给先人指明一条路，好借助莲花的法力，尽早托生。有些人家怕被别人的先人搭便车，便直接在灯上写上自己先人的名字。很多人家从七月十五开始，天天放，每次放好多盏，一直放到七月底为止。

如今，带有公共产品性质的放焰口、盂兰会活动都没有人主动去做了，准公共产品性质的漂荷花灯还有些家庭继续做，私人产品性质的烧纸钱活动，则越来越炽烈。

“谢平安”活动的高潮是中秋节的谢月公。谢月公也有人直接叫作“谢平安”的。谢月公活动深受道教的影响，尤其是净明道。

镇江的传说中，句容茅山的良常山洞为道教谌母元君的修真之地。谌母后来在丹阳收养抚育了一个弃婴，这个弃婴就是月宫太阴皇君孝道明王，日宫太阳上帝的弟弟，所谓的灵宝救苦天尊，是以孝为至道，解忧排难、化凶为吉的力量化身。谌母后来又收了一个徒弟，这个徒弟就是道教四大天师之一的许逊，也是净明道的始祖。拜月亮、谢月公，就是拜明王、谢明王。如今年轻人的拜月亮，倒变得有点拜月下老人的味道了。

中秋节吃完团圆饭后，很多人家老老少少就要焚香谢月公。置一张供桌于堂屋正中，以菱、藕、石榴、柿子、核桃等干鲜果和月饼作供品，感谢月公带来的一方平安、长寿健康、祛病延年、风调雨顺、团圆美满、阖家和睦等等。在堂屋的右侧，另设一张小的月公供桌，供家里小孩子拜月公用，让小孩子烧一种宝塔香，寓意“平平安安，步步登高，早折桂枝”。

谢完月公，持续一个月的以孝文化为核心价值观的“谢平安”活动才圆满画上句号。

令人不无担忧的是，进入 21 世纪后，随着独生子女家庭的不断壮大，年轻的一代已很少有人关心“谢平安”活动背后的孝道意识，娱乐成分则越来越浓烈了。

傍晚的时候，我沿着溪流来到一座小桥边。这是一个岔路口：一条路向南蜿蜒进迷蒙的山坳，一条路过河向西没进墨绿的树木。桥头有几个带着小孩的农妇坐在那儿聊天。一个年纪大的妇人正教一个小男孩数数字：“胖子怕热(一)，耷舌巴儿怕二，小车子怕山(三)，有钱人怕事(四)，琉璃灯儿怕舞(五)，拉肚子怕肉(六)，嗝食病怕吃(七)，坏鞋子怕拔(八)，螃蟹怕酒(九)，阴沟洞儿怕塞(十)。”

我站下不动，想听下去。她们很热情，问我找什么人。我说找姓卢的。村妇们笑了，其中一人用手指了指南面，说卢家嶂山还在下头，在那边呢，这里是王家嶂山。我说王家里面也有卢家人啊，我找卢玉平。她便恍然大悟，说找玉平家啊，往前走，左拐，看到两只石狮子便到了。

我谢了后，问她们在聊什么。她们快乐地笑了，说，听说不死的杂咀。这里属于山里，江湖艺人很少进得来，闲下来杂咀讲故事就成了当地的一种传统。吃饭串门、结伴走路，都会有人讲故事，那些特别擅长讲故事的，就被叫作"说不死的"，而斗嘴则叫"说不死你"。

村路两旁是密密的行道树，再外边便是农田，长着玉米、葡萄等，农田之间分布着一个一个的池塘，王家嶂山这个小小的村落呈如意状匍匐在嶂山脚下。嶂山的西边是东山，正南边的远处便是连绵起伏的十里长山。满目都是各种层次的绿色。几声狗吠随着山风飘来，那种静谧的清新，让你不知道是呼吸出来的，还是听出来的。

姬凤阁家门口果然蹲放着两只石狮子。站在门口的卢玉平说，这石狮子是他舅舅家拆迁时移过来的，说没地方放，让人觉得我家发了大财似的。

姬凤阁正在厨房里忙碌着，出来跟我打了个招呼，说喝茶、吃饼，然后就又去忙了。她说的茶是附近山上自采的绿茶，说的饼是烂面烧饼。

现在月饼是放开来吃。以前吃上月饼可是一件相当奢侈的事情。老早月饼主要是用来谢月公的，比较贵重。经过"文革"十年，即便到了上个世纪80年代，月饼还属于凭票供应的东西，一家老小吃时都要用刀切开来分而食之，不敢大吃。镇江人中秋吃得最多的饼其实并不是月饼，而是烂面烧饼。

烂面烧饼是以茶米粉为主要原料制作的，大都以芝麻糖和菜肉为馅心。家境条件好的，还会做一些寄奴饼。镇江的寄奴饼滥觞于刘裕卖饼的传说。中国"南朝第一帝"——宋武帝刘裕出生于镇江的京口里。因家庭贫困，被寄养于舅舅家，靠舅妈的奶水哺大，人称"寄奴"。年轻时的寄奴在镇江种过地，砍过柴，编过鞋，卖过饼。当上皇帝后，他整顿吏治，重用寒门，轻徭薄赋，废除苛法，统一南方，缔造了南朝最强大的一个时代。传说中的刘裕发迹后，并没有忘本，每年中秋前夕都会亲自做一些饼送给镇江的舅妈一家。

寄奴饼的做法很费工夫：把面粉用糖水揉成晶莹光滑的面团，再把另一份面粉用油揉成金黄酥软的油面；把两份面团醒一会儿，再把二者揪成小块，两两反复相叠压；最后再用这叠压好的面皮去包馅心。做好的饼放在锅腔的铁锅上烘烤，就成了美味的寄奴饼。后来城里不让烧锅腔了，寄奴饼便成了绝唱，会做的人也不很多了。

姬凤阁家的烂面烧饼是黑芝麻糖的，咬在嘴里很是筋道。就像这样的烂面烧饼，当年也是我们盼星星盼月亮的美食。

城里人当年吃商品粮不谈，镇江郊区的农民年人均收入，上个世纪50年代不到40块钱，到1977年时也未达到80块，直到1980年才超过100块，1986年时才突破500块。因此，在改革开放之前，镇江郊区的农民平时虽能一日三餐吃个饱，但在米里仍然要大量掺进杂粮、瓜菜、山芋什么的，常喝大麦粥、粯儿粥、山芋汤和玉米糊，逢年过节才能吃上荤菜和点心，即便是办喜事、过大寿，也只是“猪八样”和“八碗头”而已，跟当下不啻天壤之别。

以前过中秋时，镇江人请帮忙的人吃饭，也只是烂面烧饼，没有月饼吃的，但一定有酒喝，所谓“中秋酒”。这几年，随着老镇江的故去，城里自己动手做烂面烧饼的人家越来越少，大多年轻家庭根本就做不起来了。

能够在姬凤阁家里吃到老味道的烂面烧饼，可谓一件幸事！

卢玉平显然对我品尝烂面烧饼没有太大兴趣，茶没喝两口，他就带我爬上一个小山坡，来到他家后院——一个还未完工的花园。

他指着院子里的花花草草告诉我，他一有空就栽，栽了很多，明年就好看了。这段时间自己正在堆砌着假山。

他讲话的时候，院里用铁链拴着的一条狼狗串子，非常兴奋地绕着我的腿转来转去，最后竟然躺下四脚朝天了。

卢玉平有点尴尬地说，我们这里平时没有外人进来，一来客人，这东西就成了人来疯。

我笑了，有点开玩笑地说，这里的狼狗对来人都这么热情，就不要说这里的主人了。

我问卢玉平平时干什么。

卢玉平说他的腿不好，摔断过，好了后已经不能干吃力活，基本待在家里养老了。待在家里也好，有时间陪陪老父亲了。父亲岁数大了，最大的愿望是希望几个姑娘能够经常回来看看他。话又说回来，几个姐姐现在住得离这里都很远，回来一趟确实不容易。

卢玉平的父亲曾经当过村小学的校长。卢校长对几个女儿回家少有点想法，但对姬凤阁这个儿媳妇还是相当满意的。

嫁在镇江的姬凤阁，总是把卢玉平的父母当作自己的亲生父母来孝顺。

她说："小时候，爸爸妈妈对我的付出太多太多，什么事都支持我。记得春节回家，爸爸妈妈天天去村庄的东头，望我，盼我。我小侄女说，爷爷已两天没吃饭，天天盼我早日回家。现在我嫁到外地，又不能在跟前照顾自己的父母。爸妈经常说，你一定要把人家的父母当自己的父母对待，不要让家里人丢人，要孝敬老人。现在我做到了。这边的父母对我特别好，像自己的女儿一样待我。我一定加倍地对他们好，好好孝敬他们，照顾他们。这也是我父母最开心的事了。我老公的妈妈生病住院，我辞去工作照顾她，在半年多的时间里，家里医院来回跑，老公看在眼里，说自己的姐姐都没我对他妈妈好。至今我老公看到朋友，常常提起，我老婆对我妈妈最好。"

我问姬凤阁，常带儿子回老家不？

姬凤阁说最近三年只回过老家一次，带着儿子回去的。有了小孩，就觉得根长在这里了。

我问，嶂山村这么偏僻，你怎么会从山东嫁到这里的？

她不好意思地笑了，说当年她老家有人在嶂山村办企业，她过来帮忙，一来二去，就与卢玉平认识了，没想到竟然就在镇江扎下根来了。

我说当年嶂山村在镇江并不富呀，算是山里了。

姬凤阁便说了这样一件事。

出生于 1975 年 8 的姬凤阁，在山东菏泽的曹县十中毕业后，学会了驾驶，跑过一段时间的物流。她和卢玉平相识时，卢玉平那时还在跑供销。那年秋天，她在北京出了车祸，人虽没受什么伤，但吓得不轻。当时玉平还在云南出差，上午 11 点多出的事，他下午 4 点多就坐飞机到了北京。她根本没想到他这么快就能来到身边。突然见到他，她的心一痛，眼泪"唰"地就流了下来。

她说，人好，比什么都好！

饭桌上最大的特色就是蔬菜都是自家地里种的，红烧鸡也是自家散养的，其鲜美的家常口味，是烹饪学校里经过培训的厨师也做不出来的。本色的原味，确实用任何一种调味料也无法调和出来。

桌上还有桂花糯米藕、盐水鹅、药芹炒肉丝、茭白炒肉丝、鱼头豆腐汤之类的菜肴，特别是藕夹子，用两片相连的藕片，中间夹上猪肉，从油锅里走一遍，又香又脆又嫩。

卢校长说，以前这个时候，我们这里作兴吃白菜，最好连鸡都吃长着白色羽毛的。

镇江人“谢平安”季节吃白色的菜肴，跟古时的改火习俗息息相关。镇江是江南仍然顽强地坚守着改火饮食习俗的少数地区之一。古代春日改火用青色，镇江人至今清明仍食青团，仍会在春天踏青采柳吃榆钱饼。夏日改火用红色，镇江端午吃“十二红”的习俗已经流布苏南苏北。孟、仲、季三秋改火均用白色，镇江人因此在中秋前后会吃白色的东西，以示平安。“谢平安”季节吃烂面烧饼、鱼、藕、山药、豆腐、茭白、药芹、鹅、白颜色的公鸡等等，都是这种食白习俗的余绪。

以前镇江在中秋时，有钱人家还会请给自己帮工的或帮过忙的人吃上一顿酒。有些人自认为对主家有功或出过力，往往会不请自到，也坐下来吃上一顿免费的大餐，主家一般都不会计较。这种人因此就被叫作“吃白食的”或“吃白二大的”。

镇江人“谢平安”最喜欢吃的东西之一是白鹅。因为喜欢吃鹅，形成了镇江的一个特产——盐水鹅。镇江盐水鹅早在唐代就已经名闻全国。唐末诗人罗隐写过一首《京口送杨子蒙东归》的诗，其中有这样的诗句：“东吴逸客楼船后，抛掷子鹅离京口。”宋代文人刁约在其《怀南徐所居寄二弟》诗中也写道：“京口子鹅宜荐俎，坝头醇酿好飞觞。”如今，镇江的盐水鹅已经成为维扬菜系中的特色菜。

不过，如今已很少有人相信单靠感谢神灵、靠吃特殊颜色的食品就能够带来平安，真正的平安还得靠大家的相互帮助。这一点，即便如姬凤阁，也能理解得非常深刻。她娓娓道来，说出了一些平凡中闪亮的东西：

去年晚班，我在出站口捡到现金两千多，还有驾驶证、身份证、银行卡。我在轿车旁等了十几分钟。车主回来，问清姓名，丢失东西吻合后，把东西还给了他。当时车主很激动，不停地说谢谢，还要给我们钱买东西。我没有要。我认为失主丢东西很着急，我帮他，还他，是应该的。车主最后说，你们这儿的保洁真好，等有机会给你们送一封表扬信。

就在前几天，我们保洁在厕所捡到一部手机。这是个扬州旅客的。他那时人已经到了扬州，借别人的电话打自己的手机。我们接了，告诉他手机在我们这里，不会丢的。后来对方从扬州赶了过来，取回了自己的手机。

在高铁南站上班，为人指路，帮旅客拿行李，那是经常有的事情。在我印象中最深的是帮一对母子换轮胎。他们的车轮胎当时一点气都没有了，母子两个没有办法，急得不知道做什么好。我就帮他们把千斤顶、扳手从后备箱中拿出来，又把备用轮胎抬出来，告诉他们一步步该怎么做。最后，顺利把轮胎换上了。

受到帮助的旅客当时确实是发自内心的激动和感谢，但事后，承诺寄什么感谢信，甚至向高铁南站广场办打个电话之类的事情也从来没有兑现过。这个世界上，受人恩惠的事情总是很容易就会遗忘的，而很多人记忆中最不能遗忘的，便是别人如何辜负自己。

其实，“谢平安”的真谛，确确就是不能忘恩负义……

第四章

风俗记

一个地方的民风习俗，大抵是由当地的经济基础决定的。镇江的仍然活跃于郊远农村的担子厨房，平民阶层仍然乐此不疲的“尝八新”和“吃八鲜”，说明一种风俗的流传是有着自己的规律性的。但有的习俗也会因某一个著名人物的出现而发生彻底的逆转，镇江至今还流传着的“镇江无太岁”的传说就是一个最好的例证。

担子厨房

以前镇江的饭店都不太大，家里办大事都流行请担子厨房，在街头巷尾的空地上临时搭上棚子，摆上几十桌的流水席，很是热闹。后来随着能摆上几十桌的大饭店的增多，加上空地都被见缝插针的建筑所占据，城里的担子厨房日渐稀少。不过，在比较偏远的农村，担子厨房仍然是一个相当兴旺的产业。

家访对象：新城花园保洁员陈金华家庭

家访时间：2013 年 10 月 12 日周六，天气晴

我听说过这样一个好人好事：

今年夏天的一个上午，10 点多钟，室外形同火炉，酷热异常。在小区已做了三个多钟头保洁活的陈金华浑身基本湿透。当她再次由楼前道路保洁到小区主干道时，发现前面围着一群人，不知道在干什么。她走过去朝人群中一望，这才看见路面上倒着一位老人，可能天气太热，中暑晕倒了，在地上直哼哼。周边虽然围着许多人，但七嘴八舌的，没有一个人伸出手去搀扶这位老人。陈金华当时什么也没有想，几乎是下意识地就丢下手中的保洁工具，小心翼翼地费力把老人抱起来，扶到路牙边上坐好。她把老人扶坐起来后，冲着围观的业主叫道，还不赶快去保安室喊人来。业主中这才有人急匆

匆地往保安室赶。陈金华见有人肯帮忙，又叫了句，记得带张椅子来。保安很快就拿着椅子和凉开水赶到。此时老人已经有点缓过气来，陈金华把老人扶到椅子上坐好后，又喂了他几口凉开水。过了一会儿，老人清醒过来了，但身子仍然非常虚弱。陈金华便仔细询问老人家住在哪一栋，问清后，立即告诉新城花园物业管理处的郑主任，请郑主任跟老人的家人联系。很快，老人的家人就赶了过来。见老人平安无事，赶紧连声向陈金华表示感谢。

陈金华家住润州区蒋乔嶂山附近的龚家湾，出生于 1967 年 5 月，1983 年初中毕业于蒋乔中学，做保洁工作已三年多了。最初她自己觉得保洁工作不值得一提，如今却爱上了这个岗位。爱岗敬业的她认为，体味工作中的甘苦是每一个保洁员必修的功课。

她是这样评价自己服务小区中的个别业主的：

新城花园有人就是拆迁暴发户，拿着拆迁补偿款好像自己一夜之间就变成了大款似的，买车子不说，整天耀武扬威的。夏天天气热，西瓜也不吃，都摆坏了，整个的就往楼下扔。他们糟蹋环境不说，物业费还不太愿意交。再有就是过节啦，结婚啦，过生日啦，办丧事啦，搬家啦，就怕小区里放鞭炮，放得到处都是，那垃圾特别难清扫。

她说，我们物业所有与业主打交道的保洁员和保安，都非常清楚自己应该抱有什么样的态度：一是要和为贵，受点委屈不必放在心上；二是要尊老爱幼，遇到业主有困难就热心相助。

她说她更清楚的是，这辈子有一个好老公。

陈金华的老公王德宝并不是本地人。德宝 18 岁从淮安平桥到镇江谋生，当时住在檀山大队的秧坝村上。龚家湾当时属于马山大队。两个大队并不相邻，但当时同属蒋乔公社管辖。秧坝在檀山路东侧白龙山路北，在前几年建设南徐新城时已经整个被拆迁了。他与陈金华的结合属于招女婿性质，因此女儿跟着妈妈姓陈。

陈金华家三室一大厅，厨房和餐室是独立的。房屋后面有着一个小院落，里面种了些花花草草。院落的两侧搭建了好几间临时建筑，准备等拆迁时可以多补偿些。

德宝是个非常憨厚的人。他拆了一包软“中华”请我抽烟，我说从来不抽烟。他便愣了一下说，早知道你不抽烟，我就不跟人拿这烟了。他说，上个星期陈金华去同事家，喝人家自己酿的葡萄酒，喝多了，回家后就跟他说话说个不停，从来没有过。她说到半夜，他眼睛都快睁不开了，她还要继续跟他说。我不是不想听她说，第二天还要上班，起不来怎么行？德宝似乎想不通，自己的老婆那天怎么会有那么多话的。

德宝说，老婆在外工作很累，家里的事情就不劳她神了，煮饭烧菜、洗碗抹盆，都是他一个人来。

我开玩笑说，女人都是水做的，你老婆又这么漂亮，做个盛水的杯具，都是心甘情愿的。

德宝也笑了，说家里现在种着四亩地，两亩多地种着砂梨，明年就可以挂果了；一亩多地种些蔬菜什么的。他指着桌上的五香盐水毛豆说，这是自家地里现摘现做的。我说这毛豆特别好吃，有点糯，带有毛栗子的香味。他说都是有机肥，自然要好吃些。

德宝让我尝尝鲫鱼。他红烧的两条巴掌大的鲫鱼是从一个专门做水产的朋友那里买来的，正宗的本鲫鱼，吃在嘴里，肉感相当筋拽。他不无得意地说，这鱼看上去小儿寒气的，但绝对是野生的——做菜，关键还是在食材，原料不好，做出来就没有那个味。

德宝还用玉米跟猪手做了一个白汤煲，猪手粉烂，口感也相当不错。我笑道，你不会告诉这猪脚爪是黑毛猪的吧？他把桌子一拍，说道，你还真说对了。

我对德宝说，你手艺不错呀，是不是以前做过厨师？德宝不好意思地笑了，说从来没有专门学过厨师，只是经常做罢了。到了陈家后，老婆从来不下厨房，自己做的菜家里人觉得味道还不错。后来村里人知道了，有事都请他过去帮忙，烧些家常菜待客。越做名气越大，就置办了一些家当，干脆做起担子厨房来了。他帮村里人做菜一直做到十多年前，后来有专门的做乡村宴席的队伍出现后，他也就闲下来了。不过，家里的饭菜现在还都是他弄。

改革开放之前，镇江人家办红白喜事，很少有去饭店酒馆的，都是请一个担子厨房，料理张罗酒席，什么锅碗筷勺，一应俱全，不用主家操心的。食材，可以自备，也可以委托厨房一手下。就在早几年，在镇江京口、润州两区城郊结合部的一些自然村，仍然行走着担子厨房的身影。如今，除了更远的丹徒村庄，已很难看到担子厨房在流动了。担子厨房的繁荣和销声匿迹，无疑是镇江这个城市经济发展史的一个侧影。

镇江担子厨房最兴盛的时代，还属于解放前后。那个时候，镇江的担子厨房主要集中在城外，像姚一湾、薛家巷、东荷花塘等地，都出过著名的担子厨房。比较有名的有好几十家，诸如魏厨房、梁厨房等等，最著名的担子厨房则叫作“吕百桌”。

吕百桌名字叫作吕三，“吕百桌”是他的外号。那时镇江是江苏省会，一些厅长家有大事请客，几乎都是找吕三的。吕三本事也真大，能够张罗好近百桌的酒席，而且，还能让主家吃得满意。

担子厨房在镇江也叫作“关门作”。镇江土话里还有着一句责怪人的话：“你关门作的什呢丫子呀!”意思是说遇到大事却不让别人知道，做事太不地道了。这个方言便是来自于担子厨房的文化传承。

当时衡量镇江担子厨房还有一个硬件标准，就是台面。台面的多少，说明担子厨房的实力大小。吕百桌之所以在镇江著名，就是因为他能够拿得出一百桌的台面来。所以，镇江人讲话里面的“给我撑台面了”，当年就是说的担子厨房家当规模的大小问题，现在则变成了“撑面子”的代名词了。

浙江人沈百先在镇江当江苏省建设厅厅长的时候，特别喜欢吃镇江的本江鲴鱼，只要在家请客，必定要让吕百桌做上一道。吕百桌也确实会做。白汁做法，本是镇江本地的传统做法，但他做的冬笋鲴鱼，是把鱼切块的红烧做法，吃起来爽而不腻，也很得沈厅长的喜爱。

周佛海在镇江做江苏省教育厅厅长时，也喜欢让吕百桌到家来做菜。吕百桌每次总是会给周佛海做一道用镇江香醋烹制的酸辣鸭血汤。将鸭血和豆腐切成小块，勾芡，酒后吃起来确实是非常爽口。

吕百桌的软件优势在于：他有一等本领，就是知道食客的需要——你是什么地方人？这地方有一些什么嗜癖？你自己喜欢吃什么？他都能恰到好处地满足你的需要。他的生意能不红火吗？

有一次主家请客，有十个人，他做了两个大菜，便解决了问题。

这两个菜，一个是清炖鳜鱼，一个是大一品锅。

特别是大一品锅，是用一只鸡子和一只蹄子，加以鱼皮、火腿同煨，味道极鲜美。鸡是天上飞的，猪蹄子和火腿是地面走的，鱼皮是指鱼唇，系用鲨鱼皮加工而成，水里游的。一品锅三样齐全，也被叫作"三鲜"砂锅。

两个菜，十个人已经吃得很饱，而且吃的人都齐口夸赞他。这样的水平，即便是在现在，也很少见！

德宝说，像吕百桌这样的镇江担子厨房，都特别擅长做鱼，各种鱼都做得非常好。以前不常吃鱼，鱼都是野生的，味道怎么做都好。现在只要想吃鱼，天天都可以吃到，就是味道想好却不容易了，真正野生的又有几条？

我说我们这里又是江又是河的，不缺鱼，不少地方的山区里，想吃个鱼，还是很金贵。

德宝说，是了，很多地方吃鱼是不容易。早年有个担子厨房的前辈去四川考察鱼香肉丝到底是怎么一回事。四川的老厨师说，解放前，四川虽然是天府之国，但很多地方的人其实是很少吃到鱼的，平时待客都吃一种木头做成的鱼。你到饭店点上一份"鱼装肉"，上来的是什么？是只木头雕刻的鱼，上面摊了点鱼香味的肉末，只能用筷子咂咂味而已。当年四川的鱼香肉丝为什么有名？难得有鱼吃啊，只好弄点鱼香味的东西过过瘾了。

我说，就是，上个世纪80年代我在外地上大学的时候，不少地方吃鱼的机会还很少，有时馆子难得弄到一两条鱼，就放在玻璃瓶里养着，供来吃饭的人欣赏。至于吃的时候，一律是木雕的鱼，不能吃的。跑堂的端着条木头鱼，跑到桌子边上叫上一声："富贵有余了！"大家便把头伸过来看看，就算是吃过了。

德宝说连鱼香肉丝都吃不到，不是笑话？

我说这还真的不是笑话。我姑妈是嫁在安徽的。若干年前，徽州南乡一带还可以吃到点鱼，别的地方只有看木鱼的份。但徽州人也有聪明才智，就吃臭鳜鱼，不怕时间长，好贩运。现在发现，臭鳜鱼的营养价值还相当高，倒成了安徽菜的压轴之一。

担子厨房对镇江菜的最大贡献确实主要在于水鲜类的菜肴。

镇江菜也叫“江帮菜”，有“百种千名，齐味万方”之誉。就拿吕三来说。吕三在水鲜上推陈出新了两道菜：松鼠鱼和荷包鲫鱼。荷包鲫鱼是标准的镇江民间菜，是清代以前的达官贵人不怎么敢吃的，也只有镇江人不怕死。

早在唐代，北方河南人孟诜在其所著的《食疗本草》中就说：“鲫鱼不可与猪肉同食。”受他的影响，古代的北方人是不怎么将鲫鱼与猪肉一起吃的。但我以为，孟先生当年可能自己就不太容易吃到鲫鱼，偶尔吃到一次，大概正好碰到肠胃不舒服的事情，便不再敢吃鲫鱼了。古代的南方人也不怎么把鲫鱼与猪肉混搭的。唯独到了吕三时代，竟然推陈出新，把鲫鱼搋斩肉做给了厅长们吃。

松鼠鱼最初在镇江是用石首黄鱼做的，从“十二红”中的红烧黄鱼演变而成的糖醋熘汁做法。但因为黄鱼具有季节性，过了季，想再吃用黄鱼做的松鼠鱼，便不容易了。吕三时代，便推陈出新，食材改用黑鱼和鳜鱼。因此，松鼠鳜鱼这道菜，也就是上个世纪二三十年代才比较普遍出现的菜。

也有人说镇江地区用鳜鱼作食材做松鼠鱼，早在清代就有了。《调鼎集》中有一则“松鼠鱼”做法的记载：“取季鱼，肚皮去骨，拖蛋黄，炸黄，作松鼠式。油、酱油烧。”此处的“季鱼”，到底是“应季”之鱼，还是镇江人平常所说的“季花鱼”，即鳜鱼？不管如何解读，都说明了一个问题，今天的“松鼠鳜鱼”正是在“松鼠鱼”的基础上发展起来的。

德宝说，以前做担子厨房的，又是当爹又是当娘，接单子上台子都得自己亲自做。现在老板是老板，厨师是厨师，分得更清了，东西也更多了。以前我们是一条扁担担着箩筐到处跑，路上比干活都累。现在呢？都是用卡车，板凳桌子，锅碗瓢盆，炉灶帐篷，夯不郎当一齐往上装，省事多了。主家告诉你用钱标准、桌数多少，请的地方只要有大路就行，就近的路边一停，大雨篷子一搭，就操办起来了。担子厨房在没大饭店的农村还很吃香，叫作

“一条龙”服务，来了就吃，吃了就走，叫作“流水席”。

我说我参加了好多流水席。早几年，我参加过一个丹徒南乡的上党庙会。在见识了庞大的流水席的同时，也让我领教了什么叫作高朋满座。

也就是春夏之交吧。上党的朋友热情邀请我到他们家作客。奇怪的是，坐车去朋友家的时候，朋友竟然在车上放了很多折叠椅子。后来才知道，庙会期间，家家都是高朋满座的，桌椅都是不够用的。

那天是上午去的。庙会的规模，印象中也只有镇江新区大路的黄明节有得一比了。

我这位朋友家，里外竟然放了七八张桌子，都坐得满满的。聊了一会天，一桌人吃完了，打个招呼离开了。随即，大碗小碗的又摆满了桌子，我们坐下来，也没几个认识的，就这样相互敬起酒来了！

吃完饭，逛了逛庙会，朋友便把我带到一个像打谷场一样的空地上。这空地上长着棵有了年代的银杏树。朋友说，这里原来叫作田鸡庙，我们上党庙会就叫作田鸡庙会！

直到今天我还有点纳闷的是，为什么叫作田鸡庙会呢？田鸡庙又是怎么一回事呢？田鸡在镇江就是指青蛙。上党之所以叫作“上党”，是源于这里的居民都来自北方的上党。难道以前北方的上党人有田鸡崇拜的习俗？上党庙会的这种“办饭”或者叫作“庙会酒席”的风俗是如何形成的，暂且存疑。

我问朋友，像这样免费招待这么多的亲朋好友吃饭喝酒，开支大小姑且不论，图的是什么呢？朋友是这样回答我的：这是一个老传统了，老一辈人就是这样的；庙会期间，家家都热热闹闹的，就你家死气沉沉的，多没面子呀！

我只好苦笑笑！传统又不是天生的，还不是人创造的？既然可以立，当然可以破了！至于面子，这让我想到了一句话：死要面子活受罪！中国的面子文化有时候会害死人的！

不过，我永远记住了朋友对我的这顿款待，他也让我知道了镇江南乡还存在着北方人带来的“田鸡庙会”这样一个独特的民间文化传统。

德宝说，自己后来不做担子厨房了，跟心理上没有成就感也大有关系。老早做的菜，人家都舍不得倒掉，分门别类地用大盆小盆装好，分送亲戚。现在呢？吃不掉都倒掉，没几人会带大杂烩回去了。

我说你说得一点都不错。我上小学的时候，江苏大学的前身农机学院才建在丹徒镇上。那个时候，在婆婆家吃完饭，所有的剩菜都不丢掉的。婆婆会把剩菜搜集起来，分装进几个钢钟锅里，儿女们一家一个，拿着带回去，都像捧着宝贝。以后的几天，杂烩式的美味，会让我们开心地吃上好多顿！现在认为隔夜的饭菜吃了不健康，但我们那个时候确实都是这样吃的！

那个时候，胆子大的，还会蹭人家的流水席。我有个亲戚，小时候，家里没有油水吃，连脂油渣都吃不上，就主动跑去帮人家建房子的搬砖头。中午吃饭的时候，主家留他吃饭。因为是流水席呀，吃完了一桌，他觉得还没有吃饱，就又坐上了下一桌。主家发现了，也没有多说什么，笑了笑，仍然让他吃。吃完了，他帮人家搬砖自然是更加卖力了！

我这亲戚说，通过小时候的那次吃饭，他后来悟出了这样的道理：

做成事，除了会算账、心理承受力强，还要有感恩心理和悲悯情怀！

能够悟出这道理的人，人生的发展自然不会太差。

但吃担子厨房的流水席，也有吃到最后吃得弄不清究竟的。

就在前几年，我曾经去扬中八桥参加过一场白事。

将军楼前的空地上，搭着雨篷，支着大锅，满鼻的菜香。

吊唁完了，便坐下来喝酒吃饭。吃到最后，恍惚之间，连我自己都搞不清这是喜事还是丧事了！

在流水席上，还能够听到许多有趣的故事。

两年前，在句容吃流水席。很多的咸货，咸鹅、咸鸡、咸鱼，虽然咸了点，但下酒还真是好菜！那蔬菜，用大锅现炒现上，怎么弄都很香。特别是鱼头，汤似牛乳，鲜美淳厚，标标准准的活杀鲜。那鸡，是桃园和葡萄园里散养的，红烧，打嘴巴子也不想丢。

席上，当地人跟我讲了这么一个故事：

说某村有个很痞的混混，跟村支书结下了梁子，要找几个人到支书家里把支书教训一顿。

支书得到消息，只是淡然一笑，也不多话。

从第二天开始，村上人发现，只要支书在家时，都会拿个小板凳坐在自家院子里干一件事：磨刀。

支书在家磨刀的事情很快便传遍了全村。

支书在自家院子里磨刀整整磨了一个星期。

奇怪的是，即便他以后再也不磨刀了，也从来没有人上过他家的门找过麻烦。

那个很痞的村混混也没有上过门。

更奇怪的是，支书以后让人做事，竟然更加顺畅了！

担子厨房虽然离开了灯红酒绿的城市，但它仍然在缺少繁华的乡村快乐地工作着。

乡村不是很多人生活的目的地，但乡村一定是许多文学家审美的目的地。

因为，无论现实中的乡村有再多的丑恶和苦难，它仍然是最接近于纯朴和善良的，它是在精神上最接近于乌托邦的地方！

“尝八新”和“吃八鲜”

镇江人立夏前后有“尝八新”的习俗，夏秋则有“吃八鲜”的习惯。以前在镇江城里做媳妇的，如果说不清楚什么是“上八鲜”，什么是“下八鲜”，“尝八新”是哪八样，会被夫家人嘲笑，被视为在娘家没有教养。不过，作为独生子女成长起来的这一代，如今真正是幸福得一塌糊涂，不要说去购买“八新”和“八鲜”孝敬长辈，就连自己也吃不全了。

家访对象：跑马山公园保安陈耘家庭

家访时间：2014 年 5 月 2 日周五，天气晴

《天保》是《诗经 · 小雅》中的一首祈福祝愿诗。这首诗里有着这样的诗句：“如山如阜，如冈如陵，如川之方至……如月之恒，如日之升，如南山之寿，不骞不崩。如松柏之茂，无不尔或承。”一口气连用了九个“如”。镇江的老城区里就有着一个典出于此的九如巷。陈耘家便住在九如巷 18 号。

1970 年出生的陈耘曾经用过一个非常厉害的名字，叫作“陈武松”。“文革”时期，武松是大众英雄，很多人都熟知毛泽东在《论人民民主专政》一文中所说的这样一段话：“在野兽面前，不可以表示丝毫的怯懦。我们要学景阳冈上的武松。在武松看来，景阳冈上的老虎，刺激它是那样，不刺激它也是那样，总之是要吃人的。或者把老虎打死，或者被老虎吃掉，二者必居

其一。”

陈耘的父亲希望自己的儿子能够像武松那样做一名立场坚定的无产阶级革命事业的接班人。但有一点他没有料到，就是这个名字在现实中竟然会给儿子带来很大的麻烦。谁都听说过武松打虎的故事，因此，小时候经常有小朋友前来向陈武松挑战，以打败“武松”为荣。武松不堪其扰，三天两头被别的小朋友打得鼻青脸肿的，只好求父母给改了名。改成“耘”，本意还是希望能够铲除资本主义的草，留住社会主义的苗。

陈耘正是上有老下有小的年纪。父亲陈咬喜是镇江皮革制鞋厂的老工人，已经退休在家。母亲步怀英以前一直在农村务农。妻子马安玲比陈耘大了整整一岁。儿子陈玛杰刚读上大学。

陈耘的父亲叫作“咬喜”。镇江很多老年人过去小名字都带个“咬”字，诸如“咬喜”“小咬子”“大咬子”。究其根源，是因为当年的医疗条件有限，生下的小孩子不容易存活，做母亲的生到最后都是又恨又怕，情不自禁地会在襁褓中的孩子身上狠狠咬上一口，有的甚至会一口咬下一块肉来。说也奇怪，这些被咬过的孩子，十之八九还真能长大成人。按现在的眼光来看，这些被咬的孩子，免疫系统可能被激发得更加强大了。

陈耘儿子的名字，也带有浓烈的时代色彩。他说，儿子的名字最初是叫作“陈马杰”，但很快就发现，姓陈姓马的夫妻很多，社会上到处都是“陈马杰”“陈马强”“陈马跃”的，便选了一个比较洋气的“玛”字。叫“陈玛杰”，就没有雷同的了。

九如巷18号是个大院，里面住着18户人家。院子里的房屋原来是镇江皮革厂的集体宿舍，当年一边住着男职工，另一边住着女职工。陈耘的爷爷、奶奶和父亲当年都是皮革厂的工人，他父亲也住在这个院子的集体宿舍里。在陈耘上中学的时候，他才和母亲一起从三山的乡下住进了这个院子。

陈耘进城的时候，正好处于皮革厂历史上发展最好的阶段。这个厂是1957年在皮鞋生产合作社和皮箱皮件生产合作社的基础上成立的，刚成立的时候连一百人都没有。“文革”期间，引进了硫化皮鞋生产技术和胶粘皮鞋生产技术，大量使用皮革代用材料，年产皮鞋近50万双，其中一半以上外销。上个世纪80年代初，由于镇江制革厂生产的皮革是整个江苏省质量最好的，多次获得第一名，因此，用优质皮革生产的皮革制品厂的“金鹏”牌男女皮鞋，也多次获得国家轻工业部和江苏省的优质产品称号，一时之间还供不应求。正因为厂里效益好，才有钱在当时镇江最繁华的地段建集体宿舍。

陈耘家住在院子的西南边，马安玲家则住在院子的东北边，陈耘每次进出院子都要经过马安玲的家门口，都能看到这个邻家的小姐姐。时间长了，陈耘竟然对这个家门口的小姐姐魂不守舍起来。皮革这个行业在上个世纪比较流行子承父业，陈耘和马安玲几乎是同时进了皮革厂。陈耘的师傅是个非常热心的大姐，也住在这个院子里，跟两家都挺熟的。陈耘便悄悄请师傅做媒人，替他牵线搭桥。马安玲觉得这个来自农村的小伙子还算憨厚老实，便同意交往，但她的母亲却并不是太同意的。

不过，老太太不乐意归不乐意，最终的决定权还是握在两个年轻人的手中。那时交往流行看电影，大西路当时是镇江最繁华的商业区，皮革厂就在大西路边上，大华电影院、群艺馆、工人影剧院都在家门口。电影看了一场又一场，两人的感情迅速升温，谈了一年多，便结婚了。

结婚时，镇江已经流行用轿车接新娘。两家其实住在一个大院里，本来并不需要接送，走个几步路就行了。不过，马安玲家正好在花山湾买了新房子，父母都搬到新房子里住了，这里的老房子便腾出来留给陈耘和马安玲做新房。这样，接新娘就仍然可以用上轿车了。

轿车怎么走，当年还真费了番周折。陈耘说，轿车不用说开到院子门口了，就是宝塔路横街也进不来。当年只能把轿车先停在大西路边上，然后前往花山湾，把新娘接回后，在大西路下车，再一路欢天喜地地走进巷子。

陈耘平时在家里什么事情都不做，是个享福之人。他说，他老婆是个贤妻良母，家务事和儿子的事情从来不用他操心，他在家里做的唯一一件家务活就是用拖把拖地。

陈耘的屋子与他父母的屋子斜对过。家里来了客人，通常都是马安玲在陈耘父母的屋子里做菜，做好一样就端过来一样。再过三天就是立夏，马安玲准备了很多菜，竟然还有清蒸刀鱼。两天前是马安玲的生日，因为惦记着如何招待客人,她自己都忘记了。

镇江人立夏前后有"尝八新"的习俗,陈耘家的饭桌上自然也少不了"八新"中的东西。镇江人的"尝八新"是指立夏前后正好上市的茶叶、蚕豆、大麦、鲥鱼、竹笋、杨花萝卜、樱桃和黄鱼。

"八新"中的茶叶是指清明之后才能上市的地产绿茶。镇江自唐代就产名茶,但产量都不很大,历代茶园的面积都很小。刚解放时,镇江主要茶产区丹徒、句容两地,总共才年产茶叶一吨。直到"文革"后期,镇江全市的茶叶产量才超过千吨。所以,"文革"以前,能够喝上新茶,还是一件令人非常兴奋的事情。气候决定了镇江没有雨前茶,真正的地产新茶大量上市都是在清明之后。

品新茶,往往要喝酒、吃蚕豆,所谓"蚕熟新丝后,茶香煮酒前"。

"八新"中的蚕豆,早在宋代就已成为镇江人的至爱。元代的《至顺镇江志》记载,镇江人之所称此豆为"蚕豆",是因为"隔岁种之,蚕熟时可采"。养蚕人家吃蚕豆前,会把蚕豆排成一排看蚕豆的大小,如蚕豆都很大,就意味着今年的蚕茧丰盈;反之,则意味着蚕茧可能羸瘦,得更加小心服侍了。新豆上市,镇江人吃起来很简单,大都是盐水清煮。

"八新"中的大麦是指春麦,镇江人又称作"青颗麦"。春麦上市后,镇江人喜欢磨成粉熬粥喝:先将白粥或汤饭煮开,然后将用清水调匀的大麦粉慢慢倒入,一边倒入一边搅拌,滚上两滚便可盛碗食用。考究一点的,在粥里撒一点食用碱,粥就会微微泛黄,变得非常香滑。吃时配上五香萝卜干或者镇江什锦酱菜,不知道有多惬意了。

镇江一带还流传着一句歇后语:"丹阳人——大麦粥的命。"意思是说一个人的命苦,穷到只能每天喝喝大麦粥。关于这个歇后语的来历,还有着这样的一个民间传说:

乾隆皇帝下江南时,来到丹阳。当时天很热,没什么胃口,只想吃点既充饥又解渴的东西。话传到了县太爷的耳朵里,可把他急坏了,不知道做什么是好。就在急得团团转直跳脚的时候,突然看到院子里厨子和女佣们各自抱着一只大碗,正喝得津津有味。县太爷赶紧上去探个究竟,原来大家喝的是又香又滑的大麦粥。急中生智的县太爷灵机一动,立即吩咐厨子烧了一大锅大麦粥给皇帝送去。没想到乾隆皇帝一尝,竟然龙颜大悦,决定和丹阳百姓同甘共苦,同吃三天的大麦粥。天天吃大鱼大肉的人,偶尔吃上一碗大麦粥,当然会觉得香滑爽口,惊为天物,但果真一天三顿都以此为主食,肚子里就会剐得难受。到了第二日,一滴油水没有下肚的皇帝就剐得吃不消了。但说过要与丹阳百姓同吃三天大麦粥的,总不能出尔反尔吧?三天终于熬过去了。离开丹阳时,乾隆皇帝百感交集地说了一句意味深长的话:"丹阳这地方,可真难过啊!"

这故事在民间传来传去,最后竟传成了:"丹阳人,可都是大麦粥的命啊!"

"八新"中的长江鲥鱼,如今已经尝不到了——在长江中已功能性消失。考究一些的人家,会买上一条来自湄公河流域的缅甸鲥鱼,算是还保留着一丝长江的记忆。不太讲究的还想凑个数的,也能花钱买上一条北美版的鲥鱼,吃到嘴里就很次了。普通人家则喜欢用毛刀鱼来替代。陈耘家用的就是清蒸毛刀,味道也很鲜美。

上述四新被称为"尝八新"中的"四青"。

"八新"中的竹笋是指镇江地产的刚竹笋,也被称作"象牙"。镇江处于宁镇丘陵和茅山丘陵的交汇处,有着大量的石灰岩丘陵山地。在这些山地之间,繁茂地生长着大片大片的刚竹林。刚竹的出笋期从 5 月头上开始,可以一直延续到 7 月,零星的出笋则到 9 月中旬还有。刚竹笋粗短而壮实,笋衣赤黄而有稀疏的斑点,肉感脆爽,但略有苦味。镇江人一般都是将刚竹笋先水煮除去苦味,再与五花猪肉红烧。

镇江的扬中等沿江地带还产一种叫作淡竹的刚竹。淡竹比普通山地刚竹略细略矮些,出笋期比普通刚竹要早一个月,是镇江人用来烹制河豚的绝佳辅助食材。淡竹的秆壁比较薄,除了用来制作农具的杆柄外,还特别适合编织凉席,篾性相当优异。这也是扬中的竹编之所以闻名全国的重要原因之一。此外,镇江民间还会把淡竹烧以取沥,用来给小孩子退烧,给老人化痰止咳。

"八新"中的杨花萝卜,有红皮白肉、白皮白肉两种。红皮白肉的味道更好,也被叫作"樱桃萝卜"。杨花漫天飞舞之时,此萝卜甜鲜脆爽可食,因此名之。吃杨花萝卜时，小孩子都是将其当作水果来吃的。做菜，一般是凉拌。简单些的，一刀拍碎，淋上麻酱油即。复杂些的，仔细切成丝，用盐急拿，挤掉汁水后再拌以麻酱油、绵糖、香醋。

“八新”中的樱桃是指中国樱桃，也就是含桃，并不是指洋樱桃。镇江地产的樱桃有朱樱和腊樱两种。前者赤红，甜中带酸；后者正黄，酸中带甜。非常巧合的是，地产樱桃上市的时候，也正是黄鱼上市的季节，镇江人因此把黄鱼市也称作“樱桃市”。

“八新”中的黄鱼，传承自镇江为古入海口时的文化习俗。镇江自唐代以后离海就已甚远，黄鱼都自外地运来。黄鱼不但为“尝八新”之一，也为镇江端午“十二红”的主打菜肴。

上述四新为“尝八新”中的“四赤”。

镇江“尝八新”与民间古老的改火习俗是息息相关的，所谓“四青四赤，百病不得”。

立夏之时，春夏之交，季春方尽，孟夏伊始，处于燧火用色由青转赤之际，民间因此青赤通吃，以保平安。

如果说“尝八新”在本质上是对传统的平安文化的传承，那么，“吃八鲜”的背后，则体现了民间传统的孝慈之道。

陈耘的父亲掰着手指头，一五一十地说，镇江人的身份复杂，老家江对过的，“八鲜”简单些，叫作老菱、莲藕、芋头、柿子、萝卜，再加上鲜鱼、活虾、螃蟹。这批人习惯把卖这八样的叫作“八鲜行”。土生土长的本地人不这样混着叫，而是把“八鲜”分为“上八鲜”和“下八鲜”。活杀鲜则叫作“三鲜”。

陈耘的父亲一一道来。“上八鲜”是指树上长的水果，专指桃子、梨子、杏子、柿子、石榴、枇杷、苹果和荔枝这八样。镇江本地人把卖“上八鲜”的叫作鲜北货行。“下八鲜”是指地上和水里长的，专指老菱、莲藕、荸荠、慈姑、百合、萝卜、西瓜和甘蔗这八样。卖“下八鲜”的就叫作地货行。天上飞的为一鲜，地上走的为一鲜，水里游的为一鲜，合称“三鲜”；荤三鲜都齐全的菜，就叫作“一品”。现在有些饭店连什么是“三鲜”都弄不清楚，也敢把自己的菜叫作这个“一品”、那个“一品”的，把人大牙都笑掉了。

为什么要吃“八鲜”？是提醒做父母做子女的，这些新鲜东西上市的时候，不要心疼，要买来给小孩子解馋，要买来给长辈尝鲜，这样才是疼爱孩子，这样才是孝顺老人！家里条件好的，当然可以买比这八样更好的东西吃，如果连这八样东西都舍不得买，做家长的，做子女的，其爱心也就可想而知了！

我插话说，现在做父母都把子女当作宝，当作皇帝来服侍，要多惯有多惯，做子女的能够真正把父母放在心上的，谈不上是多数。

陈耘的父亲说，什么叫作孝顺？长辈顺心了，顺意了，才能称得上是“孝顺”！以前做子女孝心大的，买莲子买藕的时候都会问一句，红花还是白花。为什么这样问？老镇江的说法，开红花的莲子好吃，开白花的藕好吃。现在很多做儿女的，连应该买什么给长辈吃都弄不清楚了，能叫作孝顺吗？

老人说完，便打个招呼，早早回自己的屋子休息去了。

陈耘安排好自己的父母后，继续跟我聊天。

陈耘说，除了在公司认真工作外，他还在外面跟着两个老板做些事情。他说，这两个老板是做投资公司的，放出去的钱没精力去要，就让他打打电话催催款。活儿比较轻松，也能挣些钱贴补家用。他说，钱挣得虽然不算很多，但对生活觉得还是相当满足的——不愁吃、不愁穿，老婆这么好，儿子还算有出息，也没有更大的野心了。现在最关心的就是这里的房子什么时候能够搬迁，并不想一辈子就蹲在这里过。

陈耘以前在保安公司做过保安，但没有做过小区的安保工作。相比之下，他觉得小区的保安工作更具有挑战性。

陈耘说，安置小区的工作，就是要和形形色色的业主打交道，他们就是我们服务的对象，我们的衣食父母。我都会主动和业主打招呼，不熟悉的就给个笑脸。他们有什么不方便的地方，我都会帮他们。将心比心，人家一句“谢谢你师傅”、“真的不好意思，我们老了，真麻烦你了”，还真的让我有点感动。我们18号大院的18户人家都处得开开心心的，跟业主就不能处好？

陈耘是一个对生活和为人处世有着自己独到看法的人。他告诉我，他的最好的老师其实是他的父母。他说，他母亲跟他说，不会过日子就看邻居；他父亲跟他说，不知道怎么做人就看老人。老年人最大的特点是什么？就是不会忘记过去，不忘本，不忘恩。叶落归根，说的就是老年人吧！

陈耘是个快乐的人，他觉得身边的同事都很好。他对自己的搭档是这样描述的：

他个头不高，身子不胖，讲话没什么花头，让你觉得这人很实在。他跟我在一个班的时候，总是脏活、累活一起干，从来不抱怨你抱怨他的。哪个同事有难处他总是二话不说，哪个业主有难处他也总是会帮忙解决。今年春节前，天很冷的时候，有一次夜班，我有点发低烧，整个人都很难受，像被拆了一样，一点也提不起精神。他和我搭班，让我在值班室看看监控，他自己帮我在露天里巡逻。这样的同事，打着灯笼到哪里找？

对同事如此，对与自己小孩的相处之道自然不会差。陈耘跟我所说的"原件"和"复印件"理论，让我有眼前一亮的感觉。

他说，"父母是原件，儿女是复印件"。"复印件"上的错误，其实都是"原件"自己的错误。那么，一旦"复印件"错误出现怎么办？有人说错了就改掉，那就改掉吧。这样就行了吗？我觉得不行。一旦"复印件"出错，要"原件""复印件"一起改，才能杜绝下一次的错误出现。我儿子陈玛杰，不到20岁，今年刚刚考上大学，离开家踏上他的求学之路。虽然我的学历不高，但是从小对儿子的教育从来没放松过。儿子小的时候，也会犯一些错误，我并没有一味地指责他，更多的是耐心教导他，让他从错误中能真正地吸取教训，做到以后不会再犯。所以他成熟得比一般小孩快，也更加懂事。还记得初中的时候，我带着大包小包帮他铺床，他坚决要求自己的事情自己做，不需要我来动手。这种独立态度也是让我很开心的。现在他上大学去了，我希望他能有属于自己的天空。

这样的语言，是一个真正的父亲的语言，与文化程度的高低没有任何关系。但更令我吃惊的是，陈耘还说出了这样的一段话：

不知不觉吧，我自己头上都有了白头发了。儿子也离家上大学去了，慢慢地，自己心里也知道当年父母对自己的好了。他们打也好，骂也好，惯也好，都是为了我好，都是为了我将来能够有出息，成为一个有用的人，而不是废人。现在呢，他们岁数这么大了，我们做子女的也都不用他们再操心了，对他们最重要的就是身体好好的，多吃一些好吃的。假如阿拉丁神灯能给我三个愿望，第一，我希望我的父母能健康长寿，充分享受晚年生活；第二，我希望儿子能事业顺利，人生道路上少一点挫折；最后，希望自己能在平凡的岗位上干出自己的特色。

镇江无太岁

太岁一向被视作“凶神”。不少地方民间以前盖房子有看方位、选吉日的做法，怕冲撞了太岁，一不小心形成“太岁头上动土”的尴尬局面。不过，非常有意思的是，镇江人在盖房子时，却相当的不“讲究”，随意搭建的风气很盛。究其根源，多少与“镇江无太岁”的风俗有关。

家访对象：九华山庄保安黄玉刚家庭

家访时间：2015 年 6 月 29 日周一，暴风转晴天

之前就听说黄玉刚家很大，进了门才发现他家不是一般的大。

黄玉刚出生于 1970 年 11 月，家住四摆渡社区山下 35 号。曾在镇江羽绒厂做过工人，后来下岗在家，两年前到九华山庄管理处做了保安。

“山下”是个村名，但如今山下村的土山上也建了不少房子。

黄玉刚和同事曹殿龙家靠得很近。黄玉刚家在山下，曹殿龙家在山上。

黄玉刚家正屋朝南，院门却朝北。跨进院门，吃了一惊，惊讶于黄玉刚家院子的宽大。玉刚家是一个很大的四合院，院子中间栽着几棵树，树下站着几个人——黄玉刚、曹殿龙正跟张宝林等其他几个同事聊着天。

我跟曹殿龙打招呼说，刚才在路上还念叨着你，你还真的来了。曹殿龙说，我跟他们家老二是从小玩到大的兄弟，两家子关系很近。黄玉刚补充

说，他们家兄弟五个，我们家也是兄弟五个，小时候经常在一起玩的，尿尿和烂泥的交情。

我问曹殿龙，潘求丽在不在家。殿龙说在家。我说去打个招呼。我转身对院子里的张宝林他们几个人说，老曹家在山上，别有洞天，一起去看看吧。

穿过一条火巷，爬上简易架设的楼梯，潘求丽正在半山腰家门口的空地上摘菜。她种了苋菜、豇豆、茄子、黄瓜等。她对我说，这菜都没打过药，正好给你拿回去。我说我家里也种了。她说你家种是你家的，尝尝我家的。

我看到田边上还长着香椿树，便说，这么多香椿，不吃浪费了。潘求丽说，夏天的香椿还能吃啊？我们就春天吃过几次，这个时候已经不能吃了。

我说哪有这事？只要长新叶嫩芽，都能吃的。我便亲自动手，采摘了一大捧。站在一边的黄玉刚也将信将疑，说真能吃啊？我说真的能吃。

回到黄玉刚家里，我让他拿来四只鸡蛋。我自已把蛋打进碗里，搅拌均匀，然后请玉刚把香棒切碎，放进鸡蛋里拌好，再加进一点点盐。黄玉刚便用铁锅炒好端上。大家吃了，说味道真香，很快便一扫而空。

保安张宝林从小就在城里长大，农村的很多东西都没见过。他说，这香椿炒蛋，我还是第一次吃，以前只是听人说说。

黄玉刚有点自豪，说，春天刚上市的时候，一小把就要三四十块钱，很贵的。张宝林追问，这个天为什么不弄点卖卖？黄玉刚竟然被他问住了，支吾道，农村的规矩，夏天大家都不吃的。

我便为他解围说，人就是喜欢尝个新鲜。春天头茬香椿长得最好，油油的，紫中透绿，只要摘下来，都好吃；过个十天半月，是二茬，仍然是上品；再过个十天半月，是三茬，仍然可以拿到市面上去卖。三茬之后，就没多少人敢吃了，也没人敢卖了，为什么？是因为吃了容易中毒。

一听说会中毒，在座的几个人都呆住了，盯着我一声不吭。

我笑了，说这个香椿没事的。三茬过后的香椿不是不能吃，是不能摆。夏天的香椿从树上摘下来后，放上几个小时，亚硝酸盐含量就很高；如果放冰箱里隔天吃，就更容易亚硝酸盐中毒，轻则心慌头痛、嘴唇发青，重则呕吐昏迷、抽筋不止。再加上这个天，长得快，很快就长老了，摘起来麻烦、费事，应市的菜又很多，大家就懒得动手吃它了。其实，知道了容易中毒的原因，就多花点心思挑选挑选，现摘现炒，这菜夏天还不是一样好吃吗？

聊天聊到一半的时候，天已完全黑了。黄玉刚的二哥、三哥先后坐下来聊天。他们两人都在自己的家里喝了点酒，讲起话来便直来直去。

黄玉刚的两个哥哥说，他们兄弟姊妹总共六人，玉刚最小，上面还有四个哥哥一个姐姐。姐姐嫁出去了，大哥自己在外面砌了房子，四合院里住着玉刚的父亲和他们弟兄四个。东西南北四幢楼房，四个兄弟各住一幢。毛估估吧，他们家所有房子的面积要超过一千平方米。

玉刚的二哥说，老巴子住的房子是他们父亲的，老巴子自己其实没有房子。不过，话又说回来，将来这房子肯定是老巴子的，做哥哥的不会跟他争。就这房子大门朝着正南，冬天什么时候都有太阳。

黄家房子的布局，似乎显得有点随心所欲，不太讲究，怎么好建就怎么建。很多地方建房子都喜欢选个黄道吉日，怕冲撞了太岁，但镇江这个地方却没这么大的规矩，动土不忌。究其原因，跟“镇江无太岁”的习俗大有关系。

《康熙字典》总纂官张玉书是镇江人。传说就是在这位宰相手上，把太岁赶出了镇江。

民间有一句俗语，说人够狠的，叫作“太岁头上动土”！但在镇江，自张玉书那个时代开始，不要说民间，就是官府搞重大工程建设，也是没有什么顾忌的，想到哪儿就拆到哪儿建到哪儿，很少有害怕和顾忌的。

今天想修一条路，主要领导把手一挥，就去建了。建完了一看，不好，自行车都没地方走了！怎么弄？能拖则拖，拖不下去再修！李家大山这个地方不错，赶紧弄几个地产项目，房子建好了还没有卖完，领导手一挥，又给拆掉了，拆成了一片空地在晒太阳。折腾到今天，东拆拆西拆拆，周边的城市规模越来越大，人口越来越多，镇江倒成了个人才净流出的城市了：改革开放这么多年来，光把户口迁到苏州的镇江人就有整整八万人！

有人开玩笑说，造成镇江城市建设这样的负面影响和消极后果，算起总账来,张玉书就是个罪魁祸首——张玉书是有“原罪”的。那么,张玉书的“原罪”到底是怎么发生的?

张玉书年轻的时候读书很用功。就在他准备进京考试的前夕,隔壁人家动土砌房子。这天,张玉书上茅房出恭。张家的茅房与隔壁人家只隔了一道墙。

以前的茅房与如今的卫生间可不一样,只是在地里埋上一只茅缸,上面搁上木板,再搭个棚子,讲究的人家用砖瓦建个永久性建筑,就可以在里面方便了。排泄物是肥料,不给外人的。

张玉书出恭正出得快活,突然有个人头从粪坑里冒了出来,把他吓了一大跳。

张玉书是宰相的底子啊,镇静下来之后,责问对方:“你干什么的?怎么从茅坑里冒出来?吓人一大跳的?”

对方抹了一下脸上的蛆虫,气哼哼地说:“小×养的,动土之前又不打个招呼!我正睡得着乎乎的,就一下子凿到我的头了!吓了我一跳,赶紧往下面一缩,再爬上来,哪个晓得会就冒到你屁股下面来了?”

张玉书有点纳闷,问:“你是谁呀?讲话这么不文明?”

被屎糊住眼的对方也没正眼看张玉书,回道:“你讲话少老卵湿气滴!我是镇江的太岁!小×养的弄到了我的头,我一定要让这家子倒霉,全家死光光!”

张玉书见对方不把自己放在眼里,也有点生气,加上刚才出恭时小便小到一半,又被对方吓回去了,更有点火,对太岁骂道:“你凶什么凶?太岁就了不起啊?给我滚!赶紧滚!”

镇江太岁赶快抬头。抬头一看,不得了了,以后的宰相啊!文曲星下凡啊!

太岁有点傻了,愣不愣铮问了一句:“滚到哪块?”

张玉书没好气地说:“滚出镇江!”

据说自此之后,镇江就没有太岁了,大家动土也就没有任何忌讳了,阴阳先生只能帮镇江人选坟地去了。

但我想，即便镇江没有太岁了，大家搞工程建设，还是要本着对子孙后代负责任的心态，认认真真，久久为功，这才是正道。

镇江虽然没有太岁了，但镇江人建房子多少还是有点规矩的，就是住宅以面南为正向，要求“三井齐备”。黄玉刚家的四合院，仍然遵守着这样的规矩。

在农村，住宅以面南为正向还能做到，但在城里，普通人家哪里都能做到大门面南呢？我母亲自从嫁给我父亲后，直到我父亲去世，她就没有住上过朝南的房子。即便要求三井齐全的，也起码是殷实人家。所谓“三井”，就是指天井、水井和茅缸。

天井的作用在于通风和采光，水井是为了解决吃喝和消防，茅缸则除了方便和积肥外，还有纪念张玉书逐走太岁的意思。

在楼房兴起之前，镇江农村建房时讲究的是几进几厢。以前有大小五架梁和大小七架梁并带厢房的说法。一般是三间两厢为一进，地势最好前低后高，雨水不容易淹进家门。如果是三四进深屋，旁边必须留有火巷，以防意外发生的火情。

山下村的房子虽然都变成了将军楼，但由于是按照原来的格局建设的，村子里仍然保留着一些火巷。巷子窄窄的，两侧都是墙壁，没有一扇门窗，显得非常深幽阴暗。这样的巷子里，没有任何能够燃烧的东西，邻居家即使发生火灾，火势也无法蔓延过来。

其实，镇江的老城里也还有着许多火巷，也就是人们嘴上常说的“一人巷”“三尺巷”。以前，火巷边上必有大户人家。解放后，随着这些大户人家的房子被政府经租，被不断地析产分户，火巷里也破壁开了门窗，慢慢地竟演变成了人烟稠密的场所。

镇江人建房子虽然不怕太岁，却很注重辟邪，擅用厌胜之术。

就拿山下村来说，有的人家大门上框或屋檐下会嵌钉着一面镜子或八卦图。凡嵌钉镜子或八卦图的人家，其大门要么对着山顶、铁塔，要么对着电杆、墙角之类所谓的“冲撞”之物，这些“冲撞”之物都被认为是不吉利的东西，用镜子就将其“反”回去了，用八卦图就直接将其对抗住了。

还有的人家，会在自己家西边屋顶上插上一根很高的竹竿，或者在西边的屋檐上放上酒瓶、镜子之类的东西。酒瓶象征着大炮。这当然不是用来对付太岁的，而是用来对付“白虎煞”的。

上面的种种做法，都是民间常用的厌胜之术。厌胜之术说穿了，不过是一种精神胜利法，做了一点“关目”[①]之后，觉得邪祟被压住了，心理上没了负担，自然会神清气爽，多上一份幸福感。

镇江人最讨厌的东西，“白虎”算是其一。“白虎煞”又被叫作“白虎抬头”，是指西边邻居家的房子高于自家的房子，有虎视眈眈，想要伤人的样子。青龙、白虎、朱雀、玄武，本来是古代二十八宿组成的东西南北四象，后被阴阳先生所用，赋予了极浓厚的迷信色彩，青龙成为吉祥之物，白虎则成了凶戾之象。具体到建筑，镇江民间则有“不怕青龙高万丈，最怕白虎抬头望”的说法。

古人认为星象中的白虎主兵，白虎临身，必有灾凶。镇江历史上是兵家必争之地，多战乱，而虎符一合，便意味着狼烟四起，担惊受怕。所以，镇江人敢把太岁赶出镇江，却非常忌惮这想象中的白虎，可谓平时留心，刻刻提防。家中不幸有了丧事，则一定要吃青菜豆腐饭。

以前，江南民间认为家中遇到丧事，都是白虎星作祟，习惯把屡屡丧夫的女人称作“白虎星”或“白虎精”附身。镇江人用来对付上了门的白虎星的办法只有一个，就是吃了它。当然不是真吃，而是模仿着吃，即吃青菜豆腐，用青菜象征着青龙，用豆腐象征着白虎。所以，江南一带民间称青菜烧豆腐为“青龙白虎汤”。

正因为相信吃“青龙白虎汤”有祛除凶祟的作用，镇江就有了“青菜豆腐保平安”的说法。江南人中特别喜欢吃青菜烧豆腐的，清代诗人赵翼要算一个。赵翼不仅特别喜欢吃青菜豆腐，还谓之为“儒餐”，并赋诗一首：“土铿煤炉老瓦盆，莫因鼎食羡豪门。儒餐自有穷奢处，白虎青龙一口吞。”

---

① “关目”：镇江方言，特指一些小把戏、小花招、小技巧、小动作等。——编者注

跟父亲住在一起的黄玉刚，除了妻子王思娟，还有两个女儿。

我问他为什么没有跟几个哥哥一样自己也建栋小楼。

他叹口气，老婆在江苏科技大学食堂做勤杂工，收入跟自己差不多，谈不上高；两个女儿，大女儿有残疾，小女儿还要上学，想建，也没这实力。

他话锋一转，谈起了自己的父亲。

玉刚说，他父亲当年是四野的，抗美援朝时，因为误了点，没赶上火车。结果，部队走了，去了朝鲜，他父亲却被要求脱下军装。他父亲觉得这件事很丢面子，既不愿留在东北，也不愿回到原籍，就选了个人生地不熟的镇江，干脆当起了农民。这农民一当，就当了一辈子。

我很想听听黄玉刚父亲亲自说说往年自己的经历，但老人的记忆力已经很差，听力也不好，他表述的内容外人已很难理解，加上很早就要上床休息，只好作罢。

我对黄家兄弟说，老人家儿孙满堂，子女都在眼前，还有这么大的家产，估计平时睡着了也会笑醒了。

黄玉刚没有说话，他的两个哥哥倒说了不少。

他们说，以前哪块有这么好？小时候，家里住的是篱笆土墙和草房披子。春天过后，夏天来的时候，下了雨，又闷又热的天气，就有一群一群的白蚂蚁从墙缝里飞出来，飞得不高，舞来舞去的。飞着飞着，翅膀就掉了，爬得到处都是。

后来家里情况好了一些后，就开始翻建房子了。那个时候材料都是自己买，砖头、瓦片直接去窑上拖，石灰自己挖个塘子煮，大料都是就近山上的，家里老老少少一齐做小工，没一个闲着，请来帮忙的主要就是瓦匠和木匠，花上几百块钱也就行了。现在看看，几百块钱不算什么，当时在农村，算是一笔大钱了。那个时候，城里一个学徒的工人一个月才 18 块钱工资。

黄家兄弟说，小时候都喜欢家里建房子，建房子能吃到荤菜。开工时要请瓦匠、木匠吃一顿开工酒，上梁时要吃上一顿上梁酒，房子全部建好后再吃上一顿竣工酒，住进新房子的时候还有一顿亲戚都要来的喜酒。不过，最热闹的时候，就是上梁。竖柱子上梁的时候，要挂彩红、贴对联、放鞭炮、撒馒头。

到自己建房子的时候，已经要花上四五万块钱，不建个楼房说不过去了。上梁时还是原来的老习惯。红纸对联都现成有人写，内容不外乎“合家欢乐迎富贵，满堂欢喜永平安”“和顺满门添百福，平安二字值千金”之类。文绉一点的，就是“竖玉柱，喜逢黄道日；上金梁，巧遇紫微星”什么的。

撒馒头之前要先由瓦木匠用酒浇大梁说喜话，一边浇一边说。说得少的说 36 句喜话，叫作“小浇梁”；说得多的得说 108 句喜话，叫作“大浇梁”。浇完大梁，主家馒头蒸得多或工程比较大的，木匠就会在梁上压上 66 只馒头，其余的抛下让看热闹的人去抢；主家馒头蒸得少或工程比较小的，就在梁上压上 36 只。

现在，城里都是钢筋混凝土的商品房了，要想看到上梁的热闹，基本已没有可能。

聊到最后，大家聊到了建房与剃头的关系。直到上个世纪 80 年代，镇江还有着很多流动的剃头匠。这些流动的剃头匠被叫作“漂行”，俗话叫作“不漂不流，不算剃头”，定期就会在家门口出现。挑着担子的，被叫作“挑麒麟的”。担子一头是烧热水的小火炉，一头是板凳和镜子之类的家什。这就是“剃头担子——一头热”的由来。不挑担子的剃头匠则被叫作“挟包”，热水、板凳都由顾客自备。

以前镇江人有动土之前先理发的习惯，事先要跟剃头匠约好。现在把办大事、过重大节日之前的理发叫作“越理越发”，但在过去，江南人称理发为“剃头”。江南人一般正月里不理发，建房子期间也不理发，忌讳“死舅舅”。其实，正月和建房子期间不理发，最初都是出于“思旧”——思念已灭亡了的大明帝国，倒不是真的怕对舅舅不利。

清兵占领江南后，一度实行“留发不留头，留头不留发”的高压政策，接受剃发的没事，不接受剃发的则项上人头留不住，这便是“剃头”的由来。由于“剃头”极具象征意义，剃头业在镇江民间也被赋予了隐晦抗争的含义。旧时镇江理发匠的工具加在一起，总重量叫作“二斤十三钱五钱四分”。为什么这么叫？因为“二斤”代表着大明帝国的北京和南京二京，“十三两”代表着大明帝国的山东、山西、河南、陕西、四川、江西、湖广、浙江、福建、广东、广西、云南、贵州十三布政使司,“五钱”是指大明帝国的“五湖”,“四分”是指大明帝国的“四海”。

正因为当年江南“剃头”的惨烈,镇江理发业对自己工具的叫法也是相当瘆人的:把荡刀布挂在竹竿上叫作“幡旗一竿”,把瞄剪叫作“虎铡”,把围巾系人脖子上叫作“披枷”,让理发的人坐在板凳上则叫作“带锁”。“剃头”留给人们的心理阴影已与受刑无异了。

不过,无论怎么说,乔迁仍然是一件大喜事。

黄家兄弟说,村里人房子建好后,搬进去时,都要请一个自家亲戚里的“全福”来领头。“全福”上要父母全在,下要儿女双全,同辈之中还要有兄弟姐妹。以前全福人很多,实行计划生育后,“全福”就很难找了。找不到“全福”怎么办？那就只好由家主领头了。

领头进门时也很有意思。先在正门口烧一堆芝麻秆子,象征“节节高”。然后持一杆秤和一条鱼领头进宅,表示将来家里会“剩有余”,以图吉利。不过,到了如今,家家银行里都有存款,芝麻秆子和秤都不常见了,风俗就有了新的变化:扛几根甘蔗,买上一袋苹果——生活节节高的同时,甜甜蜜蜜、平平安安最好。

第五章
世相剪影

每一个普通家庭都有自己的活法。一个普通人的命运里，交织着太多的渴望和痛苦，但又有多少人不愿意自己留下的历史轨迹，是尊严而体面、快乐而温暖的呢？对美好生活的向往，成为平民百姓努力工作的最大推动力，让他们的家庭呈现出了自己独一无二的人生特点。这些平凡却不简单的普通人的历史，是那么的真实，又是那么的鲜活。

梅花残巷

当我发现一个普通工人住在一幢不普通的别墅里的时候，我相信，这一切，一定是和一段不同寻常的历史联系在一起的。梅花巷所在的街区，属于镇江的历史文化风貌区，岁月在这里似乎有点凝滞，在这里漫步，能够很轻易地就穿行在镇江近代历史的许多故事里。

家访对象：凤凰家园资深保安班长卢迪家庭

家访时间：2014 年 2 月 7 日周五，天气中雪

这是我第二次走进这座青砖小楼，第一次和屋子的主人坐下来长谈。

当我发现一个普通工人住在一幢不普通的别墅里的时候，我相信，这一切，一定是和一段不同寻常的历史联系在一起的。

昨天下了一天的雨，到了半夜却变成了雪。今天早晨拉开窗帘，窗外已经是银妆素裹了。这是 2014 年江南的第二场雪，甲午年江南的第一场雪。

卢迪家住宝塔路西侧的梅花巷里。梅花巷的名字出现在清朝末年。当初与这个宝塔路平行的巷子是个宽只有两米、长只有两百多米的南北走向的小窄巷，青砖黛瓦条石路，幽深蜿蜒。早几年宝塔路拓宽，梅花巷东侧的建筑全部被拆，只有西侧残留下一些弄堂。雪后家访残存的梅花巷里的员工，正应了“踏雪寻梅”这四个字。

梅花巷所在的街区，属于镇江的历史文化风貌区，岁月在这里似乎有点凝滞，在这里漫步，能够很轻易地就穿行在镇江近代历史的许多故事里。

民国时期，梅花巷西、薛家巷东、麒麟巷北为镇江县公安局所在地，其侦缉队在此设有小型拘留所。最初，梅花巷牢房为镇江地方法院的看守所，民国十二年(1923 年)地方法院看守所搬迁到南门大街后，这里便成为公安局的拘留所，曾先后关押过刘季平、陈白尘、李砥平、李超时等革命志士。

卢迪家的祖居梅花巷 9 号，一座年代久远，几乎呈正方体的两层青砖小楼，自然也是镇江近代史的一个组成部分。

屋子里的木质结构部分，比我三年前来时显得更加破旧。上楼的楼梯很窄，扶手已经摇摇晃晃，让人不敢用力去扶，生怕一下子把扶手从楼梯上拉脱。楼梯的地板还很结实，但楼上的地板踩上去有一种柔软得让人很不踏实的感觉。虽然上面又加铺了一层半硬质的卷材塑料地板，不过，卢迪的一个穿高跟鞋的女同事由于接手机时下意识地用了一下劲，鞋跟竟然把地板刺穿了一个洞。这说明这座老房子的确需要修缮了，只是按照目前卢迪家的经济状况和那么多卢氏后人共同享有的产权，真的要修，又谈何容易!

算上二房所生，卢迪的父亲总共有七个兄弟，还有好几个姐姐。卢迪的父亲排行老六，同他一起住在小楼里的还有老五一家。其他的兄弟则散居在外地和镇江的其他地方。这个小楼东面的一半空间早些年已经被卢氏兄弟卖给了一位生意人，这位生意人后来欠下一屁股债，房子的产权便被地方法院扣押，贴上了封条。剩下的西面的一半，卢迪的五大大一家住在楼下，卢迪和他父亲则住在楼上，并在楼下留有一个勉强能够转身的小小的厨房。

二楼有属于卢迪家的两个房间:外面一个房间算是客厅兼餐厅，靠南墙放着一张钢丝床，卢迪女儿睡觉的地方。靠东墙则放着一台电视机。进门的地方则是一张圆餐桌，周围放着一圈凳子。里面一间则是卢迪夫妻俩的卧室。另外，楼顶的平台上用简易材料搭建了一间棚屋，那是卢迪父亲休息的地方。家里虽然简陋破旧，卫生却保持得很好。上了楼梯后，进入房间时，卢迪一律让我们把鞋套套上，怕弄脏了他们家的塑料地板。

卢迪把我们引到屋顶的平台上，告诉我们，梅花巷9号及其附近的平房，最初其实都是卢家的。这房子还是在他爷爷手上所建。

我朝周边的夜色中看去。与梅花巷北端相连的平安巷8号是丁志莹公馆，原北京大学校长丁石孙的祖居。丁石孙自己的故居则位于平安巷4号。附近除了丁石孙的祖居、镇江县公安局的拘留所外，西南角上有着镇江早期共产主义战士嵇直的故居，西北角上有着美国女作家赛珍珠父母的故居，剪影般凸显在夜空中的则是镇江最有名的清真寺——西大寺，以及由传教士戴德生创建的福音堂。再远处，便是近代史上江苏唯一的一个英租界。

近在咫尺，象征着天国的教寺和代表着地狱的拘留所，竟然与富人集聚区、洋人世界鱼龙混杂在一起，水乳交融得有点不可思议。当年，这里无疑是个多种文化相碰撞的激荡之所，也是近代江苏人了解世界的一个不可多得的窗口。

梅花巷9号，留给人的是一种破败、冷清、衰老的感觉。也许只有借助于酒，在酒精的温暖下，整个卢氏家族昔日的显赫与辉煌，才能够在卢氏父子的口中得到复活和存续……

卢迪的爷爷卢兆祺在镇江现代史上是个赫赫有名的人物，曾为民国时期制宪国民大会的代表和行宪国民大会的候补代表。卢兆祺是“五卅”时期镇江的学生领袖，其启蒙导师为中国共产党早期青年运动领袖恽代英。恽代英在南京被国民党政府杀害后，卢兆祺投奔了国民党实力派人物陈果夫，在“CC系”的培养之下，迅速成长为江苏省会的一颗政治新星，游刃有余于政商两界。

镇江解放后，卢兆祺一家曾一度逃到上海，但最终并没有离开大陆去台湾。关于卢兆祺1949年春天最终决定留在大陆的经过，他的好友杨方益在《正确的抉择》一文中有着相当详细的回忆：

当年上海爱多亚路（后改延安路）山东路中汇大楼六楼30号，友人徐国森于此经营镇昌商号；其隔壁31号则为友人颜宗武之南方贸易商行。两家相邻，并共同占有一个三、四十平方米的大凉台，谈话、活动，极为方便。镇江一班熟朋友,到上海必到这里见面,可以互通行止,询问消息。这次,我于四月二十三日到达大楼时,卢兆祺已先在,劈口告我:“镇江已被共军占领了。”我颇感茫然,太快,太出乎意外了,使我难信。兆祺说:刚才和镇江水电公司通了电话,这话是杨鼎铭告我的,并说军代表就站在电话机旁边呢,这是毫无可疑的了。我们相对默然;我脑子里一片混乱,沉默很久!

这天午后,卢兆祺约我到提篮桥一幢较大的三层楼里;具体地址我忘了,这是国民党某机关专为收容苏北解放区流亡出来的人,以便安置的。当时有20几个人在聚谈,距今已逾50年,我只记得有江都县长张济传、××县长张冠球、仪征县参议长章今默几人了。我们入厅后,有人说:卢、杨两位来了,你们是首县、省会所在地人物;今后如何打算,我们将唯马首是瞻!也有人说:你们召开了各县参议会联席会议,被冷御秋利用了;共产党未必为你们记上一功吧?也有人骂国民党:我们不要再受骗了,什么是“长江天险”、“固若金汤”,不到三天,就拱手让给共产党了。七言八语,乱成一团。等静下来,仍然有人问今后的打算。我说:妻子儿女,现在上海,人口众多,无力再跑。静等上海解放,交通恢复,率领妻子儿女返回镇江,听候处理罢了。话音未完,即有几人急切地说:“杨兄,你真想死,何不自杀?怎自投虎口,听人宰割;你将性命当作儿戏,对得起祖宗和妻子儿女否?”此时纷纷议论,自然是出于善意。

他们又询问卢兆祺的打算,卢即告知在上海的寓所和电话,表示希望经常联系,决定共同行动;希望径去台湾,盼注意安排机票船票。我们告别出来后,我问卢:你决定去台湾了?卢说毫无此意,但又何必同他们分歧、抬杠呢?我有九个儿女,比你多,决不能去上海以致完全隔绝。但也决不想回镇江自投罗网,并劝我留在上海,观望几年再说。他又说:从来改朝换代,新朝对前朝臣民,都是“先来挨打,后来挨骂,不来也罢”的规律,你何必急急回去讨打呢?这时,我们回不回镇江意见有分歧,而“坚决不去台湾”的意见是相同的。

卢兆祺去世于1987年的夏天。卢迪是在他爷爷去世后的1995年下半年才把户口从粮米仓迁到梅花巷来的。

卢迪出生于1972年5月，初中就毕业于梅花巷边上的镇江十二中。他一度在镇江船舶修造厂做钳工，1999年下岗后曾经外出打工几年，2002年应聘到大市口广场做了监察队员。妻子刘冬霞，与卢迪同年，原来在镇江塑料六厂做操作工，下岗后在社区做黄帽子保洁员。女儿卢忆雯，正在上中学。

卢迪小时候是在粮米仓一带长大的，那房子是卢迪的父亲在省镇航时由单位所分，属于公共租赁性质，只有30多个平方。后来拆迁时，卢迪的父亲拿到了一套60平方米的经济适用房。因为无法住下卢迪一家和他父亲四个人，房子便出租给了他人，一家人仍然住在祖居里。

我坐在卢迪父亲的左边，卢迪则坐在他父亲的右边。桌子比较大，我让卢迪请他妻子和女儿一起坐上来，他说客人来了女人不好上桌，这是祖上的规矩。我说什么老规矩，早过时了。他便说老婆要做菜，女儿要传菜，执意不让她们坐下来。

卢迪说，男人在家就要有做男人的样子，打个响指老婆就知道把菜送上来了。我知道他在吹牛，让他打个响指试试，他便打个哈哈把话岔开了。后来菜做得差不多的时候，我坚持让刘冬霞坐下来吃点东西，卢迪就不再勉强。

刘冬霞是个非常贤惠的女人。她喜欢红烧，做了虎皮蛋烩五花肉、煸烧鳊鱼，味道都相当不错。她还做了一道三杯虾，是用一杯油、一杯酱油和一杯料酒烹制而成。这虾口味稍稍重些，用来下酒正好。她自家和面自己包了饺子，口感显得相当筋道。她还烧了两道蔬菜，最后上了一道西红柿蛋汤。做菜、上菜井井有条，如行云流水般。

看得出来，卢迪对自己的老婆是打心眼里满意的。卢迪说："和我老婆结婚已有十几年了。而使我最难忘的就是当初她刚来我家，得知我是单亲家庭，能义无反顾地帮我挑起了家务活，减轻了我父亲的生活压力。在我们双下岗的日子，也就是最困难的时候，对我不离不弃，共同渡过难关。我对她只能做的就是，单位、家庭两点一线，下班就回家。晚上陪父亲喝点酒看看电视，床边上坐着打毛线的妻子，房间里有做着作业的孩子，陪着他们共享天伦之乐。"

因为卢迪祖父的历史问题在“文革”中受到冲击，卢迪的母亲在卢迪很小的时候就弃家出走，现在生活在南京，重新有了家庭。卢迪的母亲没有其他子女，只有卢迪一个独子。前几年，卢迪的母亲曾中过一次风。病中的老人突然想见见儿子，就托人告诉了卢迪。

卢迪思考再三，还是去了趟南京。他发现母亲身体状况还好，便又回来了。他流着泪对他母亲说，你生了我，却没有养我，我没有义务赡养你，但你放心，不管父亲同不同意，我一定会给你送终。

卢迪跟他父亲的感情很深。他说，一直以来，都是父亲为我操劳，任劳任怨，本能地付出。小时候，总是心安理得地享受着父亲为自己所做的一切，从没想过其实自己也应该去做些什么。高中毕业后，有一天上午，我心血来潮，开始在家里拖地、扫地，忙得不亦乐乎，整整有一个小时。就这短短一小时的家务劳动，竟然让我汗流浃背、腰酸背痛。我这才对父亲平时做家务的辛苦有了深切的感受，觉得父亲把我拉扯大，真的是不容易。打那之后，我就会尽量帮父亲做一些力所能及的事情。后来，我便有了一个要求，就是找媳妇一定要找一个贤惠的，漂不漂亮倒在其次。

事实上，除非情况特殊，卢迪几乎每天晚上都回来陪父亲喝酒。八块多钱一瓶的老白干，他喝一大半，他父亲喝一小半。自打他能喝酒开始就这样陪着他父亲，到如今已经喝了二十多年了。

卢迪不让女儿上桌子吃饭，跟他是否喜欢女儿无关。他怕女儿将来被人欺负，女儿很小的时候，他就把女儿带到自己上班的大市口广场上跟人学习武术。每天一大早，他叫起女儿，骑车带她一起去“城市客厅”。卢迪说：“我女儿今年已有 15 岁了。打小时候起，她在生活中就表现出个性坚定、不怕吃苦的个性。我女儿 5 岁就开始学练武术，至今已考出武术三段的好成绩。冬练三九夏练三伏，孩子没有一句怨言，我感到很欣慰。孩子在一天天地成长，生活的过程之中有时难免会跟女儿吵吵闹闹，有些小摩擦，但是，在解决这些问题的过程中，我渐渐地有些了解我的女儿，知道她性格独立，不愿将心里话说出来，但是她还是很关心我的。”

卢迪把一段写给女儿的文字拿来给我看。内容是这样的：

我没有太多时间可以跟我的女儿好好交流，分享各自心里的想法，所以，我想借这机会对我的女儿说说不能当面说的话。女儿，爸爸知道你不爱听那些煽情的话语，所以，爸爸要告诉你一些人生道理。对你不好的人，你不要太介怀，在你一生中，没有人有义务要一直对你好，除了我和你妈妈。至于那些对你好的人，你除了要珍惜，感恩外，也请多防备一点，因为，每个人，做每件事，总有原因，别人对你好，未必真的是因为喜欢，请你必须搞清楚，而不必太快将对方看作真心朋友。没有人是不可替代，没有东西是必须拥有。看透这一点，将来你身边的人离开你，或是失去世间最爱的一切时，也应该明白，这并不是什么大不了的事情。生命是短暂的，今日你还在浪费着生命，明日会发觉生命已然远离你了。因此，愈早珍惜生命，你所享受生命的日子也会愈多，与其盼望得到更多的东西，倒不如早点享受。虽然，很多有成就的人士都没有受过很多教育，但并不等于不用功学习，就一定可以成功。你学到的知识，如果能很好的用于社会实践，就相当于拥有了武器。人，可以白手起家，但不可以手无寸铁，切记！我不会要求你供养我下半辈子，同样地我也不会供养你一辈子，当你长大到可以完全独立的时候，我的责任已基本完结。以后，你要坐公交车还是奔驰，吃鱼翅还是粉丝，都要自己负责。你一定要求自己守信，但不需要求别人守信，你可以要求自己对别人好，但不能期待人家对你好。你怎样对人，并不代表人家就会怎样对你，如果看不透这一点，你只会徒增不必要的烦恼。世上没有免费的午餐、天上也不会掉下馅饼的，相信这些话你应该听过。说明人要发达，还是需要努力工作才可以。我和你成为亲人只有这一次缘分，无论这辈子你犯了多少错误，你依然是我的女儿，爸爸爱你。

卢迪对自己的工作说过这样一句话：“工作是一种态度，它决定了我们快乐与否。快乐工作，我无怨无悔。”因为各种主客观的原因，卢迪所在的安置小区物业服务费的收取率是整个集团服务项目中最低的，服务管理处的工作人员自然感到压力很大，但对小区业主精心服务的热情却丝毫没有受到影响。

卢迪讲了这么一件事：去年 10 月的一天，家住凤凰家园小区丹凤苑 12 幢的一户居民，因大意导致钱包遗失，后被安排在机动队巡逻的杨军、吉世恒他们捡到，按照身份证上的地址及时送到了正在发愁着急的失主手里，得到了失主的感谢和周边邻居业主的好评。卢迪说，队员们总认为自己只做了一件他们应该做的小事，但从这件小事上体现出的是一个团队的素质，一个企业的正能量。

卢迪顺便也说了自己做的两件事情。他说，我调来凤凰家园也有三年多了。记得头一年夏天，暴雨使小区鸣凰苑被淹，雨水排出不畅，我第一时间到达现场，冒雨打开井盖及时排水，自己被雨淋得湿透了，泡在水里，浑身皮肤出现了疹子，我没一句怨言，领导还帮我拍了照片。第二年小区丹凤苑 8 幢 2 单元车库失火，我冲进火里救火，头发被烤黄了，差点晕在里面，被绿化工韩俊给拉了出来。消防队来了灭了火，从里面拎出两个煤气钢瓶来。事后我和社区秦红燕书记开玩笑说过，火再大些钢瓶一爆炸，我也许就光荣了。她回应我，那就把你埋在凤凰了。

如果不是因为卢迪家没有卫生间，这顿饭吃得可能还要更长些。镇江老城区的老房子一般都没有卫生设施，即便后来自己进行了改造添加，也只是接个排污管直接通到阴沟里。大部分人在家里晚上仍然是小便用痰盂，甚至直接站在路边尿到阴沟里，只是在大解时去一下公共厕所。这就是老城区的小巷中，为什么总是弥漫着一股尿臊味的原因所在。尿急的男人们，在夜深人静的小巷深处，往往会就近对着阴沟放松一下。从这个意义上讲，一个区域的人的文明程度绝对是与硬件的完善程度成正比的。

离开梅花巷，时间已经是晚上 10 点半。雪已经停了，地面也没有积雪，如同雨后般洁净。空气异常的清新，马路上竟然没有车辆驶过，也没有行人走动。一切都像是新的，甚至连空气也清冽得有些淡淡的甜味。没有悄悄绽放的红梅，只有春寒料峭的夜晚。

代笔

想到代笔先生的文字，我突然便想到丰子恺先生的那幅题为《阿三夫君如见……》的漫画。路旁的一棵树下，一位戴着眼镜的老先生正襟坐在小摊旁，非常认真地写着书信。一位膝盖上打着补丁的妇女微微弯着腰站着。她并不知道先生写在纸上的到底是什么，但她却相信她所诉说的生活中的酸甜苦辣，远方的亲人是一定会知道的。

家访对象：保洁员王云娣家庭

家访时间：2013年10月25日周五，天气多云

原来打算在周六晚上去位于金山巷的王云娣家的，但周五上午，王云娣打电话说，她周六晚上要参加亲戚家的一个活动，今天正好家里没事。这样，家访便提前了一天进行。

霜降刚过了两天，傍晚时的气温明显有些低了，夜幕降临得也越发早些。6点不到，室外便黯淡得看不见远处的景物了。我让司机把我在金山巷的巷口丢下，然后便在昏暗的灯光下，独自逛了进去。

金山巷是个窄窄的只能通过摩托车、电动车，但不能驶入汽车的小巷子。金山巷的东头是金山路，西头与琴园巷相交，一起通向航运新村。金山巷属于琴园巷社区范围。整个琴园巷社区大约1.3平方公里。就在30年

前，由于紧靠着镇江火车西站，这里还是镇江城最繁华的区域之一，东面20米开外的和平路当时是镇江最宽阔的马路。后来，由于铁路线直接穿越城市中心区域，成为城市拥堵的主要原因，整个西站于2004年被全部拆除了，具有98年历史的镇江老火车站寿终正寝，商业配套、物流设施纷纷迁离，和平路两侧因此骤然冷落下来，成了镇江城最寂寥的老城区之一。

2003年时，政府曾制定过一个配合老火站拆除，将和平路东西两个片区同时拆迁改造的方案。当时，整个琴园巷社区都被政府划定在旧城改造项目的拆迁范围之内，并由镇江城投公司出资，委托镇江祥云拆迁公司进行拆迁。项目启动后，拆迁顺利进行，当年完成拆迁694户，拆除房屋2万多平方米，投入资金6000多万元。按此速度推进下去，在2005年之前完成整个项目的拆迁是没有什么大问题的。

但偏偏就在当年的9月份，出了个轰动镇江全城的大事情。

2003年的9月，祥云公司负责的镇江城投的另外一个拆迁项目——西津渡街区拆迁项目突然发生了一起拆迁纵火案。这起纵火案虽然是由被拆迁人自己点燃淋浇在身上的汽油引发的，但由于直接和祥云公司当天的拆迁行为有关，并且造成了当事人被烧伤致残的严重后果，从维护稳定出发，镇江市政府立即全面叫停了所有的拆迁项目，免去了祥云公司主要负责人的职务，并对在手的拆迁项目进行整顿。整顿结束后，又遇上宏观紧缩，资金一时难以筹措，和平路西片区的拆迁改造项目因此陷入全面停工阶段。

2007年我开始分管城投公司的拆迁工作后，一度试图重新启动这一项目。在我力所能及的推动之下，2009年和2010年之间，在祥云公司基础上经过重新改组的镇江和泰拆迁事务所曾经进场又做了一次全面摸底和测量工作，并形成了一个书面报告。这份报告的要点是：目前该区域内尚有2300多户居民需要拆迁，拆迁面积11万平方米，2003年预计的拆迁费用2.5亿元已远远不够，现在预计要6亿元左右。

虽然拆迁费用有了大幅提升，但如果继续拖延下去，随着拆迁政策的不断调整，将来的费用还会更高。所以，我仍然力争尽快重启和平路片区项目。但我的努力最终付诸东流。有关方面认为：一者2004年拆迁政策市场化改革后，新旧补偿政策差距较大，重启怕引发前期拆迁居民攀比新政策，进而造成社会的不稳定；二者没有找到战略合作伙伴，全部由城投公司直接投入资金，压力很大；三是自2006年4月镇江南徐新城建设指挥部正式挂牌以后，城投公司投资运作重心已经转向南徐新城，到2010年时凤凰家园、九华山庄、新城花园三大安置小区和新行政中心、体育会展中心、第二人民医院迁建、镇江高铁南站等重大配套项目以及新城路网建设已经全面铺开，没有精力再同步运作和平路项目。

随后，镇江城投公司与中房镇江公司合并，成立了新的镇江市城市建设投资集团有限公司，我不再分管征地拆迁工作，和平路西片区的拆迁工作就继续停滞了下来，至今前后已经整整十年了。

有网民幽默地说，和平路西片区已拆成废墟的地方，早已是杂树丛生，干苦力的外地农民充分利用荒废的地方养鸡、种菜，俨然成了一幅世外桃源的光景。还有一个网民说，建议保留这个片区，修旧如旧，用作影视基地，拍摄战争片、灾难片、鬼片等，都是绝佳的地方，布景基本可以省略。也有人用无可奈何的语气说道，又到夏天了，马上苍蝇、蚊子又可以到处乱飞了，我妈妈就住在那里，居住环境真的不如80年代了，什么卫生设施都没有，地下管道也是破的，流出来的全是臭水，墙上都长草了……说这些也不知道领导会不会看到。

还有的人则在无奈中开始对政府产生恨意。有个叫“丹徒宝堰鱼人”的网民这样写道：“我就是住在和平路的，铁路巷的。我离开镇江已经有12年了，当我每次回去的时候，我看到的是苍蝇、垃圾、杂草、野树，我无奈、无语、无意。每当我走在铁路巷的时候，想到八年抗战小日本都打跑了，10年了，这里还是这个样子，政府我拿什么相信你？无能的政府，你可以申请世界纪录了！”

就在“丹徒宝堰鱼人”的牢骚发出不久，2012年下半年，我们集中了一部分资金把铁路巷剩余的居民住宅进行征收，把整理好了的地块交给润州区政府，于今年春节前建成了一座带有怀旧色彩的中山广场，并把当年在大市口的中山塔在广场上进行了复建。

和平路西片区征收工作仍然没有重新启动。不过，我相信，在资金筹措顺利的情况下，镇江市政府是绝对不会让这个项目半途而废的，迟早会给这个片区的老百姓一个交代，以满足和平路西片区居民改善生活的正当诉求。

牢骚归牢骚，旧城区的居民并没有对自己的生活放低要求，他们开始组织自治组织，把更多的精力放到了营造社区的安全感上面。整个琴园巷社区内的建筑虽然外表看上去大都破败不堪，这个区域内的治安状况却是相当令人放心。就在十年之前，这个社区的几名退休老妈妈自发成立了一个义务巡逻队，戴着红袖章，每天东跑跑、西串串，一旦发现可疑情况就会立即打 110 报警，活生生地把许多极有可能发生的斗殴、盗窃等案件扼杀在了萌芽之中。即便在除夕夜，这几位老妈妈也会戴着膀章巡视到深夜 1 点多钟，等大家把烟花爆竹基本放完了才休息。旧城区的老房子，惹火的材料比较多，一旦着火，就有可能成燎原之势，火烧连营。爆竹轰鸣之时，老妈妈们哪能安心在家看电视呢？

从 2007 年至 2010 年，整个和平路片区，我每年都要走上好几遍。我熟悉这里的每一个小巷。因此，我只要记住金山巷 2 号这个具体地址，并不需要王云娣出来迎我。

我一边走着，一边朝巷子两边搜寻着门牌号码。从巷口进去不多远，北侧的一个小小的四合院门开着，从里面透出一些斑驳的光来。光线照在院落里的墙上和路上，面街的墙面上便形成了一片逆光，逆光中隐隐约约有一行用白色涂料手写的字：金山巷 2 号。我知道这就是王云娣的家，便直接走了进去。有两个女人正在院子里聊着天，站在院子中间的是张秀芬，站在院子东边厢房门口的则是她的同事王云娣。她们未料到我会一个人直接走进院子里来，愣了一下，然后才打招呼迎了上来。

王云娣属狗，今年 43 岁。她小时候是在句容茅山老区长大的，在句容行香中学读完书后，就到了镇江。先是在镇江太兴隆方便面厂工作，2005 年下岗待业在家，2006 年 7 月应聘到大市口广场做保洁员，后来被调到凤凰家园管理处做了保洁班长。

听到有人来，有个戴着眼镜的中年男子从西边厢房里跑了出来。我虽然从未见过王云娣的先生刘强，但我相信我的直觉。我伸出手去，笑着说，是老刘吧！老刘立即握住我的手说，是的是的，没叫错。

老刘在镇江牛奶公司工作，是灌装车间的负责人，一个看上去非常憨厚老实的汉子。

我说你家住得真宽敞，这个四合院都是你家的？老刘说，都是我家的就好了。他指着刚刚从里面出来的房子说，这是人家的，这北边的两间房子也是这户人家的，去年才拿的安置房，住到米山雅居去了，房子空了下来，临时借给我们用用。

我问老刘，那你家房子有多大？他便领我到紧靠着院子门口的一间房子，打开了灯，指着里面的一张单人床说，这间房子的产权才真正是我们的，只有八个平方。我说这个房间只能睡一个人，你们家可是三个人，怎么住？老刘便又把我引到院子的东头，说这东面的房子是我姐姐的，她们现在自己有房子，不住在这里，全都让我们住着。

东面的屋子有三间，中间是客厅兼餐厅，有十多个平方米，正中放了一张圆桌。北面是房间是王云娣女儿刘梦婷的卧室，南面的房间则是王云娣和老刘两人自己的卧室了。

王云娣家养了一只狸花猫，在我的脚下跑来跑去的。这是只公猫，性格却有点像母猫，叫声弱弱的，如同一个小女孩。王云娣说，这猫很聪明，经常喜欢到人的房间里去，房间里没开灯的话，它会用爪子去拉电灯线，自己开灯。看来这是只喜欢追求光明的好猫。

我问王云娣，我看过你写的东西，那都是你自己写的？她笑着说不是。我继续追问，是老刘还是女儿写的？她说也不是，是门口一个人写的。我说这人怎么写得出来的呢？王云娣便说，我讲给他听，他边听边记。我便转过头来，望着老刘，笑哈哈地问，你还记得“花露水的故事”吗？老刘便显得有点尴尬，说，她讲的事情，她没有告诉过我！

代笔先生写的“花露水的故事”是这样的：

“我和老公风风雨雨走过了这么多年，有过争吵，有过浪漫。都说夫妻间最后剩下的都是亲情，谁都离不开谁。夫妻间的那种相濡以沫的感觉其实还是很好的。老公的浪漫细胞其实还是很缺乏的，但是却是最朴实的。

记得有一次，当然是夏天，家里的纱窗坏了，蚊子很多。我睡得迷迷糊糊的，听见老公拿手打脸和身上的蚊子。其实我已经醒了，只是很困不想说话。后来老公被蚊子咬着急了，起来拿花露水涂。他却先给我涂，然后自己再涂。很小的事情却让我感动至今，不能忘，只是我一直没跟他讲过。至于我有没有做过让他感动至今的事，那就得问他了。”

想到代笔先生的文字，我突然便想到丰子恺先生的那幅题为《阿三夫君如见……》的漫画。路旁的一棵树下，一位戴着眼镜的老先生正襟坐在小摊旁，非常认真地写着书信。一位膝盖上打着补丁的妇女微微弯着腰站着。她并不知道先生写在纸上的到底是什么，但她却相信她所诉说的生活中的酸甜苦辣，远方的亲人是一定会知道的。

但王云娣口述的故事不是写给远方的亲人的，而是写给身边人阅读的：

俗话说，“养儿才知报娘恩”。曾经一直觉得父母为自己所付出的一切都是理所应当的，直到现在自己为人母才发觉，原来自己每一次的成长，父母所付出的努力都是我所不能想象的。记得自己刚参加工作那会，太单纯，总觉得周围的一切都与自己那么的格格不入，突然之间就觉得自己被所有人抛弃了。于是乎，自己所有的怨气都发泄在了父母身上。我不知道父母那时为我默默承受了多少，而我沮丧的心情却每况愈下。终于有一天爸爸跟我发火了。他告诉我：“社会不会为你而改变，你只能为社会而改变。不是每个人都是你的父母，都能迁就于你。不论你的工作岗位是什么，只要凭着自己的双手，再平凡的工作也是精彩的。”听完这些我哭了，哭完之后我豁然开朗，觉得生活就是一种心态，什么样的心态决定什么样的生活。或许这件事对于别人的触动不是很大，却改变了我的一生。我的豁然开朗也让父母很欣慰，他们总是告诉我，看见我想开了以后，生活变得充实起来，是他们最开心的事。

平凡的人总有着不平凡的事，只要我们用心去感受，用心去体会，那么，总有一些触动我们心灵的事情发生。我们是镇江市安置小区里的保洁员，我身边同事对待工作都很认真。她们平凡如许，执着如斯，不管严寒酷暑、风雨雷电，都能在不经意间发现她们的身影。有时候看见她们忙时，小区的业主就跟她们开玩笑，问她们："你们领导给你们开多少工资让你们如此敬业啊？"而她们的回答却总是让我很震撼。她们说："我们既然选择了这份工作，就应该干一行，爱一行，尽力把工作做好，这与我们拿多少钱没有关系。"虽然她们并没有做过什么轰轰烈烈的事情，也没有做过细腻实质性的事情，可是我的感动就是来自于她们这些人。是她们不求名、不求利无私奉献的职业精神，让我们的安置小区整洁干净。在这个物欲横流的社会，他们的这份职业精神让我感动，发自内心深处的感动！

是的，我们不能为了工作而工作，工作不是一种任务，是我们精彩生活绽放的一部分。我是小区里的一名保洁员，我为我的工作而骄傲。或许很多人对于我的这份工作很不屑，但是我非常热爱这份工作。每当看到小区里整洁干净，我就特别高兴，特别有成就感。我没有什么丰功伟绩，也没有什么特别值得骄傲的事情，我只知道要把小区打扫干净，让居民的生活清新。偶尔捡到居民遗漏的物品也主动上缴了。不记得有什么特别的事情了。

其实每个人都做过助人为乐的事，只是有时候自己都能忽略掉自己做过的好事，帮助别人不求回报。但是有一次帮助了别人却让我至今难忘。是什么原因呢？那次下班回家，在路上看见了一个农民打扮的老太太在那里东张西望，似乎很着急。于是我就上前询问。原来老太太是来访亲的，不认识路了。看着老太太挺着急的，我就带着她找到了亲人。结果她的那个亲人对我感激得不得了，后来还和她成了好朋友。没想到自己尽一点绵薄之力，给别人的帮助却是无穷大的。这件事以后，我就尽可能给身边的人帮助。如果大家都以助人为快乐之本，那么这个社会将会很和谐很温暖。

每个孩子都是父母的心肝宝贝，我的孩子也不例外。我从来不舍得让女儿帮我干家务，而女儿很懂事，很乖巧，总是抢着帮我做家务。印象比较深的一次是，女儿十几岁的时候，有一次母亲节，女儿把我骗出家门，从没做过饭的女儿竟然在家做起饭来了。当我回来的时候，厨房已经凌乱不堪了，甚至饭都没有煮熟。再看看女儿一脸委屈地站在那里看着我，当时真的又感动又生气。后来女儿跟我说不想看到我辛苦，想帮我分担家务。再后来我就适当地教教女儿做家务了。我想这也是她成长中必须学会的生活。

女儿，妈妈想对你说，不管今后怎样，不管你成功与否，你都是妈妈的骄傲。无论生活再平庸，无论生活再艰辛，我们都要活出精彩的生命。

“生活就是一种心态，什么样的心态决定什么样的生活。”这是王云娣真实的心声，还是代笔先生一时的才情迸发？但不管是谁的原话，从王云娣对生活的叙述上，我仍然能够真切地感受到她的一种乐观向上的态度。她知道如何尊重和照顾好自己及家人，知道如何从伤痛中学会行动，从快乐中得到智慧，知道如何对现在所拥有的生活中的事物表达感激之情。这是她从平凡而丰富的人生经历中所获得的了不起的收获，她也知道如何让我这样的人来分享。

王云娣与老刘一家，最希望的便是政府尽快拆迁掉他们的老房子，让他们能够换个环境，住在配套齐全的住宅小区里。他们说，解放后这里就没有改造过，而有的地方房子建了还不到十年就又拆了，为什么呢？这里拆了一半为什么又不拆了呢？没有钱的话，太古山、李家大山那么多地方怎么有钱拆的呢？

我当然难以用三言两语跟他们说清楚个别人的长官意志与旧城改造之间的关系问题，我只能安慰他们，要相信市委、市政府，因为国家相关部门于去年底就出台了《关于加快推进棚户区（危旧房）改造的通知》，要求各地以改善群众住房条件为出发点和落脚点，把棚户区（危旧房）改造作为城镇保障性安居工程的重要内容，加快推进集中成片棚户区（危旧房）改造，力争到“十二五”期末，全国成片棚户区（危旧房）基本完成改造，住房使用功能得到改善，基础设施得到完善，居住质量得到提高；江苏省委、省政府提出的目标要比全国更快一步，到“十二五”结束时，要基本完成现有全省3500万平方米各类棚户区（危旧房）改造的任务；而镇江市委、市政府提出的“十二五”目标更加明确，在2015年底结合青山绿水与危旧房改造，完成54个棚户区改造，涉及 19500 户，总拆迁建筑面积 157.81 万平方米。

不过，镇江的棚户区（危旧房）改造任务到 2015 年年底的时候真的能够完成吗？如果说 2011 年的时候我还相信，但到去年下半年的时候，我就已经不太相信了。

去年 8 月，有关方面还底气十足地宣布镇江旧城区城中村首批“7＋1”改造项目正式启动。所谓“7”是指七个独立改造地块，即金融集聚区、岗子下地块、太古山片区、李家大山片区、七里甸城中村片区、五州山城中村片区和制药厂地块；所谓“1”是指南山风景区城中村改造项目。这七个独立改造地块和南山风景区城中村改造项目涉及范围共 420 公顷，待征收建筑 280 万平方米。面对如此大规模的征收改造项目，相关部门设计的工作路径为：预计投资 100 亿的资金，在 2013 年 6 月底前基本完成拆迁，并在 18－24 个月内，也就是说最迟在 2014 年 8 月底前完成所有项目的建设任务。并宣称，改造完成后，镇江的城市功能和人居环境将获得全面提升。

就在“7＋1”改造项目启动的相关会议上，有关部门透露，镇江当前 150 平方公里的建成区内，还有 1000 万平方米的危旧房和城中村未改造，具体包括待改造地块大小共 84 处，总占地面积约 1233 公顷，其中危旧房地块 38 处，城中村地块 46 处。针对这一现状，有关领导指出，这与镇江市群众改善生活环境的需求、苏南城市的水平，以及令人向往的山水花园城市的定位极不相称，因此，镇江市在启动首批“7＋1”改造项目的基础上，将不断推进旧城区城中村改造，计划在三年内，基本完成老城改造 1000 万平方米的目标，相关总投资预计达 500 亿元。

很显然，由所谓“7＋1”改造项目推导出来的一系列数据，已经纯属一种数字游戏，从根本上讲是一些人用来显示政绩所用，与“十二五”的棚户区（危旧房）改造的目标任务已经大相径庭。在江苏的民生幸福工程中，非常明确地把“住房保障体系基本形成”列为全面建成小康社会的重要内容，并在制定住房保障目标及主要路径时，把目标具体化为公共租赁住房、廉租住房、经济适用房和棚户区（危旧房）改造四个方面，把实行廉租住房制度、健全经济适用住房制度、促进公共租赁住房制度、完善住房公积金制度和加快棚户区(危旧房)改造列为住房保障的五大主要路径,至于不能列入棚户区(危旧房)范围的旧城改造项目和城中村改造项目,根本就与建设住房保障体系无关,更与民生幸福工程没有直接的联系。把旧城改造项目和城中村改造项目含糊为棚户区(危旧房)改造项目,玄机恐怕还在于追求“形象工程”和“政绩工程”的情结使然。

其实,江苏省对“棚户区(危旧房)”这个概念是有着严格的界定的。首先,它必须是在城市规划区国有土地上的集中居住区。其次,还要符合下列条件中的一个:A. 房屋破损严重、房龄超过40年房屋比重达到50%以上;B. 20世纪80年代以前建造的平房、非成套住房小区;C. 按照建设部《城市危险房屋管理规定》确定的三、四类(指“停止使用”类和“整体拆除”类)房屋占比达50%以上的居住小区;D. 基础设施配套不全,公共排水、供气、消防等设施达不到规定标准,存在严重安全隐患的小区;E. 采煤深陷区治理改造范围内的危旧小区。

对棚户区(危旧房)进行改造的真正的目的是什么?是改善城镇居民的居住环境,提升他们住宅的功能、结构、品质以及基础设施配套,让他们以旧房换新房、以小房换大房,增加城镇居民的家庭资产,优化他们的家庭财产结构,并通过提供经济适用住房和限价商品住房,把人均住房建筑面积在15平方米及以下的住房困难家庭,提高到人均住房建筑面积不低于20平方米的水平。

住房是城镇居民的安身立命之本,改善住房条件是老百姓最大的期盼之一,作为民主幸福工程和住房保障体系重要组成部分的棚户区(危旧房)改造,其根本目的在于解决居住条件和环境亟待改善的老百姓住的问题,要做的是雪中送炭的事情,而不是什么锦上添花。饥寒交迫的人最需要的是什么?是食物和温暖;一个衣食无忧的人需要什么?钱和更奢侈的享受。当我们把诸多政府融资平台好不容易筹集起来的资金用在诸如“7+1”之类的项目上时,我们还有多少钱能用在真正的棚户区(危旧房)改造项目之上?

做官也需要一种心态,但这种心态到底应该是怎样的呢?

我没有杜甫“安得广厦千万间,大庇天下寒士俱欢颜”的博大胸怀,但我唯愿2015年12月31日这一天,王云娣和老刘一家不再住在金山巷的旧房子里,而我的母亲也不再坚韧地守着她已住了一辈子的会莲庵街上的那座老屋!

注:2016年春天,镇江市人民政府办公室下发了《关于下达2016年市区棚户区(危旧房)改造目标任务的通知》,"确定2016年市区计划实施棚户区(危旧房)改造项目39个,完成改造住房户数7899户,面积155万平方米"。通知后面的《棚户区(危旧房)改造目标任务分解表》中,排在第一个的便是和平路西片区(民主街片区)旧城改造项目:改造户数350户,改造居住面积2万平方米,开工时间2016年9月,完工时间2016年12月。

第六章

闲暇录

随着中国经济的不断发展，普通劳动者用来工作的必要时间也在迅速缩短，假期不断拉长，暂时工作、独立工作、自由工作等非传统工作的就业模式逐渐兴起，生命中的空闲时间、自由度、灵活性则急剧增多，这就为精神文化产品的消费提供了巨大的空间。就普通劳动者而言，随着休闲时间越来越多，其需求也越来越高级化。

家庭棋牌室

琴棋书画是中国人最传统的四样爱好。有人说,当代女人最大的爱好是逛街和八卦,男人最大的爱好是麻将和棋牌。在南方,棋牌室超过两百家的县城比比皆是,如果再算上社区活动中心、老年活动中心等等,棋牌室确实已经成为这个时代最受普通民众欢迎的娱乐空间了。不过,当一群人在棋牌室聚集的时候,他们的兴趣可能并不一定仅仅是为了娱乐……

家访对象:御带河花园保安班长乔存年家庭

家访时间:2015 年 3 月 14 日周六,天气阴

去乔存年家之前,只知道他家开了个棋牌室;去了他家之后,发现棋牌室其实才是他的家。

按镇江本地的说法,乔存年讲义气,解决问题喜欢比膀条子,社会关系复杂,应该算是个“社会上的人”。

乔存年曾经醉酒后跟自己的管理处主任动过手。跟领导动手还得了?当时有不少人主张直接把乔存年开除回家。

我注意到一个细节,就是管理处主任本人并没有直接出来向公司提出严肃处理乔存年的要求。当事人双方都没有要上级协调解决的意思,公司便于直接介入处理吗?还是静观其变的比较好。

结局是，乔存年自己找管理处主任作了沟通，这个主任压根也没有向上级领导提过此事。今年 1 月 6 日，这个主任在乔存年 2014 年度考核登记表上还写下了这样的评价意见：“该同志作为保安班长，工作认真。希严以律己，很好地起到带头作用！”

这说明两人之间的关系还是比较和谐的。

乔存年出生于 1963 年 3 月，初中毕业于镇江市第八中学。他曾经在镇江港务公司当过工人，后来公司改制搬迁，他就到物业公司当了保安，2013 年 4 月被提为班长。

在码头上干活时，乔存年还没有什么特别的兴趣爱好，除了喝酒。那时他跟妻子带着儿子，儿子还很小，精力主要放在家里。他住的房子是母亲的，还要服侍老人，早请示晚汇报，就更没有时间往外跑了。

前几年，跟妻子离了婚，儿子长大了，母亲的老房子也拆迁换了新房子，他的时间多了起来，就琢磨着想玩些什么了。琢磨到最后，觉得自己只会打打麻将、掼掼蛋，开个棋牌室，两不误，最好。

有个麻友是工商局的领导，正好搬了新家，便把原来住的老房子租给了乔存年。

乔存年说，领导看得起我，每个月的租金 800 块钱，很便宜。

房子在网巾桥 13 幢 101 室，位于镇江城里最古老的商业中心五条街。镇江有“五条街，挤不开”的叫法。五条街是《白蛇传》中许仙和白娘子开药店的地方，也是《喻世明言》里杭州小帅哥张舜美家亲戚开招商客店的地方。正因为这个地方当年繁华异常，这里所有的街巷两头都矗立着门楼或牌坊，成为主流价值观的弘扬中心，但唯有一个巷子除外，就是网巾桥巷。

网巾桥巷最初叫作乌盆澳巷，后来五条街周边的巷子都被人竖了门楼或牌坊，只有这个巷子没有人看中，两头仍然是光秃秃的，大家干脆便把它叫作“没门楼巷”了。没有标志物倒成了这个巷子真正的标志物。

民国江苏省会迁到镇江后，为了修中山路，把网巾桥拆掉了。没了网巾桥，总得留个名称作纪念吧？省会的专家一商量，干脆就把没门楼巷改称“网巾桥巷”吧。这样一来，阴差阳错，一直没有标志物的巷子倒有了一个真正的地理标志了。

从网巾桥下流过的河叫作关河。以网巾桥为中心,向西北依次经过千秋桥、高桥、太平桥、北水关,与西津相连,流入长江;向东南则先后穿越范公桥、南水关出城,汇入大运河。上个世纪50年代公私合营之前,镇江城几乎所有的娱乐休闲场所都是沿关河两岸分布的。

民国江苏省会时期,由于修建中山路、中正路(今解放路)和正东路,镇江城内的关河被路基分割成一段一段的,再也不能通航,关河两岸就成了城内居民凭岸垂钓、纳凉聊天的好地方。1958年开始,在经济"大跃进"的同时,镇江大搞爱国清洁卫生运动,全城的垃圾都往关河里倾倒,并在填满的河身基地上修路建菜场,建成了当时镇江最大的两个菜场——五条街和四牌楼菜场。这两个菜市场带动的繁华,一直持续到了上个世纪90年代初。

到"文革"结束时,关河的河身只残留下屈指可数的几个池塘和洼地,小孩子仍然可以用瓦砾在水面上打水漂,还有市民时不时地下到水里摸鱼捉虾。水面周边的空地都是市民打牌下棋看热闹的好地方。但进入80年代之后,关河残存的水面就一点不剩地彻底消失了。

当关河从人们眼前销声匿迹的时候,镇江城则进入了一个"喇叭裤,鸭屁股(指男人留长发),拎着三洋去跳舞,大街小巷斗地主"的时代。

青年码头工人乔存年并没有敢跟当年的时尚,他弄不清楚眼花缭乱的时尚跟资产阶级自由化和流氓活动之间的区别,只能很羡慕地看着,怕被"严打"掉。

身为保安的乔存年如今则已知道"流氓罪"取消多年了,棋牌室早已成了提供公共娱乐的合法场所,虽然有些棋牌室仍然免不了做些犯法的勾当。

在棚户区住惯了,一下子租到一套市中心的房子,确实让乔存年激动了好几天。

他马不停蹄,跑手续,办证照,买涂料刷房子,换门锁,布线,装空调,买麻将桌,买凳子,买冰箱,买吃的喝的……

在一楼院子边开一个门,这样客人进来更方便些。半室里放一张麻将桌,客厅里放两张麻将桌,大房间里放两张麻将桌,另外一个房间当自己的卧室。这样，两室半一厅的房子就可以放下五张麻将桌。

万事俱备之后，一千响的鞭炮一放，乔存年就等着晚上客人上门了。

我问他，生意这么好做？

乔存年苦笑了一下，说，这么好做我就不做保安了！还不是要靠兄弟们帮忙架势？

他指的兄弟们包括坐在我面前的何小平、张克亮和许惠庆。他们都是紫金物业公司的保安。

何小平说，棋牌室刚开的时候，他曾经在这做过一段时间的厨师，专门烧饭给打麻将的人吃。这种饭打麻将的人有个专门的术语，叫作"窑伙"。

他说，饭菜做得再好没用，总是被人骂。赢的人心情好，吃什么都来劲；输的人心情差，吃什么到嘴里都不是个滋味，就找厨师的茬。他实在受不了这个气，后来干脆不干了。

何小平与乔存年同龄，还比乔存年大两个月。他初中毕业于镇江市第一中学。最初在镇江市机电设备公司工作，国企改制后下岗，从2005年开始做保安。他妻子后来也下岗，当了保洁员，女儿则在常州读大三。因为自己的家离这里不太远，加上自己的妹妹跟乔存年好上了，他也就有事没事，经常过来转转。

何小平告诉我，他当年在机电设备公司做的是物品管理，也就是仓库保管员中的出货工作。他说当年机电公司的效益确实很好，每个月动不动就发钱，也不知道发的是什么钱，反正只管拿就是了。逢年过节，什么吃的都发，家里根本就不用买东西。到90年代后期就不行了。

何小平说，他那时主要负责铜材料和相关的机电用品。铜很值钱，卖给厂家机电设备时，都要求厂家送来相同重量的铜材，他往往多打个损耗，后来交接时，他竟然给公司多上缴了一吨多的铜材。公司评了他个先进，奖励他两百块钱。

他说，他后来知道公司肯定做不过个体户了。

他举了个例子，说那一年，有个浙江人开了辆大卡车到公司来，什么也没说，给他一整条"红塔山"，让他给大家发发。然后开了票，交了钱，把仓库里所有的15吨铜材都买了。当时每吨6万多块，一下子就进了现金100万，公司人的都很开心。但第二天大家就都很后悔，因为整个沪宁线的铜材从浙江人来的前一天开始，就已经涨到了15万块一吨。一来一去，公司其实至少送给了浙江人135万块。

不管怎么说，在机电公司的经历，还是给何小平打下了坚实的经济基础。他目前共有三套房产，除了自住房子外，还有一间门面房，每个月能够收到800块的租金。另外，他在城外还有一套房子，也出租给别人，等着拆迁。

何小平说，他只掼蛋，从来不打麻将。

镇江人打牌，最初是“争上游”“八十分”，改革开放之后流行“拱猪”“斗地主”“诈鸡”，现在最受欢迎的则是“掼蛋”。这是种打对家的娱乐玩法，跟打桥牌有点像：打几，红桃几就是“百搭”，“同花顺”、“炸弹”、“夯”（三带两）、“滚筒”（两连三）、“连驼”（三连对）都可以，最大牌则是摸齐四个王，叫作“天下无敌”。掼蛋打起来变化莫测，喜欢玩的人经常会打上通宵。

张克亮跟何小平不同，他是乔存年介绍到物业公司当保安的，跟乔存年算是朋友，到棋牌室来玩，不完全是为了打牌。

张克亮比乔存年和何小平都要小，生于1970年2月，祖籍是安徽无为县，但出生在镇江丹徒江心乡五墩村。他实际文化水平只有小学。解放前夕，他父亲逃荒来到江心洲，后来与当地的一个女孩子结了婚。

他曾经在工厂做过，也在保安公司干过，2010年春天才到紫金物业，现在也当上了班长。他离了婚，有一个儿子，平时并不跟自己过。江心是长江中的一个岛，来回都要坐船，等于是外地。由于离家太远，他目前独自一人租住在镇江东郊美林湾小区的一个车库里。

他租住的车库我去过，很小，也就四五个平方米，放一张床，再放一张小条桌，空间基本上就满了，来个客人只能坐在床边上谈话。车库里没有有线电视接口，一台老旧的“熊猫”电视，拧开来都是雪花，人物和情节要连蒙带猜才能搞清楚。让一个正值壮年的大男人没事就待在这车库里，尽早会闷出问题来。

除了看电视，张克亮也找些别人看过了的报纸翻翻。报纸上让他感兴趣的东西不多，剩下的时间干什么？总不至于一个人在车库里自斟自饮吧？有一段时间他特别喜欢在街上闲逛。他说，就是闲逛，碰到搞广场活动，在边上望呆可以望上半天，纯粹是为了打发时间。

但他最喜欢的地方，还是乔存年的棋牌室。

在这里打牌不受限制，打牌的都是认识的，即便搞点小刺激，也只是几块钱上下打个圆子，大了大家都打不起。不过，大都时候还是几个人在一起喝酒聊天。

张克亮说，一瓶"老村长"，或者几瓶二锅头，加上一袋花生米，就可以喝上一个晚上。有时候喝多了，大家也会抬杠子，也会拍桌子，也会哭得一塌糊涂，甚至把某个老卵领导的祖宗十八代骂个遍。

许惠庆和张克亮同年，只不过张克亮是猪头，许惠庆是猪尾。

许惠庆初中毕业于镇江市第六中学，最初在镇江市毛纺织厂做了二十多年的维修工，改制后又做了不到六年，便遭遇下岗。从 2009 年开始做保安，一直做到现在。

许惠庆说，他以前在毛纺织厂时，与何小平的妹妹一个班组。这个妹妹便是现在与乔存年一起生活的老巴子。何小平的这个妹妹特别喜欢麻将，当年在厂里上班时，为了打麻将，就找人替班，竟然给替班的人每次 40 块钱。这钱在上世纪 80 年代可以称得上是高价了，因此，很多人都愿意替她上班。而她呢？运气好，一天可以赢上一两百块钱。不过，赌博这东西，时间长了没有赢家，何小平的妹妹到现在也没有靠打麻将致富。

和其他几个人不一样的是，许惠庆到棋牌室来喝酒，更多的是为了给心里的不快找一个发泄的地方。

许惠庆说，他的前妻跟他是一个单位的，后来红杏出墙，跟的人也是他们一个单位的，这让他很受伤。

酒后的许惠庆会很伤感，说到伤心之处，泪流满面。他说当年前妻的事情被他发现后，他无法承受耻辱，坚决要求离婚。离婚时，前妻说离婚可以，但女儿必须留给他。那一年，女儿才 3 岁。没多久，他便下了岗，为了生活，只有四处奔波。他要挣钱，只好把女儿放在父母那里。他当时只关心女儿的成绩，跟女儿交流得很少，态度也不是很好。女儿 14 岁上初二时，前妻的日子要比他好过得多，也有了个儿子，便要求把女儿接回去。人穷志短，为了让女儿过得更好，他便同意女儿去跟妈妈过。

但出乎他意料的是，很快，女儿就不怎么理睬他了，音讯全无。去年他母亲去世，他打电话叫女儿回来。女儿虽然回来了，却不停地看手机，说她很忙，很快就又有事走了。他非常生气，送母亲上山的时候也没打电话叫女儿，女儿竟然也没有回来送奶奶最后一程。

许惠庆说，我家兄弟姐妹比较多，父亲因为工作，常年不在家，都是我母亲东奔西跑，拉扯着我们，累得一身是病。后来退休了，都是老爸照顾老妈，我们没操什么心。去年老妈因病去世，剩下老爸孤零零一个人了。自己真的有点后悔，后悔当初没有好好孝敬老妈。如今老爸也老了，病痛也多了，我们能做的，就是少让他为我们操心，冬天带他洗洗澡、聊聊天，看病时陪着他。

但即便这样，父女情仍是割舍不了的。许惠庆说，作为一个父亲，自己不是个好父亲，也是不称职的。他只想对女儿说："我爱你，没能给你一个温暖的家，我对不起你！"

酒后的许惠庆会重复叙述，他重复得最多的一句话便是：做维修工，一把钳子，一把起子，其他什么都不会；当年下岗，说下岗就下岗，让我们到哪里找事做？

他没说政府亏待他，只是说下岗后工作不好找。

我沉默了很久，还是把有些话跟他挑明了说出来：当初改制时，那一届的地方政府确实考虑不周密，确实对不起你们这些老员工，甚至连最起码的再就业的培训都没有！那时改制工作如同大跃进，一年必须改掉多少，结果，很多职工的基本权益都没有得到保障，却造就了一批改制的暴发户。这些后遗症正在不断地显现出来。当年主持改制工作的政府有关部门的那个主要负责人去年被抓了，也算是罪有应得了。

许惠庆另一个重复的重点就是他前妻的嫌贫爱富。他前妻嫌贫爱富的故事，他可能跟许多人都讲过，但显然没有人很好地解开他的心结，否则这样的故事我很可能就不会听到。

我直接点他,你有没有打过老婆?他愣了一下,随即承认打过,打过很多次。

我诚恳地对他说,其实,女人最大的特点就是喜欢唠叨,喜欢跟别人比,但真正嫌贫爱富的真的很少,想安心过日子的是绝大多数。但有一点,女人是不能打的,正如男人是不能闹的一样。男人一打女人,会造成两个后果:一个是开了头,你就会经常去打她;另一个就是越打女人会越寒心,最后会绝望。绝望的女人如果能够感受到别的男人的一点温暖,她就会很感性,不出轨才是怪事!

我告诉许惠庆,我了解到的身边离婚的案例,90%都有一个共同点,就是女人出轨前,男人都动手打过女人。

发现家庭破裂的根子原来出在自己的身上,许惠庆半天没有说话。当他再次跟我说话时,他已经没有感伤,倒更像是一种表态。他说,他会改的,他会永远不对小孔动手。

小孔是许惠庆现在的女朋友。他们两个是通过单身群认识的。两年前,一次活动后,小孔没有便车回家,有人便怂恿小许学雷锋。小许便用电动车把她送回了家,好上了。许惠庆说,他欣慰的是,小孔的儿子非常懂事。小孔的丈夫去世得早,一个人带着儿子,过得相当不容易。小孔与许惠庆相识时,正是小孔的儿子准备高考的日子。许惠庆便经常煮些吃的给小孔的儿子送去。这孩子考上大学后,回来的时候,总不忘给许惠庆带些东西。许惠庆说,自己的亲生女儿还不如这个带来的儿子亲。

把客人安排停当后,乔存年终于坐了下来。

我跟他开玩笑,今天晚上我一来,至少耽搁你两桌人了。

他把头一抬,声音有点大:这是什么话?玩的就是开心,赚钱是次要的。

乔存年说,到这里就是来玩的,想下套子骗人钱的,发现了就请他下次不要来了。我这里不赚黑钱,赚的都是茶水钱和做小二的钱。有一次,有一个人天天来打麻将,从来没有输过。我发现这个人不仅手一摸就知道是什么牌,而且人家打什么牌他都知道,就不客气地对他说,这里来打牌的都是娱乐消遣的，想挣钱请到别的地方。

他说，还有一次，经常有三个人占住一张桌子，圈别人的钱。他们表面上装作不认识，有先来后到的样子，最后还是上了一张桌子。我先没注意，后来发现上他们这个台子的没有一个赢的。原来他们打牌有暗语，摸摸眉毛，就会有人打出条子，摸摸头发就打出万字，摸摸手是饼子。有的时候，一个人拿一只麻将，横放一下打出去，就有人放出了条子；竖放一下放出去，有人就打出了万字；把麻将转一圈放出去，别人就打出了饼子。

乔存年说，把戏被我看穿了，立即就把他们客客气气地请走了。

我由衷地夸赞他，老乔你真的够意思。

乔存年不无得意地说，有人找到我，说是把这个棋牌室承包了。我问他想干什么，他说他就干干抽头的事情。我知道他想把这里变成地下赌场，就一口回绝了。你把赌场搞起来了，我的家不是就没有了？

智慧鸟户外

一个人的兴趣本来无所谓雅俗之分，但当这种个人爱好与社会利益紧密联系在一起的时候，就会立即呈现出高低之别。一个人的户外健身的需要，一旦自觉地与团队结合在一起，就成了一个事业；当这种事业再与公益相融合的时候，个人的业余空间里，也会弥漫着一种叫作“情怀”的东西……

家访对象：体育会展中心秩序维护员孙建家庭

家访时间：2016 年 3 月 5 日周六，天气阴有阵雨

孙建家住在润州区的严庄。准确地讲，是住在长山河与团结河所构成的半岛的最北端，与镇江历史上第一个成规模的标准商品房拆迁安置小区——凤凰家园隔河相望。

鱼嘴似的半岛北端，是个叫作张家庄的自然村，仅靠半岛西面的一座小桥跟外面相交通。小桥的西边，是喧嚣的五颜六色的闹市；小桥的东边，是宁静的青葱翠绿的田野。这就让张家庄成了一方城市中的净土，呈现出几分世外桃源的意境。

在这样一个环境中生活的人们，生活的节奏自然不会很快。水塘边的白鹅和麻鸭也不怎么怕人，只管自己找食吃。尤其是几只白鹅，见来了人，反而变得很凶狠，歪着头逼上来，似乎想跟谁干上一仗。农民家门口的田园

犬也懒洋洋的，对经过身边的陌生人一点也不警惕，半睡半醒地、眼神迷离地越过田野，越过小河，定格在河对面的高楼上。

一河之隔，恍若隔世。我突然有一种回到遥远的故乡的感觉，一种亲切感油然而生。与此同时，一种放松感，伴随着一种无法言喻的喜悦感，像春天冰裂一样，从内心深处，如闪电般迅速传遍我整个身体。

这是否是一种被自然和原生态悄然浸润的幸福感？

更让我兴奋的还在后面。

孙建的家竟然还是几十年前的那种青砖老屋。他们家基本完好地保存着一种烙有上世纪六七十年代色彩的传统的物理和文化空间。青砖墙上斑驳的石灰粉层，还能隐约地透出毛主席语录的红色笔迹。当我彳亍在他家砖砌的灶台、深埋于地的硕大水缸、比人还高的柴垛、熊熊燃烧的炉火之间，凝视着那弥满岁月沧桑的案板、实木的八仙饭桌……我会觉得，历史原来离我们会这么的近，这么的亲切……

来之前，刚刚下过一阵春雨，整个村庄笼罩在乳青色的濛濛水烟之中，恍若海市蜃楼。孙建家门口西侧是一个水塘，水塘边的玉兰树正开着白色的花，满树都是凝脂般的花朵。有花瓣缓慢地落下，落在了路上，形成了一个由花瓣织成的圆。孙建家东面则是一个山坡，山坡上是一片茂盛的竹林，竹林里传来合唱般的归鸟的鸣叫，声音是那么的快乐，又是那么的和谐。

对我来说，眼前的这一切也许是怀旧，但对孙建来说，这就是他日常真实生活的一部分。生活在这种环境中的人，他的内心世界和对生活、社会的态度，是不是也渲染着，或者说仍然保留着一种更加纯真和更加朴实的成分呢？

“静者心多妙，飘然思不群。”如果说智慧的人懂得变通，仁义的人心境平和，那么，孙建无疑是个智者和仁者。非常有意思的是，这个智者和仁者的生活，似乎一直都没有离开过农村。

孙建出生于 1969 年，父母都是南通如皋的农民。初中毕业后，学历并不算高的他当时只有两条路：一条是跟父母一样，待在老家当农民；一条是离开家乡，去他乡闯出一个未知的世界。孙建选择了第二条路。

17岁那年，他二哥当时在镇江给部队首长开车，通知他到镇江来，学习驾驶，将来也好有个稳当的饭吃。

这一年，是1986年，因五万人才去深圳掀起的全国创业热潮，正如火如荼。而此时的镇江，在整个江苏省，也是改革开放中的前沿热土：合资企业纷纷成立，乡镇工业异军突起，国企试行工资总额同经济效益挂钩，全省第一家人才市场试运转，全国最大的专业眼镜市场开业……

孙建很难拒绝当时这个城市的吸引力。

眼花缭乱中，孙建还是在镇江城区找到了自己所熟悉的东西：即便在这个城市最繁华的大市口，大白天，拖着建筑材料的毛驴车，川流不息。仍然保留着乡土气息的城市，是很适合来自农村的创业者的。

在二哥的一手安排下，孙建很快拿到了驾驶证，并进了镇江当时最大的建筑施工企业之一的镇江第四建筑公司。孙建的想法很简单：首先，这是一个国企，基本保障是有的；其次，当时镇江的建筑市场增长很猛，业务不愁；第三，从1985年开始，镇江的市属施工企业就改革推行了百元产值工资含量包干的工资制度，多劳就能多得。

孙建在镇建四公司开车开了整整十年。

开车期间，孙建结交了一个很要好的朋友。这个朋友的阿姨在镇江黄山电缆厂的幼儿园工作。1992年的春天，朋友的阿姨对已经23岁的孙建说，我们幼儿园有个很不错的姑娘，叫作雍雅琴，跟你很般配的，见个面吧。

结果，男的帅气，女的漂亮，双方是一见钟情。

所有的问题对热恋中的孙建来说，都不成为问题：户口？没问题，就迁到小雍家吧！做上门女婿？没问题，孩子跟谁姓还不都是自己的孩子？

特别是，当孙建发现雅琴的家竟然隐匿在一个如同桃花源般的半岛上时，他突然有了一种回家的感觉。他觉得，原来故乡的一切风物，竟然离自己是这么的近！

除了每年春节期间雷打不动地回去看望父母外，其余的时间，雅琴的家，便成了孙建心目中真正的家。他觉得自己就如同一棵被移植过来的树，随着年轮的一圈圈增多，他的根也在这里不停地生长，在地下不停地延伸。长到后来，他便觉得自己真的已经成了严庄的一部分。

孙建的日子过得自然、快乐而充实:1992年结婚,1993年女儿出生。

女儿集中了孙建夫妻两个几乎所有的优点,清纯靓丽,美若仙子。

这是一个工作于城里,生活于乡村的幸福的家庭。

生活之所以会精彩和丰富多变,是因为人总是会不断产生新的追求。

眼看着女儿一天天长大,已经开始脚前脚后跑着喊爸爸了,孙建觉得自己也应该尝试着做一番大事业了。

说曹操曹操到,刚打瞌睡就有人递枕头。

1995年,台湾的嘉新水泥集团看中了镇江这个地方的资源,投资2.8亿美元,在镇江句容桥头成立了嘉新京阳水泥公司。基建整整持续了三年,直到1998年才完工投产。这个企业采用的是水泥生产、中转储运、运输、销售、售后服务一条龙的经营模式,市场拓展前期,无疑是需要大量的人才的。

为了迅速搭建起有效的物流平台,京阳水泥采取了一个重大措施:与社会上的所有运输载体进行战略合作,按物流量提成,包括个体运输司机。

此时的孙建,还不到30岁,自认为精力充沛,便跟镇建四公司办了停薪留职手续,一头钻进京阳水泥公司,跑起个体运输,以赚钱多少为成功的标准,日夜奔波不息。

生活的变化,除了人的主观因素外,客观因素往往也起着决定的作用。

2003年12月,嘉泥(中国)成功在香港上市。这个已排名中国前十的水泥供应商企业,已完全建成了自己的现代化的物流平台,不再需要借重个体户的力量了。孙建们的历史使命自然宣告终结。

孙建便和几个志同道合者一起,也搞了个小型的物流公司,尝试着办企业。

似乎是一夜之间,在政府的鼓励下,大大小小的现代物流企业如雨后春笋,在镇江超过了30家。一旦完全在市场上通过竞争找饭吃,孙建们便开始觉得自己的知识和能力有点跟不上需要了。

2013年前后,镇江的物流产业,通过外延式发展的格局基本告一段落,开始侧重内涵提升。大型物流企业,通过资源整合,开始发挥规模效应,着手兼并那些服务内容相对原始、管理割据现象比较严重、散弱低问题难以解决的小型物流单位。

孙建觉得自己如果再把精力放在做企业上，只会事倍功半。他开始急流勇退，决定做自己觉得快乐的事情，做自己有能力做成的事情。

孔子说，“知者乐水，仁者乐山”。孙建的这种对自己人生旅程的再次规划，竟然在无意中吻合了孔子的思想。

他开始给物质上的需求做减法，给内心的快乐做加法。

他经过精心挑选，选择了依山傍水、空气清新的体育会展活动中心，选择了在这个中心做一名普普通通的保安人员。体育会展活动中心处于镇江的绿肺——南山国家森林公园旁边，这里确实是一个工作环境幽美得让人吃醋的地方。

此时的孙建，已经 44 岁。

他觉得自己身体仍然非常健壮。但上班第一天，当他跟着一名年纪已经超过 50 岁的老保安巡逻一遍后，发现自己竟然气喘吁吁，差点没有跟上人家的脚步。神定气闲的老保安对他笑了笑，说了一句：身体不好，钱有屁用！

是啊，没有健康，哪来的快乐呢？

孙建如同大梦初醒：优美的环境＋健康的身体＝快乐的生活。

他自此迷上了以融入自然为主的户外运动。

孙建很快就发现，一个人的户外运动，是非常枯燥的，如果没有相当强的毅力，是很难长久地坚持下去的。

他把自己的苦恼告诉了以前一起搞物流的朋友。谁知，朋友们也有着同样的苦恼。大家便建议孙建，干脆搞个群，当个召集人，大家共同行动，在一起，有话讲，有事情可以交流，哪儿再会觉得无聊呢？

2014 年的秋天，孙建正式建立了一个户外活动群。

他觉得，一个钟情于自然山水，注重身心健康的人，无论他贫穷还是富贵，一定是个充满智慧的人。他因此把这个户外活动群命名为“镇江智慧鸟户外”。

他觉得这个“智慧鸟”还应该有一句展现自己思想理念的口号。

最初的口号是：“山在这里不会变，智慧鸟户外在这里等你！”

口号喊出后,大家都说,孙建真有你的,想不到还这么有文采!

得意之余,孙建还是在琢磨,能不能再精炼些?

那天,孙建在家里陪老婆看中央电视台综艺频道的《向幸福出发》节目。当他听到主持人李咏说出“爱要大声唱出来”时,灵感一闪,忍不住兴奋地叫了起来:“向快乐出发!”全家人都被他吓了一大跳。一个新的口号就此诞生了。

孙建再也没有枯燥无味的感觉了。

通过户外群的活动,他结识的人越来越多,他也很快成了人们心目中的户外活动专家。他感到,加入户外活动群的人,大家都是发自内心地尊重他,希望得到他的帮助和指点。他觉得,既然大家这么需要他,他理所当然应该把户外活动组织得更加科学合理。

忙并快乐着:孙建的业余时间都用在组织市民的户外健身运动上了。

时至今日,“镇江智慧鸟户外”已经发展成为整个镇江户外活动爱好者的一个平台。“智慧鸟”目前拥有会员800多人,与外地的苏州“青山绿水”户外群、南京“醉山水”户外群都有互动。

这个户外活动群的活动主要有三项:一是每周三晚上7点到9点在城建集团体育会展中心的体育馆进行羽毛球活动;二是每周日进行爬山活动,主要地点有镇江的南山、南山绿道、五州山、高骊山等等;三是平时晚上7点到8点半在城建集团体育会展中心的新体育场跑道跑步快走。此外,还适时举办一些诸如群友美食节等其他活动。群号为143887851“智慧鸟户外”,或者472574442“大男孩”。

孙建的网名叫作“形影不离”。他希望能够做到随时听从群友们的呼唤,能够随时为群友们提供力所能及的服务。

他组织的户外活动,总是把公益也糅合其中。

一场活动,孙建往往是自己策划,自己组织,自己拍照,自己宣传。

2014年年底,孙建组织了一场登山活动。

他自己撰稿,在“镇江网友之家”上发出活动通知:

智慧鸟户外第八次登山活动

2014年智慧鸟户外收官之作，第八次登山活动在高骊山完美闭幕。2014年12月28日镇江智慧鸟户外组织群友登高骊山活动，高骊山地处镇江句容市与镇江韦岗交界处，又名句骊山，海拔425.7米，为镇江第三高峰，长约4.5公里，东起韦岗东家庄，西至仑山水库小茅山。山体峻峭，被驴友称为镇江最难爬的山峰和最值得攀爬的山峰。此山攀爬具有一定危险性，请报名的朋友根据自己的情况慎重决定是否参加。具体安排，12月28日镇江三院7点集中，或者乘小衣庄专线7点半在韦岗纪念碑集中。此次领队由尝鹅奔月带队，大男孩殿后，报名的朋友请自备手套、登山鞋、防刮蹭衣服、必要的食物和水。报名请与472574442大男孩联系，电话13906104348。

活动还未进行，孙建就已宣布“登山活动在高骊山完美闭幕”了。

活动结束后，孙建赶紧忙着在网上发照片，还亲自写了一篇题为《我为你洗脸》的短文：

2014.12.28镇江智慧鸟户外年度收官之战，我们一行28人从纪念碑登山，一路上欢声笑语，龙腾虎跃，高骊山成了智慧鸟户外的练兵场，尽情享受大自然给我们带来的美丽风景。美景属于你我他，我们智慧鸟户外每次活动都让群友们不要乱丢弃垃圾，什么都不要留下，留下我们愉快的脚印，什么也可别带走，请带走我们的快乐。我们的智慧鸟户外人不自己丢垃圾，还主动把路上的垃圾带走，虽然我们很累，但是我们都很开心，因为我们是一群有爱心有道德的智慧鸟户外人。

三段话，虽然只有三个句号，却也把活动的正能量说得非常清楚了。一个只有初中学历的人，在倾心组织活动之余，还能够努力写出层次分明、意思表达清晰的文字发表在网络上，确实非常人所能为。

勇者不惧。冒着一定的安全风险为城市山林洗脸，谁能说不是一场完美的行动？

后来,登山捡垃圾几乎成了孙建他们的一项必修课。2015 年的 3 月,孙建又发了这样的一个帖子:

我为高骊山洗把脸

春节后我们智慧鸟户外先后两次组织群友登高骊山,一次是我们本群的群友,还有一次是淮安北客户外和智慧鸟一起登山的,每次活动我们都能一如既往地把我们留下的垃圾等打包带走,但是每次都能发现沿途垃圾越来做多,那几天晚上睡觉,就能想起山上的垃圾,辗转不能睡,那么好的环境被污染,再不清理不行啊,我们不能等,所以 3.7 日我群几位勇士上山啦,我们不怕苦不怕脏,终于清理了部分,等有时间再去清理,还高骊山一个美好的环境!

再后来,孙建又组织了若干次为大山洗脸的行动,但他已懒得再发帖子了。

2015 年元旦前夕,孙建得知有一个叫作"下一站幸福"的群友手臂受伤了,便发起了一个小小的爱心捐款活动。结果,有 35 人响应。元旦上午,当孙建把 720 元钱送到"下一站幸福"的家中时,"下一站"既意外又开心。她没想到,很多人只是萍水相逢,却仍然向她表示了爱心,很是感动。

就在送爱心捐款的几个小时前,孙建在夜班的岗位上,用手机给大家发了一个新年感想:

智慧鸟户外新年贺词

时间过得真快,2014 年就要过去了,2015 年正在向我们走来。在这辞旧迎新的时刻,我代表智慧鸟户外向大家祝福新年好。

过去的 2014 我们有了智慧鸟户外这个平台,带大家跑步,打球,爬山,聚餐,唱歌等等有意义的活动,可以说是精彩纷呈,我们的凝聚力,我们的热情越来越高涨,可以说 2014 相当的圆满,2015 相信会更好,我们现在爬山注重环保,活动不忘爱心,我们不单单运动健康,我还在影响带动大家一起开心快乐，无论是身体的，更是精神的享受，因为我们在进步。

再过一会，我们智慧鸟户外爱心小分队就要行动啦，带着大家的浓浓爱心，带着智慧鸟的问候，我们的爱心大使分别是美丽的群花语嫣，爱心先生陈杰，爱心天使水晶之恋，爱心姐姐解安琴，在2015新年第一天去看望我们的群友下一站幸福，玉儿姐姐。我们祝福他们身体早日康复，尽快回到智慧鸟的大家庭。另外还有两位智慧鸟的勇士今天代表我们去安徽九华山，带上了智慧鸟的旗帜，为我们探路，我们为他们点赞。

再次祝福大家新年好。让我们在新年的阳光下茁壮成长。

孙建还把队伍拉到南京翻越紫金山。

孙建说，今年3月，镇江、马鞍山和南京的十几个户外俱乐部，共同发起了翻越南京紫金山的联盟活动。除了我们智慧鸟户外，还有马鞍山的“铁三协会”，最多的当然是南京的，什么“小丫快跑”“悦跑”“致远单车”“长亭聚户外”“大暴走天下”，圈内有名的都参加了。

自发的户外活动群体，最讲以诚相待，以心相交。

“有朋自远方来，不亦乐乎？”

苏州“青山绿水”户外群来镇江休闲一日游，打出的宣传文字是这样的：

本次活动得到镇江智慧鸟户外的大力支持，智慧鸟户外（人员70%为女性）将派美女团参加和互动。9:30稳妥到达镇江南山集合点南山西出口，与智慧鸟户外的美女团会合。上午爬山约到11点半结束，2—3个小山头，共5公里。中午在镇江户外群里驴友的饭店吃饭聚会聊天。下午徒步或散步长约五公里的山间绿道，欣赏镇江市区南山的美丽风光，全程共约十公里。结束约3点，启程回苏。风景指数5颗星。不扔垃圾，环保从我做起，做个文明人。在镇江驴友面前体现苏州驴友的优良素质。

若干年前，我曾经做过一回驴友，走过一趟徽杭古道，登爬清凉山。一路上，大家互相帮助，诚恳惜缘，充分展现了自己善的一面，让我印象非常深刻。我由此相信，驴友的每一次户外互动，都应该是一个与高者为伍、与德者同行的自我提升的活动。也正基于此，在个人品格的塑造上，我觉得“行万里路”可能比“读万卷书”更重要些。

孙建说，我现在不愁吃不愁穿，又有这么多志同道合的人，还有什么不满足的呢？钱是挣不完的，但钱挣得再多，自己能用多少？有了钱不做点有意义的事情，挣了又有什么用？死的时候能够带走么？我觉得挣钱不是目的，活得快乐才是最重要的。做自己想做的事情，跟一帮不玩虚的，不为名不为利，只为了身体健康，没有什么斤斤计较的人在一起，这才是实在的，这才是真的幸福。

孙建绝对不知道“智者不惑，仁者不忧”这八个字，但他绝对比我更接近这句话的真谛。

2015 年 10 月 18 日，我曾在《京江晚报》上读到这样一条新闻：

昨天上午，花山湾照相馆前，我市“智慧鸟体育”户外群体负责人孙建将百余人捐赠的 1.2 万余元爱心款交给刚从北京治病归来的脑瘤少年范海东。

范海东今年 12 岁，是花山湾照相馆店主范先生的儿子。5 岁时，海东被查出患有一种叫“颅咽管肿瘤”的先天性脑部肿瘤。随着年龄的增长，肿瘤也不断长大，压迫脑部神经造成视神经萎缩、颅内压增高、生长激素分泌缓慢等症状，如不及时切除，将会双目失明，甚至危及生命。

几年来，家人带海东进行了 3 次开颅手术，费用高达几十万元。范先生本人双下肢重度残疾，妻子已年近五旬，一家三口仅靠小照相馆维持生计，每个月收入不过两三千元。为此，范家已欠下高额债务。孙建得知这个消息后，14 日，他号召群友一起献爱心，短短两天时间，就筹得善款 1.2 万余元。

在捐赠现场，刚刚从北京治病归来的小海东弹着吉他，与大家一起唱起《隐形的翅膀》。谈及小海东的病情时，海东妈回答道："头部肿瘤是良性的，但是肿瘤很难一次性清除掉，目前准备做放疗，希望这次能清除掉。"

孙建告诉记者，这次爱心款是122名群友自发捐助的，10元、50元、100元、200元……最多的一名群友捐了1075元。

我非常郑重地跟孙建提到这件事，他自己却显得有点若无其事。他说，那天听一个网友说到老范儿子的事情，第二天正好路过花山湾，就去店里看了。看了后，觉得老范一家真不容易，回去就上网了。也就一个晚上没有休息，忙了两天。跟老范约好时间给他钱的时候，不知道怎么被新闻单位晓得了，还采访了我。其实，做了一点情理之中的事，钱又不是我一个人捐的，是大家捐的，有什么好采访的呢？

"自胜者强，知足者富。"这话放在孙建这样普通而又不平凡的人身上，再贴切不过了！

孙建的家里还有着三位客人：一位是刚从苏州来镇江跟孙建商量户外活动的盟友老卢，还有两位是智慧鸟的义务管理员老周和小黄。

老卢身上的衣服印着苏州"青山绿水"户外群的标记。老卢说，他如今已拉起了一个新的户外群，叫作"52"，谐音"我爱"，意思是我爱大自然。他这次来镇江，就是专程跟孙建商量第二天苏州70多人攀登镇江高骊山的线路和保障工作的。有了孙老大做策应，我们苏州驴友就放一百个心了。

我此时才知道，在江苏户外运动的圈子里，大家都称孙建为"孙老大"，视其为户外运动的权威和先驱。

老卢说，这次是跟孙老大第三次见面。第一次是在南京穿越紫金山的时候，那时就觉得孙老大指挥得非常专业。第二次是去茅山探路的时候，正好遇到孙老大带领一批镇江驴友爬茅山。分手后，自己探路竟然迷失了方向，从句容跑到了金坛。后来还是孙老大开车过来把自己接回去的。那次要不是幸亏遇到孙老大，自己肯定转到天黑也转不回去了。搞户外活动，最怕的就是安全问题。明天带苏州驴友爬镇江高骊山，原来打算自己带的，后来觉得还是请孙老大出马最稳当。

老周和小黄是孙建请来策应苏州驴友第二天爬山的。

小黄是四川眉山人，跟着江西籍的丈夫在镇江做生意的。她说，做户外活动的管理员，都是义务的，没有一分钱的报酬，但大家在一起，确实非常快乐，这种快乐是花钱也买不到的。第一次加入这个群的时候，还被踢了出来，被孙老大认为是进来推销产品的。后来参加活动多了，我还带着女儿和儿子一起爬山，大家就推选我当了管理员。开一个店的时候，老公原来还担心我影响做生意。现在，开了两个店，也真叫怪了，管起来也不手忙脚乱，人好像比以前更轻松一些了。

小黄非常认真地说，还有一个感觉，可能别人不一定有：爬了这么多镇江的山，就真把自己当作镇江人了！以前就是来做生意的，现在，我觉得镇江这地方特别好，有这么多的朋友，比我在四川的朋友还要多，我哪儿都不想去了！

老周叫作周俊，是孙建的左膀右臂。

周俊被群友叫作“老周”，倒不是因为他岁数特别大，而是因为他的辈分上来了。周俊今年 50 岁还不到，但已是做爷爷的人了。

孙建说，有老周做榜样，我们这个户外群就不会有斜猫邪狗的事情发生。

在众人的七嘴八舌中，我听完了老周的故事。我不能不对老周肃然起敬。

老周原来是个下岗工人，后来自谋出路，当了个出租车司机。

他和孙建一样，觉得现在这个社会，吃穿住都不用愁，快乐只能靠自己，难道还要国家来给你提供快乐？老周的快乐原则很简单：跟朋友在一起便是快乐，身体健康便是快乐，家庭和睦便是快乐，开好车不出事便是快乐……

老周家住在镇江一泉村社区，四世同堂，两对亲家四个妈妈住在同一个屋檐下。老老少少，最多时 10 个人在一起生活。老周说，他们家吃饭，不请不约，正好一桌。

我好奇的是，这么大一家子的人，是怎么住在一起的？

老周家住在顶楼，正房面积88.6平方米，两室一厅，屋顶搭有平改坡的披屋，楼下还有一间10平方米的车库。车库住着老周的岳父母老两口，正房住着老周的父母、儿子儿媳妇及孙子，屋顶披屋则住着老周夫妻俩。

这房子是老周结婚时自己买的。老周的妻子叫作何梅。老周的父母和何梅的父母当年都是镇江新民洲农场的同事。当年农场的房价虽然很便宜，但房改时他们两家都想着回城，就没有买，谁知退休回城后想买房却买不起了，两亲家只好投奔儿子和女儿了。

老周说，自己的儿媳妇刚进门的时候，刚开始还感到不习惯，看我们把最好的房间让给她住，还替她带孩子、接送孩子上幼儿园，慢慢地就和我们关系融洽了。只要不上班，她也会主动帮我们做家务，照顾老人了。

老周有点慷慨激昂起来：我可以很自豪地说，我和老婆结婚30年，两人就没有顶过一句嘴，从来没有红过脸。什么叫家和万事兴？何梅对我父母就没高声说过一句话，而我和何梅的爸妈也从来没有过一次矛盾。我爸是个很自觉的人，上午在家烧烧饭，下午和老友打打小麻将。我妈是个快乐的老顽童，唱歌、跳舞、吹葫芦丝，样样都会，在社区小有名气。我妈说："我整天在外面'疯'，家里只是旅馆和饭店。"所以呀，她对何梅就没有说过一句怨言。我妈一点也不犯嫌。何梅的爸妈在我们家已经住了20年了，大家的脾气性格都很好，而且都很自觉，从来不给对方找麻烦，都能互相关心。

现在，每到母亲节，老周家里都会准备一顿比较丰盛的饭菜，吃完之后，各自表演才艺，来营造一下敬老孝亲的家庭氛围。这样几个节目属于保留型的：老周的母亲会吹上个抒情的葫芦丝，何梅会唱上一曲《我爱我家》之类的，老周的儿媳妇也会唱上一曲《世上只有妈妈好》什么的，老周的孙女则会跳个舞蹈。

至于家里的一帮男人，则会围坐在一旁，眯缝着眼，心里早已是乐开了花。

我知道，如果一直谈下去，智慧鸟户外一定还有着许许多多我不知道的精彩的故事。

孙建家的炉火燃烧起来了。雅琴往炉膛里添着柴火，火光把雅琴的脸庞闪耀得非常温暖。孙建在灶台上忙着炒青菜。这些青菜都是在屋后自家地里现摘的。

一种久违了的柴火炊烟味弥漫了整个时空。

看着全神贯注忙碌着的孙建和瘫雅琴夫妻俩，我突然想到了那个老北京人庄奴在台湾所填的词《又见炊烟》："又见炊烟升起，暮色罩大地。想问阵阵炊烟，你要去哪里？"

这里没有乡愁，只有平和的乡村的静美。

想必严庄的傍晚，在炊烟袅袅升起的时候，夕阳仍然富有诗情，黄昏仍然洒满画意的吧！

美食家

烹饪的“趣”的最高境界,就一个字:“欢”。制作者与品尝者都从中得到了欢乐和满足,这才是最重要的精神享受。“治大国者,若烹小鲜。”一个有追求的人,如果明白了即便像料理小鱼这样的事情也不能马虎,不能操之过急,讲究个方法得当,那么,去做其他更重要的事情,还会有丝毫懈怠吗?

家访对象:机动队保安侯家军家庭

家访时间:2014 年 4 月 11 日周五,天气阴有阵雨

半个月前见到侯家军。家军长得胖胖的,脸团团的,有点像个笑佛。

我跟他开玩笑,都是老婆把你养的。

家军笑眯眯地回答,是我姐的菜做得好。

我有点诧异,平时都是你姐忙?

家军还是笑眯眯的,我姐上电视比赛过。

我便有点神往,说,难道你姐做的是“侯家菜”?

品尝“侯家菜”的机会很快就来了。

家军家住桃花坞 12 区。

到小区门口时,天已经黑了下来,下着若有若无的小雨。

家军家是一室半一厅。进屋的时候，一家人都在。

一个看上去岁数比较大的妇人从厨房里出来。我以为是家军的母亲，就叫了一声“阿姨”。妇人赶紧纠正，错了错了，我是他姐姐。

家军的姐姐叫作侯家华。家华比家军大三岁。家华上面还有一个哥哥，比家华也大三岁。

家华说想不到你这么年轻。我老公是67年生的，应该比你大不少。

我说我是66年的。

家华立即说，正好大你一岁。

我说反了，67是比66数字大，但岁数要小一岁。

家华笑了起来，说忙昏了忙昏了。

家华转身又进了厨房，我便坐下来跟家军聊天。

家军出生于1975年12月。他籍贯是镇江，出生地却是青海省西宁市。家军的父母属于支边的知识青年，直到上个世纪80年代初才返回镇江。

家军回到老家的时候，最初与父母一起住在京口闸附近的招商西巷。

招商西巷形成于清光绪年间。因为道姓人家率先在这里建房，一开始叫作道家巷。后来盛宣怀在巷子的东面设招商局，专营长江客运业务后，招商局成了镇江新的地标，招商局东面形成的巷子被命名为招商巷，道家巷也因此被人们习惯性地叫作招商西巷。

到后来，招商巷也被民间约定俗成地叫成了招商东巷。

就在招商巷的附近，在光绪年间还设有一个内河招商局，因为业务与长江招商局相比规模要小些，因此，人们将内河招商局所在的巷子叫成了小招商巷。

上个世纪80年代，招商西巷所在的区域，延续了镇江老港区最后一抹繁华的余晖。

1978年镇扬汽渡开通之前，从镇江老港区坐船进出的乘客每年有40多万人。汽渡开通之后，镇江老港区的乘客每年仍然保持在30万以上。1994年以后，长江客轮不再停靠镇江老港区。

当长江不再成为苏南苏北的天堑，水路的低廉价格在富裕起来的人们心目中无足轻重的时候，公路的快捷便成为首选，身为客运中转中心的镇江老港区，门庭冷落就势成必然。

不过，老港区最后的繁荣景象，还是深深地印在了侯家兄妹的脑海里。

那时，正处于改革开放的初期。从招商局附近的平政桥到西边的中华路口，是老港区最热闹的地段，除了众多的旅社外，还有着大大小小的水果店、食杂店、饮食店、百货店、理发店，其中的扬子江浴室、苏北路副食品商店、江边饭店在当时整个镇江城都很有名。

在侯家兄妹的印象中，从早到晚，来往于七号码头和八号码头的旅客，就从来没有少过。江边码头至火车站的1路公交车的起点站，三轮车服务站，似乎永远都是人挤着人。

特别让他们羡慕的是，扬子江浴室前的空场上，始终有众多的小摊小贩在高声叫卖，香干、臭干、兰花干、油炸干、回炉干、卤汁干、豆腐脑、馄饨、汤圆、酒酿、水饺、鸭血粉丝、赤豆糊、麻团、甘蔗水、五香茶鸡蛋……

码头内外随着人流而四处游动的则是提篮叫卖的。他们挎着篮子、背着箱子，见缝插针兜售着瓜子、花生、蚕豆、芝麻糖、豆角、香烟，甚至还有雪花膏。卖雪花膏的一边吆喝着“如若不香，撂下长江”，一边把瓶子伸到乘客的鼻子底下。

众多的美味小吃，成为侯家兄妹不可磨灭的记忆。

家军中学毕业后，就在长江客轮不再靠泊老港区的1994年9月，当上了镇江通讯设备总厂（电视机厂）的一名工人。干到2007年4月下岗，便想当个出租车司机。拿到C1驾照后，发现出租车公司只是让你挂靠收管理费而已，买车什么的其他的一切都要自己来。无奈之下，就到物业公司当上了保安。

家军的妻子周莉老家是溧阳戴埠，比家军小两岁。周莉的父母住在桃花坞。她先是在酒店当服务员，后来在小学做校工，家里的事只能靠父母帮着张罗。她和家军于2007年春天生下儿子侯宇涵后，就更离不开老年人的照料了。

后来，家军父母的房屋拆迁，搬到了离周莉父母家更远的新城花园安置小区。为了儿子上学方便，夫妻俩一合计，只好就近找了现在的房子，也好有个依靠。

家军的父母无法照顾孙子，家军的姐姐就跑得勤些。家军说，平时家里有事，都是姐姐过来做菜。

大凡菜做得好的人有三类：一类是敬业的厨师，二类是爱家的亲人，三类纯属烹饪爱好者。一类人很专业，但不太愿意在家庭施展身手；二类人把爱心烹饪进了家常菜中，所谓仁者无敌，注重的是内容，但在形式上一般不太讲究；只有发烧友级别的第三类人，才有可能把家庭美食真正推向一个高峰。

起初我以为家华只是第二类菜做得好的人，觉得能够尝到一两个特色家常菜就心满意足了。但当她在桌上仔细摆上四个冷碟时，我就感觉到了一种不一样的气氛。

家华的四个下酒的冷菜其实是精心准备的：凉拌黄瓜，凉拌海蜇头，盐水虾，还有一个是泡椒凤爪。正宗的镇江家常四冷碟，都属于下酒菜。

关键在于，这几样冷菜都盛装在同一式样的纯白骨瓷盘子里，摆放得非常精致，让你觉得是在大饭店里的感觉，很有档次感。

镇江话："凉菜见水平，炒菜见功夫。"

凉菜之所以见水平，是因为凉菜具有取材广泛、加工技法多样、精细多变的特点。中国传统的烹调技法中，煮、氽、蒸、炖、煨、焖、烧、炸、煎、贴、烤、焗、卤、炝、拌、腌、拔丝、挂霜、蜜渍等等，都可以用来做出变化万千的下酒凉菜。因此，如何搭配得让所有的客人都满意，确实需要很高的水平。

炒菜是铁锅和锅铲出现以后才有的，它是饮食史上技术含量最高的烹调手段，也是中国烹饪文化中最主要的技法，更是中国菜肴变化莫测的主要原因所在。可以这么说，油多一点、火旺一点、翻得快一点、起锅慢一点，菜肴的味道就会发生翻天覆地的变化。所谓"功夫不深，又煮又蒸"、"功夫不到，不站锅灶"，讲的就是这个道理。

果然，当家华端上第一道主菜时，我的注意力就立即被吸引到菜肴上来了。

这道菜是油煎带鱼块，外酥里嫩，盛放在乳白色的瓷盘上，下垫生菜，翠绿中越发衬出鱼块的金黄。盘子边上，略略随意洒了几粒红椒，进一步诱惑着人的食欲。这确实是一道色香味俱全的好菜。极其简约，但又极其华美。

镇江的家常带鱼几乎都是红烧，单纯油煎就上桌的，非常罕见。家里做这道菜，首先是油的成本极高。油少了，根本煎不好，不是焦了就是散了。煎完带鱼的油带有腥味，不好做菜，只能浪费掉。其次，只能现做，时间一长，就会软塌，口感很差。最关键的是，所有的味道都需要通过勾芡展现出来，咸了或淡了，都没法挽救的。勾芡时要加蛋清打匀，煎出的鱼块看上去才会带有诱人的光泽。

一人一块，一扫而光。屋子里随即响起一片喝彩之声。

自此，整个晚上的话题便围绕着美食展开了，其他的话题都被边缘化了。

一道菜便主导了一个小社会空间的舆论方向，这算是一种软实力吧？

家华的第二道菜是剁椒鱼头。用的是红剁椒。这是需要上笼蒸的。

从第二道菜开始，我发现家华所选用的器皿都是以白色为基调的，而且她特别擅长用青红椒来点缀。

近年来，有两样外地鱼菜很受镇江人的欢迎，一样是酸菜鱼，另一样便是剁椒鱼头。剁椒鱼头属湘南菜。湘菜里，我印象深刻的有长沙火宫殿的臭豆腐、橘子洲头的水煮黄鸭叫、衡阳的腊味合蒸、常德的走油豆豉扣肉、湘西的酸肉、平江的火焙鱼、永州的血鸭等等。剁椒鱼头也是我特别喜欢吃的。

家华做的这道菜，剁椒鲜红火辣，鱼头白嫩光滑，香气扑面而来。剁椒的味道恰到好处地渗透进了鱼肉的肌理深处，肥爽咸鲜香辣口滑，让人吃起来欲罢不能。

家华下了一大碗光面，倒进剁椒鱼头吃剩下来的汤汁里。这种吃法，已成了许多镇江人拌面的最爱。

家华说，这道菜有两处地方要把握好：一个是剁椒一定要挤掉水分上锅炒出香味，再加上鲜红椒一起蒸，才能保持颜色鲜艳；另一个是淋油前要将鱼头上面的姜片和葱段去掉，把盘子里的汤倒掉不用。

细节决定成败，细致决定精致。

家华的第三道菜上来，让我大吃一惊，竟然是酱爆蛏子。

蛏子进入镇江寻常百姓家，还是本世纪的事情。如今大型超市里，都有鲜活的蛏子出售。但由于镇江人特别喜欢吃螺蛳下酒，加上蛏子处理得不好，吃起来满嘴是沙子，敢做的人并不是很多。

“骨瘦壳小肉要少，还要加上不当饱。”符合这样条件的下酒菜，在镇江老酒客眼中才是最好的下酒菜。骨头多的如爪翅，瘦的咬起来比较筋道的如干切牛肉，带壳的如江虾，小的如花生米，肉要少的如小杂鱼，都是下酒的好东西。蛏子显然也在一流的下酒菜之列。

家华说，酱爆蛏子最关键的地方是蛏子要干净，一定要让蛏子把沙子吐光了才行。吐也没有什么诀窍，跟养螺蛳差不多，除了滴几滴油，还要放些盐，多换几回水。捞起来下锅前，要捏住蛏子的吸管再挤一下，就不会有沙子了。

家华强调，这道菜的火候很重要，顺序一点都不能错。火候不到，蛏子不开口，味道进不去；火候过了，肉和壳分了家，上桌很难看。为了好看，就加了些青红椒的条子。为什么不把青椒、红椒切成块、切成丝？只有这样才最搭配。

无疑，食材的质、烹制的色香味形、菜肴口感的舒适惬意，以及餐具的搭配适宜，家华都成竹在胸，是个治理高手。

前三道菜都不是本帮菜，桌上的人便开始猜测下一道菜是什么地方的菜了，只有家军笑而不答。

第四道菜是回锅肉。里面放了点郫县豆瓣酱和豆豉，配的是青椒条。这是经典的川菜。

回锅肉号称川菜之首，地道的四川人几乎家家都会做，最大的特点就肥而不腻，味浓香鲜，下酒下饭。

家华说，要做到肥而不腻，就要选当天的带皮的黑毛猪的五花肉，最好是靠近后腿的，肥四瘦六。氽①到六七成熟就可以了。过了肉就软了，没咬劲了。煸炒肉片，肉片边子刚卷起来的时候，火候正好。火候老了，肉片又干又焦，没有鲜的感觉。

我说不少饭店里的回锅肉味道也能做出来，就是肉片看上去大大小小的，品相难看。

家华笑了，说，刚氽出来的肉，很烫手，立即下刀就不容易切得大小一样了；完全冷透了再下刀，肥的瘦的容易分家，就不敢切得很薄。我是把氽好的肉朝冷水里一激，趁着外冷里热下刀，肉片就又薄又好看了。

四道菜上完，大家已是二两白酒下肚，气氛越发热烈起来。

就在大家以为接下来还会是一道炒菜的时候，第五道菜上来了。

家华的第五道菜是砂锅红烧牛肉。上面摆放着红椒块，把人的眼光直接聚焦了过去。

这道菜是标准的镇江本地菜，属于妈妈们的功夫菜，很费时间。

家华的砂锅红烧牛肉是五香八角烹制的，味道甜鲜，颜色红润饱满。这样的红色，只有用砂糖加油才能烹制出来。

现在很多人红烧牛肉时，都喜欢加酱油，把一锅好端端的牛肉烧得颜色发暗发黑，让人看不出来到底是牛肉还是猪肉、鸭肉了。

家华说，前面几道菜口味都偏重些辣些，开胃，下酒也快。现在酒喝到一半，吃偏甜一些的要好一点，能把酒稳住。

烹饪高手一般只管做菜，只有真正的美食家才会考虑整个席面菜肴的合理搭配，考虑到上菜的前后次序、过程中的和谐以及节奏的把握。

一般而言，把食材、器皿、食者三者都能考虑到，而且结合得非常完美的人，本身就是了不起的人，可以称得上是烹饪高手。家华显然不止于烹饪，她似乎在追求一种真正传统饮食的文化层面上的东西。这个文化层面上的

① “氽”：镇江方言，特指将肉类食物加热至断生。——编者注

精髓就是“十美风格”：质、香、色、形、器、味、适、序、境、趣。

当第五道菜上来的时候，家华证明了她确乎已知道什么叫作饮食文化的“序”了。

第六道菜是洋葱炒肥肠，配了点青椒丝、红椒丝。

说实话，这菜还真是我百吃不厌的最爱之一。

我对家华说，这炒肥肠看起来简单，但做起来可不简单，吃到嘴里能让人叫好的，更难。

家华回道，家军说你喜欢吃臭豆腐啊、猪头肉啊、炒腰花啊、炒猪肝什么的，全都做上来，想吃也吃不下啊。我就想，肥肠兼具猪头肉和猪内脏的味道，你吃的不就是那个特别的香味吗？做一样尝尝，也就好了。

家华的洋葱炒肥肠，稍稍勾了点芡，盘子里没有汤汤水水的，显得非常干净利落，其效果有点类似于山东菜中的九转大肠。仅就赏心悦目的程度而言，不谓绝后，可谓空前。

我有点不好意思，对家华说，随便弄弄就行了，把个肥肠也弄得这么好看，太花功夫了。

家华说，饭桌上，美食面前人人平等的。不管是什么菜，上了桌，一筷子下去，觉得味道不对不好，跟心里想的完全是两回事，就会很不舒服，但是又不好意思说。吃饭的人不好意思说，做菜的人要有自知之明。既然做了，尽量做得好吃一点、好看一点，尽量做出吃的人想吃的东西来，不仅是对吃的东西的尊重，也是对吃饭的人的尊重。

能够说出这番话来的家华，她对烹饪的领悟，已经到了一个非常高的境界了。

真正高层次的烹饪岂止是简简单单的做菜？本质上还是在做人。

家华的第七道菜是鱼香肉丝，配了点青椒丝。

鱼香肉丝也是现代川菜中的家常经典。

家华说，这菜虽然属于川菜，创制这道菜却和当时在重庆的浙江人有关。抗日战争时期，重庆是陪都，很多江浙人在四川想吃鱼，吃不到，当时当地人吃鱼大都用木头鱼来代替。后来蒋介石的厨师根据江浙人喜欢吃甜吃酸的特点，用木耳、冬笋切丝来代替辣椒丝，多加糖醋和生姜，很受欢迎，一炮而红。这个菜和陈果夫当年所创制的“天下第一响”一样，都风靡了整个重庆。

我笑了，回她，“天下第一响”我知道，是陈果夫在镇江当江苏省主席时创制的，抗战时传到重庆后，叫作“轰炸东京”。

家华说，前面两个菜吃多了会腻，鱼香肉丝比平常做的要稍微酸些，更开胃。如果人多菜更多的话，我就会上酸辣汤了。

第八道菜是墨鱼雪菜，配了点青椒粒。

这道菜上来的时候，让人的眼睛禁不住一亮：一青二白，山高水长。

雪白的墨鱼片，碧绿的雪菜丁，仿佛浓缩的林海雪原。

如果说前面的菜肴是“起”、“承”部分的话，那么，这道菜就是极其精致的“转”。起承转合，无疑是中国饮食文化“十美风格”之“序”的精华。但这样的精华，又能为几人所领悟呢？

我知道，这道菜之后，便是“合”的高潮。

压轴的第九道菜是镇江本帮菜的红烧狮子头，下垫笋片，上配生菜叶，用白色的砂锅盛装。这样的搭配，只能用上一个词：“精妙”。

狮子头自唐代就已成为镇江的特色菜肴，也是新中国开国第一宴的热菜之一，如今已演变成为一个集红烧、清蒸、生氽为一体的庞大的谱系。狮子头不仅镇江人爱吃，而且还热情地招待外地客人吃，最有名的就是砂锅清炖蟹粉狮子头。

镇江做狮子头的高手很多，但建国之后最有名的则要算是丰国庆大师。

丰大师原名丰和林，是镇江丹徒渣泽丰家村人，生于1919年。新中国成立后，满怀喜悦的他才改名叫作“国庆”。后来，他和西哈努克亲王的相识，成为中柬交往史上的一段佳话。

很多人都知道西哈努克亲王喜欢吃砂锅狮子头，却并不知道这跟丰国庆渊源颇深。

1971年的春天，流亡中国的亲王来到了江苏。江苏为了接待好亲王，特地从各地抽调了顶尖厨师去南京，丰国庆也被选中。

亲王首先品尝到了丰大师的砂锅清炖蟹粉狮子头，当时就赞不绝口。

接着，亲王又品尝到了丰大师的芙蓉套蟹。

芙蓉套蟹也是镇江菜中的经典，做法讲究，费时费力。将精心剥好的蟹黄、蟹油、蟹腿肉、蟹螯肉、蟹鼓子肉用葱花、姜米、料酒、精盐调好味，分别装入洗净的空蟹壳内翻扣在盘中，配以草鸡清汤调配的鸡蛋清上笼蒸制。蒸好后配以姜米、镇江香醋佐食，极其细嫩鲜美，堪称人间一绝。

品尝完如此美味，亲王坐不住了，点名要见丰国庆。

1971年4月，丰国庆被调往北京。

"文革"结束前夕，西哈努克亲王于1975年回国后，丰国庆也因病回到镇江。1976年11月23日，平民大师丰国庆去世。为了挽救他的生命，组织上曾不惜代价，专门安排人开专车去上海为这位劳动模范急取特效药。

在北京工作期间，组织上也给了这位大师崇高的荣誉。他是江苏省人民代表大会代表、江苏省劳动模范、中国共产党党员。

1987年的3月中旬，西哈努克亲王访问镇江。亲王想起了曾为他服务过的镇江籍的丰国庆大师，但丰大师已永远不能再为亲王奉上他所做的砂锅清炖蟹粉狮子头了。

其实，丰大师所做狮子头里最为叫绝的乃为"鸡酥蟹粉狮子头"。大师已逝，此菜尚存乎？

家华的红烧狮子头是最家常的烧法。葵花斩肉走油后红烧。在砂锅里先垫笋片，这样不容易糊底，既能吸油，又能起鲜。配生菜叶而不是青菜叶，则是家华的独悟。生菜颜色翠绿，在白色的砂锅映衬下，狮子头显得更诱人。

家华说，狮子头偏甜鲜，这个天的青菜也带点甜味，吃到最后吃这个菜，会有点腻。生菜味道稍微有点苦，吸收了斩肉的汁水，这个时候吃到嘴里，就会觉得爽口了。

她说，还有一道汤，草鸡清汤，这样就"三鲜"都有了。

上来的鸡汤清如白水，没有一丝黄色的油花，但鲜香异常。这样的鸡汤喝起来确实很过瘾。

家华说，好的鸡汤只有轻火慢炖才行，快不起来。先飞水去除杂味，再冷水冲凉，剩下来的就是放进砂锅里慢慢炖了。如果用热水煮鸡汤，没有不发白变浑的。鱼汤越炖越白，猪手汤越炖越厚，只有鸡汤才是越炖越清。

家军在边上插话，我姐什么东西都是自己的。菜她自己去菜场买，调味料也是自己专门采购，别人的她都不要。做菜的铁锅、砂锅都是她自己带来的。盛菜的碗啦、盆子啦、盘子啦，都是她根据当天做什么菜自己配好了的。

家军的话说明家华确乎比一般的厨师高明多了，她已经把厨艺视作一种艺术来对待了。用做艺术的态度来做菜，怎么可能会做不好呢？

烹饪的"趣"的最高境界，就一个字："欢"。制作者与品尝者都从中得到了欢乐和满足，这才是最重要的精神享受。

"治大国者，若烹小鲜。"一个有追求的人，如果明白了即便像料理小鱼这样的事情也不能马虎，不能操之过急，讲究个方法得当，那么，去做其他更重要的事情，还会有丝毫懈怠吗？

侯宇涵拿了一本我以前写的书过来，要求我给他签字。我想了半天竟不知道应该写些什么。最后，我只好对他说，很多道理，都在你姑妈的菜里，我今天就学了很多。然后在他递过来的书上认认真真地写下这样几个字："宇涵小朋友存正。"

对着房门的南墙上，挂着一幅周莉的十字绣作品，上面是一个大大的"家"字。家军说，这个"家"的图案是他自己选定的。东面两个房间之间的墙上则挂着一幅家军与周莉的结婚照。照片上的周莉非常漂亮，与杨钰莹很像。那时的家军也显得相当的帅气，与如今发福的模样不可同日而语。家军自嘲道，岁月真是把杀猪刀啊！

第七章

户口事略

建国后的户口管理制度，从某种意义上讲，其实是个分配制度：在城市与上学、就业、待遇密切相关，在农村与土地直接相联系。在计划经济时代，户口不仅是一个家庭参与社会分配的直接凭据，而且户口本身也变成了地位和身份，甚至是某种社会特权的象征。随着社会主义市场经济的发展，城市户口的含金量越来越低，在某些发达地区，农业户口的含金量甚至已经超过了城市户口。

下放归来

即便在不久之前，对很多人来说，户口问题仍然显得非常重要。如果不满足一定的条件，农业户口就不能变成非农业户口，农村的户口就很难迁往集镇，集镇的户口就很难迁往城市，小城市的户口也很难迁往一线城市。在近乎整整一甲子的漫长的时间里，户口已成为一个人社会身份的标志，直接或间接地决定着一个人从地位到经济几乎方方面面的一切……

家访对象：机动班组司机钱春源家庭

家访时间：2013 年 3 月 8 日周五，天气晴

记得第一次去春源家的时候，发现他和我都住在同一个小区，交叉的时间有七八年，前后只相隔几幢楼，上下班都在一条路上来回，但竟然从未在小区照过面，让我觉得有点不可思议。要是在老城区的街坊里，这种情况是绝对不会出现的。

春源家所在的李家大山四区 22 号，基本上算是靠在路边，只不过是在山坡上，汽车要绕一些路才能到家门口。

上个世纪八九十年代，李家大山是镇江位置最偏僻、交通最不方便、房价最便宜的住宅小区，但同时，李家大山也是当时镇江绿化环境最好、空气质量最好、田园风光最好的住宅小区。

春源一家能够住上李家大山的房子，则主要靠的是政府政策。

春源结婚的时候，在镇江长江路新河桥附近花六千多块钱买了间房产科房子的居住权。房子很小，只有十平方米。住了两年不到，2001 年，遇到政府拆迁。按政策，春源家应当享受经济适用房小户型政策，而李家大山正好是安置房的定建小区。这样，春源一家便搬到了李家大山四区。

也就在五年前，李家大山四区除了东面是一条大路外，其余三面还都是菜地和池塘。

四区西边的山坡下面叫作下濞塘，不仅有鱼，还有小龙虾。

下濞是镇江最古老的地名之一，东汉末年东吴孙权临时迁政治中心于镇江时就有了这个地名。当时的下濞叫作下濞浦，西与长江相通，向东则沿李家大山的北侧蜿蜒至宋代镇江的西门大街。

南宋时，下濞港为镇江的重要军港。当时，朝廷认为镇江一线利于水战，就在镇江广造战舰，宋军的戈马船、海船、轻舠、多桨等战舰都是以下濞港为母港的。

直至明朝初年，下濞浦的水路仍然与长江相连。后来镇江的城池沿运河向东北方向收缩后，原来的西门被废弃，下濞一带便逐渐冷落下来，通江的河道最终被淤积为一连串互不相连的水面，最大的一个则被叫作下濞塘。直到 2003 年前后，下濞塘这里基本上还是以农田为主。

那时，一到夏天，我就会用绳子系一小块新鲜的猪肝，跑到水沟边，用小竹竿钓小龙虾。两三个小时钓下来，所钓的小龙虾正好做一盆下酒菜。喊来一两个朋友，骑重庆 80 摩托到四区和二区交集的路口买上两袋二子现炒的螺蛳，海阔天空，边喝边聊，倒也颇有竹林七贤的味道。随着城市日新月异的发展，这种带有田园风光的闲适生活似乎是一去不复返了。

春源家位于五楼，除了自己一家三口外，还住着眼睛已经不太好的老母亲。母亲住半室，春源夫妻俩加儿子住一室。这样的房子住三个人尚可，住四个人就有些挤。客人多来几个，转身就得打招呼了。

六人座的长条型的饭桌摆放在小小的客厅里，已基本把整个空间占满了。南北两侧的座椅靠背已经抵住了墙，我把外衣放在靠背上，稍稍动一下，墙上的石灰便立即在衣服上印得到处都是。

我给春源的母亲带了点营养品。他母亲怕影响我们说话，独自进房间把门关上了。

春源的妻子张丽则在大房间里哄着动不动就尖叫一声的儿子。我知道春源的这个儿子发育时出了点问题，平时都得有人照看着才行。好在春源的母亲身体还很硬朗，还能够照料孙子。

我对春源说，你们可以再生一个，政策允许的。

春源说，李家大山"征"字已经上墙了，准备添点钱，换个大一点的房子再生了。

我说倒也是，现在咬咬牙，弄个大一点的房子，经济上吃点力，不过，以后就不用烦神了，算是一劳永逸了。

我问春源，你好像有个兄弟也在我们集团吧，是嫡亲的？

春源说，那是我二哥钱春虎，比我整整大一转。我是老四，我大哥已经不在了，还有个三哥，至今还留在苏北白马湖农场附近的农村。

春源的父母原籍都是苏北淮安农村的。他父亲年轻的时候来到镇江，在大西路上私营干鲜果店里给人家帮佣。上个世纪 50 年代，随着对私营商业的社会主义改造，春源的父亲变成了国营商业机构的正式职工。

有了主人自豪感的春源的父亲，回了趟老家，娶回了媳妇，住进了政府分给的人民街 43 号的公住房。这房子就在大西路的边上，不仅上班近，还处在当时镇江最繁华的商业中心，这让春源的父母别提有多开心了。不久，大儿子便呱呱坠地，春源的母亲也在商业系统做起了勤杂工，吃起了公家饭，幸福的生活似乎每天都在过着。

1960 年，由于商品匮乏，镇江开始实行凭票证供应，糕点、食糖、荤食品，乃至蔬菜，都要按计划购买了。但由于春源的父母都在商业系统工作，能吃到很多外面不容易吃到的东西，因此，日子过得并不算艰难，比普通的镇江市民还要更好些。

1962 年的春天，春源的母亲又怀孕了。就在春源的父亲觉得生活中又加了块糖的时候,单位里开始组织大家学习文件了。这份文件是关于进一步精减职工和减少城镇人口的。

单位领导在动员会上说,现在国家的国民经济需要调整,精减职工和减少城镇人口去加强农业战线是一个最基本的环节。国家要求减少城镇人口的任务,应当在当年和第二年两年内基本上完成,第三年上半年扫尾;要求精减职工的任务力争在当年内或者第二年上半年大部完成,第二年下半年全部完成。对于来自农村的勤杂服务人员,以及其他目前就能到农村去的人员,希望你们能够服从国家的大局,第一批下乡。

非常不幸的是,春源的家庭,正好属于"应当尽先动员他们下乡"的城镇家庭。

"不幸"这个词是我个人的感觉,但在当年,春源的父母从来没有想到过下放会给他们日后的生活带来什么"不幸"。他们从内心里认为,自己的幸福生活是党给的,党的话是不会错的,党号召什么,自然应该响应。

正是抱着对党无限信任、无限忠诚的心态,来自农村的春源的母亲,决定暂时和丈夫、大儿子分别一段时间,把户口迁回老家,重新务农。春源的母亲觉得,自己本来就是来自农村的,农活自己从前都干过,回到家乡,能苦到哪里?响应党和政府的号召最重要,党和政府不会给自己吃苦头的。

春源母亲在苏北农村的生活经历,我曾听春源的二哥钱春虎谈起过。

春虎出生于 1963 年的 1 月,初中毕业于镇江第二中学。他 1980 年到镇江副食品公司当学徒,后来做保管员一直做到 2003 年下岗时为止。下岗后到私营企业打工,2010 年到大市口派出所帮着临时开开车,2011 年 2 月 15 日,经早来三年的弟弟推荐,应聘到大市口广场做了保安。

春虎的考核期鉴定报告还是我亲自签的字,但当时我并不知道他和春源是嫡亲的兄弟俩。去年年初到春源家家访时,也没有听他提起过单位里还有个哥哥。今年春节前排困难职工名单,看到春虎的名单,便询问了一下相关人员,这才弄清楚春虎与春源原来是亲兄弟。

由于刚出生就被带到了苏北农村,春虎对这段历史记忆犹新:"我们家是1963年搬家下放到淮安农村的，就在白马湖农场的边上。说是下放，其实就是一直在当农民。母亲白天下田干活，晚上回家照顾我们。记得我小时候生了一场大病，在我生命危险的时候，母亲连夜背着我到十多里路远的乡医院找医生。在母亲精心照顾和医护人员的治疗下，我才有了第二次生命。”

如果春虎的记忆是准确的话，他的母亲生下他不久，就于1963年的春节过后，抱着襁褓中的他去了苏北。春虎说，那时下放，一家人要去一半。他父亲和他的哥哥留在了镇江，他母亲则带着他去了苏北的农村。在苏北，他母亲先后生下了老三和春源。

1963年，紧随着镇江城市精减工人下放的，还有城市知识青年。这年的9月，镇江首批整建制下放的500多名知识青年，喊着“知识青年要同工农相结合”的口号，怀揣着人生的梦想，离开家乡，告别亲人，满怀青春的激情，从苏南来到苏北，从城市来到农场。这批知青下放的地点就是白马湖农场，紧靠着小钱母亲下放的村庄。这批镇江知青在白马湖农场工作和生活了15年，直到1978年才陆续回城。

不过，作为精减职工下放的小春源的母亲及其三个在农村长大的儿子，却注定要走上一个更为艰难的回城之路。

春源的父亲已经不在了。从我跟春源母亲不多的谈话中，我能够感觉到，这位老人从来就没有怀疑过党和政府的政策，她也从来没有认为自己的家庭遭受过什么特别的苦难。尤其让我几欲泪下的是，这位老人觉得如今的日子比以前不知道要好上多少倍了，党和政府要把全国这么多的人都忙得满意，这个家也不好当！不当家，哪里知道油米柴盐贵呢？

我很难只用一个词来形容春源母亲这代人跟党和政府之间的关系。同甘苦，共患难？同呼吸，共命运？有福同享，有难同当？不离不弃，生死与共？风雨同舟，福祸与共？最贴切的恐怕还是这样一句话：“得民心者得天下。”

事实上，中国从1962年开始的经济调整，经过三年的时间，终于取得了明显的成效:镇江市场上的农副产品又丰富起来,除粮、油、棉布外,大部分零售商品取消了凭票证供应。当春源的父亲把这样的变化告诉春源的母亲时,全家人都觉得很快乐,都觉得自己的家庭实实在在地为国家尽了一份力,作出了一份贡献。

就在春源的父母憧憬着很快就能全家重新生活在一起的时候,1966 年,持续时间长达十年之久的"文化大革命"揭开了序幕。

1968 年 12 月 22 日,《人民日报》头版发表题为《我们也有两只手,不在城里吃闲饭!》的编者按,同时转引了毛主席的最新指示:"知识青年到农村去,接受贫下中农的再教育,很有必要。要说服城里干部和其他人,把自己初中、高中、大学毕业的子女,送到乡下去,来一个动员。各地农村的同志,应当欢迎他们去。"

轰轰烈烈的"上山下乡"运动就此波澜壮阔地在中国大地上展开,席卷了上千万的城市知识青年。成千上万的知识青年,无论是干部子女,还是普通市民家的子弟,都一视同仁,在农村接受着最艰苦的磨炼。理想、激情,纯洁、真诚,崇高、自豪,无疑是那个时代的主旋律。

几乎是一夜之间,苏北的农村涌进了数也数不清的知识青年。苏北大地似乎一下子欢腾起来,人们冒着严寒和风雪,敲锣打鼓,集会游行,最热烈地欢迎城市知识青年的到来。镇江全城也是热情高涨,在毛主席最新指示发表的第二天,全市就有三千多名知识青年和居民报名,要求奔向苏北的农村安家落户。这样的重大讯息传到春源母亲的耳朵里,他们这批老下放人员,竟然也感到自己的热血重新沸腾起来了。

曾经听春虎说过,"文革"期间,她母亲最喜欢听的歌曲之一就是《革命人永远是年轻》:"他好比大松树冬夏常青,他不怕风吹雨打,他不怕天寒地冻,他不摇也不动,永远挺立在山巅。"他母亲对他们说得最多的毛主席语录便是:"下定决心,不怕牺牲,排除万难,去争取胜利。"

苦难也好,财富也好,这一切,都在 1978 年告一段落。

这一年,城市知青兴起了返城潮。当一夜之间,附近白马湖农场的知青突然消失了的时候，春源的母亲开始有了一种莫名的失落感。她让自己在镇江城里的丈夫前去询问有关部门的领导，问自己什么时候才能结束下放的生活。

老钱跑了很多部门，人家回他说没办法再迁回来了。老钱最后几乎是天天跑公安局。公安局的人被老钱磨得实在没有办法，便拿出一个内部的规定给他看，说精减人员要想回城，都是有限制的。

老钱看到的这个规定出台于 1964 年 8 月，叫作《公安部关于处理户口迁移的规定(草案)》，当年只由有关部门内部掌握，不对外宣传的。这个规定集中体现了“文革”前后中国户口迁移的两个“严加限制”的基本精神，即：对从农村迁往城市、集镇的要严加限制；对从集镇迁往城市的要严加限制。

公安局的办事人员苦口婆心地告诉老钱，精减人员可以返城的只限以下两种人：

一种是，凡是在 1962 年精减城市人口的时候，不属于动员返乡的职工家属，响应党的号召自动返乡的，并且手里持有专区、市、县精减委员会发给的许可返回城镇落户的证明文件，现在又要求返回城镇的，可以把户口迁回镇江。

另一种是，凡是退职的女干部，在 1962 年精减城市人口时，动员她返回农村，她的爱人一直在城市工作的，现在要求迁回城市的，也可以办理。

除此两类人外，其他精减人员一律不得迁回城市。

老钱把公安机关的答复告诉了春源的母亲。春源的母亲自然很不满意。她对自己的丈夫说，不是有好多身份跟自己一样的精减下放的也回了城的？这些人怎么回到镇江的呢？

老钱便继续跑镇江的公安部门。

公安部门的人头都快被老钱磨大了，只好悄悄地告诉他：确实有一部分这样的人，但这样的人跟城市黑户也没什么两样。

原来，当年被精减下放的一部分人员，难以承受两地分居之苦，就又跑回了镇江。这些人的户口虽然已被迁到农村，但他们实际上仍然生活在原来的城市里，靠自谋生路和家人的救济，顽强地生活在城市的夹缝中。对于这部分人，原来的工作单位和公安机关也没有什么太好的治理办法。公安部门只好采取这样的措施：给他们办临时户口。临时户口延期三次后，粮食部门只给他们提供临时口粮 20 斤一个月。

老钱说，我们夫妻两地分居快 16 年了，难道就这么一直分居下去吗？

一个老公安非常同情老钱的遭遇，就给老钱指点了一条路。

这名老公安对老钱说，你老婆带着三个孩子在农村，身体又好好的，不属于无依无靠，更谈不上不能单独生活，所以，想通过投靠直系亲属，是根本行不通的。你可以先把几个儿子弄出来，最后再解决老婆的户口问题。

老公安问老钱，几个儿子学习好不好？学习好，可以通过高考跳龙门，变成城市户口。如果考不上大学，就只有招工一条路了。

老公安找了一份材料给老钱，让老钱回去好好看看。

老公安给老钱的这份材料，就是 1978 年 6 月由国务院颁发的《关于工人退休、退职的暂行办法》。这个给老钱全家带来曙光的办法，是这样规定的：工人退休、退职后，"家庭生活确实困难的，或多子女上山下乡、子女就业少的，原则上可以招收其一名符合招工条件的子女参加工作；招收的子女，可以是按政策规定留城的知识青年，或是上山下乡知识青年，也可以是城镇应届中学毕业生。可以允许一名子女顶替参加工作。"

此时，春源的大哥已经在镇江大东造纸厂当了名工人，住到厂里集体宿舍去了。

春源的父母商量后，便让春虎住到了镇江人民街的家里。春虎当时年龄还不够大，春源的父亲就找关系把春虎安排在离家不远的镇江第二中学借读，继续上初中。待春虎初中毕业后，1980 年，老钱办理了退休顶职手续，春虎被安排到镇江副食品公司当学徒，这才算重新有了镇江的城市户口。

春虎经人介绍，认识了住在镇江西津渡古街登山巷的仇玉文。仇玉文比春虎小了整整七岁，是个江都姑娘。仇玉文家有兄弟姐妹六个，生活也不是太富裕。她见春虎人很老实，又很能吃苦，倒也挺满意的。他们的儿子钱勇出生在 1994 年的春夏之交，现在已经是个大小伙子了。

儿子6岁的那年，就在仇玉文为孩子上小学的事情操心的时候，她经常感到浑身无力，身上会出现浮肿，还会莫名其妙地呕吐。春虎陪送妻子到医院一检查，妻子竟然不幸得了尿毒症。自此以后，仇玉文每星期都要做三次血透。

家庭的经济压力虽然很沉重，但春虎觉得自己还能扛得住。但三年之后，春虎自己却又遭遇下岗，家境一下子陷于贫困之中。春虎的困难被社区知道了，社区的工作人员只要有机会，就会跟到社区视察的领导们提起春虎一家。

很快，春虎一家的事被当时的一个叫作郭礼荣的市领导知道了。郭礼荣亲自到春虎家看望了仇玉文。随后，郭礼荣又与镇江润州区有关方面沟通，帮助春虎一家办理了低保户手续，缓解了一些压力。由于人民街的房子实在是小，只有十几个平方米，郭礼荣又与建设部门协调，按程序，帮助春虎一家申请到了镇江市的廉租房，也就是现在所住的百盛家园的房子。两室一厅的廉租屋，一个月的房租只要交42块8毛钱。这对春虎一家来说，无疑是雪中送炭。

春虎很爱自己的妻子。他说，我的妻子身患尿毒症至今已经十多年了，在这十多年里，我关心她、爱护她，使她有信心活下来。每次做完血透回家后，她总会帮着做一些力所能及的家务事，让我感动。人生如饮水，冷暖自知。工作辛苦了一天回到家里，能看到她做的一顿热饭，就能感到有一个家庭的温暖。有一首歌唱得好，世上最浪漫的事不过是手牵手和你一起变老。我的生活不会丰富多彩，但我自己知足:有一个温暖的家庭，有一个孝顺的儿子。

春虎说，说实话，我是一个不称职的父亲，从来不关心儿子的学习和教育，都是他母亲在操心。儿子已经上大学了，只要能成为一个对社会有用的人，我也就心满意足了。

去春虎家时，我也跟仇玉文交流过。病退在家的仇玉文并没有觉得生活里有什么过不去的坎。仇玉文说，能找到春虎这样的老公，也是她修来的福气。她说，她心里其实还是很舍不得老公的。最初做透析都是春虎陪着去医院，现在则是她自己一个人去了。如果春虎上白班，她便和他一起看电视看到11点之后才睡觉。如果春虎要上夜班，她便会看电视看到11点钟时叫醒春虎。

我说，春虎跟我说过，他挺喜欢吃你做的饭菜的。仇玉文的眼里便突然有了泪光。她低下头，幽幽地说道，家里现在其实都是春虎在做饭做菜，春虎怕累坏了她，老早就不让她下厨房了。

解决了春虎的就业和户口问题后，老钱就开始为老三和老四的未来犯愁。只不过，还没有等到想出更好的办法，老钱就因病去世了。似乎是祸不单行，没多久，春源的大哥也突然发病，没有抢救过来，紧随着父亲去了。

春源的母亲非常坚强。丈夫和大儿子不在了，二儿子春虎还在镇江，镇江人民街的老房子还在。只要老房子还在，镇江就还有自己的家。春源的母亲坚信，政府迟早会出台政策，解决自己这样家庭的遗留问题。

和母亲一同待在农村的春源和三哥，分别对自己的将来作了思考。春源的三哥认了命，一心一意在农村务农，觉得当个农民也没有什么不好的。春源却没有认命，他认定自己的家本来就在镇江，自己一定得回去。

初中毕业后，春源觉得自己完全长大了，就告别母亲和三哥，从淮安来到了镇江，住进了二哥春虎在人民街的家里。此时，时光已流逝到上个世纪90年代，作为人口管理现代化基础的居民身份证制度已经颁布实施，像春源这样的人员属于城市的暂住人口，只要有单位和城市居民同意留宿，便可以申领《暂住证》。如果城里有单位愿意长期雇用的，就可以到派出所登记为寄住户口。

作为农村外来务工人员，只要能有事情做，春源并不计较工作的好坏和报酬的高低。他在任何一个工作岗位上都非常勤恳，为人也非常实在。也许正是因为他的这种品质，他结识了镇江本地姑娘张丽以后，张丽就认定嫁给他一定不会错。

和张丽谈上对象以后，春源觉得不能再在春虎的家里住下去了，他得自己找地方住。春源便先跟张丽领了结婚证，然后找到房产科，交了一笔钱，购买了新河桥附近公住房的居住权。

1998年，是春源印象最深刻的一年。这一年，长江流域遇到了大洪水，整个夏天大家都忙着抗洪救灾的事情。恰巧这一年，春源搬进了长江岸边的自己的房子。虽然一住进去就被长江洪汛弄得提心吊胆的，但这毕竟是自己在城里的真正的家啊。被幸福淹没的春源，根本不在乎是否会被洪水再淹一次了。

这一年更让春源开心的一件事，就是随着长江洪水而来的一个通知。1998年7月，国务院批转了公安部《关于解决当前户口管理工作中几个突出问题意见的通知》，中国的户籍制度有了质的变化。根据这个通知，新生婴儿可以随父母的意愿落户；夫妻分居的，老人投靠子女的，以及在城市投资、兴办实业、购买商品房的公民及随其共同居住的直系亲属，凡在城市有合法固定的住房、合法稳定的职业或者生活来源，都可以在城市落户。

最让春源母亲高兴的是，这个通知上明确规定，女性超过55周岁，身边无子女需到城市投靠子女的公民，可以在城市落户。对因工作调动等原因在其他地区离休、退休的人员，需要返回工作单位所在地或者原籍投靠子女的，应当优先予以解决。

得到消息的当天，春源的母亲一夜没有睡好。转眼之间，春源和自己的城市户口问题就彻底解决了。她自己一个人悄悄地流了好几次眼泪。

2001年，春源搬进了李家大山四区政府的经济适用房。春源的母亲正式把户口重新迁到了镇江。从当年从镇江迁回苏北农村，到再次成为镇江城市户口，整整过去了38年。

当春源的母亲最终解决了户口问题，住进了春源在李家大山的标准套房，下楼走上50米，就可以走到11路公交车的终点，看到一个崭新的李苑幼儿园，还有一个专门为老年人休闲修建的小公园，她真的觉得很满足，非常幸福地帮着春源带着孩子，带着自己的孙子。这个孙子虽然有点和常人不同，但在奶奶的心目中，仍然是最值得疼爱的宝贝疙瘩。

春源的母亲原来还有个心病，就是留在苏北的老三。后来她才发现，其实，儿孙自有儿孙福，长大了的儿子，不再需要她烦心劳神了，都会安排好自己的将来。

老三最终去了与镇江隔江相望的扬州城。老三在扬州找了份工作，买了房子，把老婆孩子接到了扬州。但老三没有把全家的户口从农村迁到扬州城里。老三发现，进入21世纪后，把户口迁到城里并不太困难，而城里人要想把户口迁到农村，却基本上没有可能性了。老三本能地觉得将来农村户口可能比城市户口更值钱些。随着国家有关惠农政策的陆续出台，特别是江苏省对苏北农村发展财政上的大力倾斜，老三更加觉得把户口留在农村是正确的了。

春源的母亲觉得老三的选择也没有错，反正也是沾的党和政府的光，不吃亏就好。从此，春源的母亲便安心地住在春源的家里，一心一意帮着春源带孩子了。

春源虽然自己收入并不高，自己的家庭其实也属于需要救济帮扶的对象，也不善于言辞，属于朴实而木讷的男人，但内心却并不缺乏善良和柔情，遇到别人有困难时，仍然会毫不犹豫去解囊相助。曾经有一次，他在市中心的中山西路上遇到一个抱着小孩的女子站在路边不停地哭泣。他跑过去一问，原来这是名外地女子，跟着丈夫来镇江打工的，丈夫刚刚丢掉了工作，家里生活得非常困难，觉得日子过不下去了，因此站在路边伤心。小钱听了之后，觉得鼻子酸酸的，也不会安慰人家，就跑进附近的超市买了一些吃的东西给娘儿俩，临走的时候又塞了50块钱给人家。

我问春源，你就不怕是个骗子？

春源说，不会的。他告诉我，那些在路边写个故事什么的，跪在那里给大家不停磕头的，十个倒有九个是骗子，不值得同情的。这个女的是突然感到伤心，控制不住自己，抱着自己的孩子痛哭的。她哭完了，心情好了，可能就自己走了，不是专门跑到马路边上跟人要钱的。小时候，我们农村有些女的，受到很大的委屈，就会跑出来，坐在路边哭上一阵子，一个人边哭边说，个别的还是在唱。哭完了说完了，就会自己回家，原来怎么样过日子，还是怎么样过日子。

春源仍然保留着一些农村中养成的良好习惯。如今城里人很少去管别人家的闲事，同一单元里的住户可能姓什么都叫不出来。春源却不同，人家吵架什么的，他会去劝上一劝。即便是在路上遇到别人需要帮助的情况，他也会下意识地跑过去。

就在春源被调整到机动班组当司机不久，有一天晚上，在巡逻建设项目的路上，看到一辆轿车撞在了树上，出了车祸。春源和同行的队员便停下车子，过去帮助他们。原来，出事的车上是一家人，晚上吃亲戚的喜酒，回家的路上，车速快了点，因为避让自行车，方向打得太猛，就一头撞到了树上。开车的是丈夫，喝了点酒，已受了伤，满脸是血。那时还未修改刑法，对酒后驾车的处理虽然还不太严厉，但仍然有罚款和扣分、扣证的处罚。那一家人不敢报警，正不知道如何是好。春源他们也没多说什么，就直接用巡逻车把伤者送到了附近的医院。事后，那一家人专门上门向春源他们表示了感激之情。

新兴城民

进入21世纪后，随着中国现代化农业的不断发展，承包土地流传的收益越来越高，村组集体资产的收益分红也越来越高，特别是农村宅基地的市场价值几乎与国有土地住宅用地的价值没有什么区别，经济发达地区的户口问题再次城乡“二元化”，不过，这次是反过来了——想把城市户口迁往农村，难上加难！

家访对象：绿化工徐勇家庭

家访时间：2014年9月5日周五，天气晴

徐勇来自于镇江的东乡。“东乡”这个带有乡愁意味的名字，在镇江的城市发展史上，已经被一个叫作“镇江新区”的名字所替代。因此，如今的镇江人提起“东乡”，更多是一种地域文化和美食意义上的，如著名的东乡羊肉和东乡长鱼汤。

东乡的徐勇既不是地道的农民，也不是标准的市民，我只能称他为“城民”。

在我们集团和我所在的这个城市，有着许多和徐勇一样身份的城民，构成了一个非常独特的阶层：他们来自于农村，户籍虽然仍然保留在农村，但他们工作生活在城市，自己的孩子也在城市里上学。他们不同于游离于农

村和城市之间的候鸟型的农民工，他们已经在生活、文化和心理上认同了城市，只不过由于种种主客观的原因，他们的耕地、林地、宅基地三块地仍然留在农村而已。如果对这三块地的权益有个合适的处理结果，他们就会一夜之间变成真正的城市市民。

徐勇一家，属于典型的城民家庭。他们一家都是镇江京口区的农村户口，在农村拥有承包的土地和宅基地；他们夫妻两人都是物业公司的正式合同工，工作在城里，在城里买有门面房出租，同时却也租着别人的房子生活着。

自打 2011 年把女儿送到镇江实验高中读书后，徐勇一家就一直租房居住在非常繁华的桃花坞一带。和那些租住在城中村的外来务工人员不一样的是，他们一家总是拎包入住城里人装修好了的房子。由于是正式合同工，他们虽然户口不在城里，却仍然可以享受到卫生保健、住房公积金以及其他的基本社会保险。

他们一家目前居住的房子是通过一个亲戚租下的，房租不太高，每月只有 600 元。

徐勇一家总能在镇江城里租到非常便宜的房子住。他的诀窍就是，只租那些装修齐全的房子，而且承诺对方随时走人。出租房子的人，总希望能够把房子以一个合理的价格签一个长期的合同，免得麻烦。租房子的人跟房东的想法其实差不多，大家之所以不太容易谈得拢，主要是对“合理的价格”有分歧。这样，在房东找到合适的长期房客之前，那种随时可以走人的短期房客，倒最受欢迎了。面对这样的“拾遗补缺”的房客，房东也愿意只收取点“白菜价”的房租。

以极低的居住成本在城市里却生活得相对舒适，事实上是城民这个阶层的一种特殊的生存能力，而他们这种生存能力的形成，和他们本身的流动、漂泊的生活经历是密不可分的。

一直到民国初年，镇江历史上都没有“东乡”的叫法。“东乡”的出现，还是江苏省政府迁到镇江之后的事情。1928 年 7 月，镇江被确定为江苏省省会。1929年，镇江旧有的18个市乡被重新划分为七个区，其中的第五区被称作“远东乡”，此即为如今镇江“东乡”称呼的由来。第五区是当时仅次于省会主城区的地区，内有港西镇、港东镇、姚桥镇、大路镇四大繁华集镇。因此，对于居住在集镇上的东乡人而言，自上个世纪30年代起，他们就不以为自己是农村人了。

不过，东乡人虽然传统上不认为自己是农村人，但建国以后的农业户口和非农业户口的划分，却让他们在身份上就是农村人。

徐勇说，我从小看到的是长江的景，吹的是长江的风，喝的是长江的水。我有一位勤劳的父亲和慈爱的母亲。父亲他姐弟三，一姐一妹，现在都不在了。我爸3岁没了爹，4岁没了娘，由我大姑妈带大。我妈20岁认识了我爸，两人都是属龙的。除了我，我下面还有一弟弟，属虎的。我这个弟弟从小就对机械很感兴趣，出校门后，父亲托人找关系，把他送到一家汽车修理厂上班，后来自己辞职做起了小老板，如今已经开了两个商铺。

与父母和弟弟相比，徐勇的生活过得不一定更好，但经历可能更加丰富。徐勇的生活真正丰富多彩起来，准确地讲，是从与王惠琴的重逢开始的。

徐勇和王惠琴都是东乡姚桥镇漕红村人。只不过当年这两人出生的时候，漕红村并不叫作漕红村，而是叫作漕红大队。徐勇1972年5月出生于漕红大队东面的坝圩埭。王惠琴则1973年11月出生于漕红大队西北角上的小岸村。徐勇和王惠琴虽然不在一个自然村，年龄也相差一岁多，但小学却在同一个学校上学，而且是同年级同班。这也许就是缘份。

小时候徐勇印象最深刻的，倒不是王惠琴这个女同学，而是踩高跷和燃蒲草。

徐勇上小学的时候，已是上个世纪80年代。改革开放初期的镇江东乡，即便是姚桥这样比较繁华的江南小城镇，除了主干道弄点石子铺铺路外，村上的路仍然还是土路。每逢下雨天，拖拉车突突突地一走，路面就会变得泥泞不堪。那个时候，农村人家里不富裕，都不给小孩子买雨鞋。家里离学校有两里多路，怎么办？农村的孩子就是聪明，用踩高跷解决了这个问题。

徐勇不无得意地说，高跷都是自己动手做，自己绑。选两根粗细合手、扎实的老竹子，两根结实的木棍子，用稻草编成绳子，前后一个多小时，就能做成一副高跷。刚开始走泥巴路的时候，绑成二三十厘米的高跷就行了。后来走得熟练了，就越绑越高，最后绑到了一米多高，不是用来走泥巴路了，而是用来相互撞着玩，比谁跑得快了。有一次被母亲发现了，她大吃一惊，赶紧把一米多高的高跷给拆了，边拆边唠叨，看你今天还踩这么高的高跷了！

夏天的蚊子是让徐勇深恶痛绝的东西。上个世纪 80 年代初，东乡的蚊子还特别多。村民们很少有买蚊香的，都点一种叫作蒲草圆圆的东西来熏蚊子。蒲草圆圆就是蒲草中间长的那个像蜡烛一样的东西，采回来晒干，就当作蚊香。平时最多点三四根就行了。有一天傍晚，我做作业时突发奇想，点他个二三十根，干脆把蚊子都熏死算了！二十多根蒲草圆圆烧起来，满屋子浓烟滚滚。我正在得意，不料却吓坏了邻居家的老太太。老太太以为我家失火了，边跑边喊：救火呀，救火呀！结果，全村人都被惊动了。我爸我妈也屁滚尿流地从地里赶了回来。弄清楚了怎么一回事之后，父母把我狠狠地骂了一顿，说，以后再这样，看不打烂你的屁股！当时我还觉得挺委屈的，现在想想，还真的挺有意思的。

徐勇说，我天资不行，成绩在班上是中等偏上，再努力也就这个样，考大学没有希望，高中毕业后，要么务农，要么去乡镇企业。那个时候，乡镇企业在苏南的发展正呈现出迅猛之势，徐勇和当时村里大部分年轻人一样，选择了去乡镇企业上班。他最初去了坝圩埭西北方向的大路镇，在一家彩印厂工作，闲下来就帮父亲做一些木匠活。

东乡多木匠。徐勇也跟父亲学过木工活。父亲打出来的东西主要运到庙会上卖。改革开放之初的东乡，有着一年到头绵延不绝的乡村庙会。以前，镇江的乡村全年庙会的集期超过五十个，从农历正月十五的“开门集”一直持续到十月十五的“关门集”，时间长达十个月。非常奇怪的是，这“开门集”和“关门集”的集市竟然都在东乡的华山。徐勇的父亲专门打八仙桌、小方桌和大长凳，打得结实，在庙会上很是好卖。

徐勇虽然帮着父亲做一些木匠活，但他却不愿意做一个专门的木匠。他觉得做木匠实在是太辛苦。每次赶庙会，他和父亲都各自用一辆重磅的“凤凰”自行车，绑着桌凳，天不亮就出门了。碰到运气好，一到庙会就卖掉的话，父亲就会跟他一起在庙会上闲逛，买一些吃的用的。碰到突然下雨，庙会的人散了，东西卖不出去，几十里的路，还得把桌凳原样带回，那个倒霉劲，不提也罢。

去大路彩印厂上下班的路上，都要经过一个小卖店。有什么小而不言的需要，徐勇也会到这店里看看，买上点什么。有一天，徐勇要早点到厂里，走得急，没吃早饭，一大早路过小卖店时，就去店里买点吃的。进门的时候，门口有个姑娘在低着头洗衣服，头发长长的，没看清楚，像个仙女，出门的时候，他就忍不住想多看两眼。谁知道这一看，就看出问题来了。

我问徐勇，看出什么问题来了？

徐勇不好意思地笑了，我发现这姑娘竟然是我小学的同学王惠琴。中学六年不见面，真应了“女大十八变”这句话。我跟她简单打了个招呼，赶紧忙着上班了。但这一整天，我都在想她。我想，王惠琴，知根知底的，小时候就性格好，人竟然又长得这么漂亮，一大早就在门口洗衣服，很勤快呀，要是娶了她做老婆，再好不过了。

徐勇说，我下班一回到家里，就跟我爸妈商量，请他们赶快去提亲。我爸妈见我突然开了窍，先是大吃一惊，然后就非常开心。我爸让我不要着急。他好好地把村里人的关系理了理，然后找了个跟王家说得上话的好朋友，托人家前去牵线做媒。我这边还急得像热锅上的蚂蚁，谁知道我岳母一家很干脆，当场就同意了。

就这么简单？这样索然无味的桥段让我大失所望。这也许就是真实的生活，普通人的情感生活并不总是像小说里叙述的那样曲折离奇。淳朴的另一层含义，就叫作敢爱敢恨。

在此事上，徐勇的行事方式确实与他的名字相一致。俗话说，你不勇敢，没人替你坚强。敢于追求，不惧挑战，才是勇敢的人生。心中有了梦想，如果总是畏缩于主观或客观的因素不敢去尝试，永远都是输家。徐勇的勇敢一击，让自己的梦想变成了现实中的幸福。

徐勇只在彩印厂干了一年，就改行了。

徐勇说，印刷厂的活儿虽不怎么累人，但工资也不高。他觉得这地方离家也实在是太远，正好碰到镇江市飞轮皮鞋厂招工，就报了名，开始学做皮鞋。飞轮皮鞋厂在姚桥镇西边的仲宝村。当时镇江地方政府为了鼓励乡镇企业的发展，允许规模比较大的乡镇企业冠以“镇江市”的头衔。这家皮鞋厂，是当时镇江最大的鞋厂之一，拥有8个生产车间300多名工人。

东乡历史上盛产皮匠。东乡皮鞋业的发达，与东乡人喜欢养猪积肥的传统习惯有关。

东乡人历来喜欢圈养肥猪，而且多养母猪，三户倒有两户人家养母猪。养猪的饲料往往也是就地取材，除了自家吃剩的残羹冷炙和淘米的浆水外，山芋藤、江边的青草、塘里的水花生等等，都可以用来喂猪。

当年因为养猪心切，东乡还在全国放过一次卫星。

1957年的时候，东乡养殖的母猪已经在江苏全省名列前茅。1958年实现人民公社化的时候，在上级的支持下，在东乡的丁岗高级社所在地办起了一个“万头猪场”。这个猪场的建设速度绝对是宇宙速度：10天内就盖好了5幢57间的猪舍，从各地调集而来的2000多头肥猪幸福地入住其中。镇江市委激动之余，立即在东乡召开了名为“大养特养其猪，百日翻一番”的现场会。轰轰烈烈的现场会，共有800多人参加，除了华东六省的代表外，养猪大省四川也专门派代表前来观摩，把个镇江的招待所都塞得满满的。

现场会后，猪场的问题很快就暴露出来。由于生猪来源复杂，谁也没有大型猪场的防疫经验，肥猪们开始交叉染病，一死就是好几头。面对横躺在眼前的肥猪的尸体，整个镇江地区的兽医们都束手无策。两年后，猪场的肥猪即便减少到只有一半，还是不能解决防疫的问题。又拖了两年，1962年，这个风光一时的“万头猪场”悄悄地停办了，东乡的养猪方针不动声色地回到了“以私养为主，公私养并举”。自此，东乡人再不搞大呼隆的养殖业了。

当然，徐勇立志做一名优秀的皮匠，除了东乡的传统外，还和王惠琴的影响有关。王惠琴初中毕业后就进了姚桥的漕红皮鞋厂工作，一直做鞋帮，是个熟手，挣的钱竟然比他这个高中生还多，让徐勇的内心很是受伤。

皮鞋厂安排徐勇专门做鞋底。凭着自己高中生的基础，再加上吃苦肯学，他很快就掌握了制作皮鞋底的诀窍。徐勇说，当年别人的话听进去的没几句，但有一句永远记住了，就是："好师傅不怕没事情做，好老板不怕没师傅来。"两年不到，徐勇就成了一名手艺娴熟的制革工人。

果然，好师傅不怕没事情做。有人找上门来，说甘肃兰州有个机会，做皮鞋可以每双多给一毛钱。徐勇算了一下账，每双多给一毛钱，一年能多挣一两千块钱，可以买台大彩电了。就这样，徐勇带上工具，和王惠琴一起，坐了两天一夜的火车，住进了兰州雁滩乡沙洼河的一个皮鞋小作坊里。

王惠琴能够毫不犹豫地随夫去千里之外，一方面固然体现了胆量，另一方面也体现了一种地域文化。传统的镇江女子，属于比较贞烈的一类，敢爱敢恨，敢作敢为。东乡的女子比之镇江城里的女子，可能有过之而无不及。东乡的华山村，至今还有着一个叫作"神女冢"的遗迹。

南朝的《古今乐录》上记载了这样的一个故事："少帝时，南徐一士子，从华山畿往云阳，见客舍女子，悦之无因，遂感心疾而死。及葬，车载从华山度，比至女门，牛不肯前。女出而歌曰：'华山畿，君既为侬死，独活为谁施？欢若见怜时，棺木为侬开。'棺应声开，女遂入棺，乃合葬焉，号'神女冢'。自此有《华山畿》之曲。"

南徐即今天的镇江老城区，云阳为今天的丹阳，华山畿便为今天的镇江东乡。南北朝时代的东乡，说的还是你侬我侬的吴侬软语，诗中的"侬"指代的是"我"。由此可见，为爱情赴汤蹈火在所不惜，在东乡是有着悠久的历史传统的。

徐勇说，沙洼河当时到处都是小作坊，生产出来的东西就近拖到五里铺东部大批发市场里去卖，生意非常红火。二十多年过去了，兰州留给徐勇最深的印象仍然是牛肉拉面和"三怪"：山上不长草，风吹石头跑，大姑娘不洗澡。

徐勇和王惠琴在兰州只待了一年。回镇江过春节的时候，王惠琴对徐勇说，兰州的环境太恶劣了，水土不适应我们，咱俩不要再去那里了。徐勇耳朵根子软，心痛老婆，不去就不去吧，挣钱的机会反正多的是。还真是好师傅不怕没事情做。听说徐勇回来了，又有人找上门来，说苏北盐城的滨海县有个机会，挣的钱不比兰州的少，离家又不太远，跟镇江差别不大，吃住上完全不用担心。徐勇便带着王惠琴高高兴兴地去了滨海。

不过，徐勇在滨海待的时间也不长，只有半年便返回了东乡——因为王惠琴怀孕了。

1996 年的春天，女儿呱呱落地。徐勇突然发现，一夜之间就多出了一份牵挂，从此就让他断绝了远出挣钱的想法。老婆在家带女儿，养家的重任便落在了徐勇一人的身上。他的眼睛盯住了江对过的扬中。此时的扬中，经济发展已经走上了一个快车道，把江这边的东乡拉下了好几圈。

一直到改革开放前后，徐勇家所在的姚桥，在某种程度上也还确实称得上商业发达、经济繁荣：除了形成于宋末明初的 500 米长的老街外，还有着一个与南北街相交的东西街商业中心，熙熙攘攘地集结着近 20 家全民和集体商店，簇拥着 100 多家个体工商户的店铺和固定摊点。特别让扬中人羡慕的是，镇上还建着一个室内贸易市场，里面卖各种东西的摊位也有 100 多个。姚桥医院，名气很响，甚至镇江城里也有人跑过来看病。在当时丹徒的所有 19 个乡里，姚桥是唯一拥有两所乡医院的乡镇。姚桥医院治疗血吸虫病的水平很高，附近农村的患者慕名而来的非常多。最令人印象深刻的还是姚桥镇上的美食。姚桥的东乡羊肉、长鱼汤，已经名列中国名菜谱。此外，姚桥的刀鱼、河豚、鮰鱼、甲鱼，也都特别有名。正因位于南北通衢的重要位置，当时镇江城与姚桥之间，开有专门的姚镇班轮船。东乡人上镇江，大都乘姚镇班。每天从这里开往镇江、上海、南京、常州的客车有 31 个班次，往返扬中的渡船有 9 个班次。对很多扬中人来说，到了姚桥，就好比来到了花花世界。

改革开放之后，作为江苏面积最小的县，每平方公里超过 870 人、人均耕地不足 4 分的扬中，穷则思变，觉得不能再过喝菜粥吃酱油拌饭的日子了，涌现出千千万万的农民供销员，硬是凭着攻坚克难的踏遍千山万水闯市场、吃尽千辛万苦办企业、说尽千言万语拉客户、历经千难万险谋发展的“四千四万精神”，让扬中的乡镇工业从无到有、由小变大，从睡地板到当老板，突破了地少人多的局限，在有限的土地上创造了巨大的物质财富，让整个扬中脱胎换骨了一回，实现了华丽转身：地区综合实力连续11年跻身全国百强县。

最让东乡人羡慕不已的是，1992年的春天，扬中全岛民间集资，开始建设连接扬中与东乡大路之间的大桥。工程红红火火地整整延续了两年半。大桥于1994年的10月正式建成通车。这座桥梁的建成，彻底改变了扬中对外无桥梁相连的孤岛的历史。

徐勇一家也特地赶到大路，好好瞻仰了一番气势非凡的扬中长江公路大桥。通车后的大桥并没有给东乡带来更多的生意，却进一步加速了姚桥繁华的衰落。扬中人不再坐船从姚桥中转，而是坐车通过大桥直接跑向了镇江，跑向了四面八方。

外来的客人呢？更是直奔扬中而去，根本不会再在东乡停留。1995年的春夏之交，从维熙率领中国作家协会长江采风团到扬中采风。采风团根本不知道经过的地方还有着一个历史文化积淀深厚的镇江的东乡。作家们对当时扬中的一切都充满了新奇，黄宗英在扬中写下了这样的一首诗：“我到扬中来，变成小女孩；事事都新鲜，什么都奇怪；梦境已成真，燃我心头爱。”黄宗英已成真的梦境是指她拼死吃了一回镇江长江的河豚鱼。

似乎是一夜之间，姚桥的码头和老街就冷清了下来。看来，以不变应万变，已不适应时代的潮流了，唯有变，才能得以发展，才能过上更好的日子。

1996年的春天，与姚桥隔江相望的扬中油坊镇红旗村的一户人家，把徐勇请去专门制作劳保鞋。因为手艺好，第二年，徐勇被油坊附近八桥镇同胜村的一家鞋厂挖走。第三年，扬中兴隆镇吴家村又以更高的薪水聘走了徐勇。也就是在吴家村，徐勇对“好师傅不怕没事情做，好老板不怕没师傅来”这句话有了更深刻的理解。

徐勇说，这个村现在已经拆迁了。当年我到这个村的时候，几乎家家户户都是个体户，专门生产劳保鞋、手套和服装。那还是90年代呀，这里已经是家家住楼房，户户通电话，水泥路通到了每家的门口。而我老家的村子呢？村上的大路才勉强用石子铺铺，就不用说各家门前的路了。以前是扬中人羡慕我们，现在是我们羡慕人家了。

徐勇第一次发现个体户也可以做得很大。他说，我在姓吴的人家干活。老吴有三个儿子，名字叫作富贵道，谐音“富贵到”。他们家有几十个工人，每天加班加点，一个工人一天工作十几个小时，鞋子还是供不应求，生意好得不得了。我后来才发现，他们家是自己接单自己生产自己卖。大儿子在无锡招商市场有摊位，二儿子在盐城市中心有柜台，老三在杭州也有两间门面房。销路不用愁，生意怎么能不好？

在老吴家拼命干了两年，又有人找到徐勇。这个人是扬中三跃镇的一位姓郭的老板。徐勇说，郭老板人很好，做生意也很有办法，给我开的工资很高。郭老板告诉他，将来如果想挣更多钱的话，只有自己做，但自己做的前提是你要能够买到价格比较低的原材料，还得有市场。一种自己当老板的想法开始在徐勇的心里不断膨胀。

跟着姓郭的老板也做了两年，老吴家的二儿子找上门来。吴老二说，你做的东西确实好。这样吧，你可以在家帮我做鞋子，不用再东奔西跑了，我按时给你出样子发料，按时来拿货，拿多少鞋子就给你结算多少加工费，怎么样？徐勇一听，正合心意。他后来才知道，吴家跟他合作的这种方式，其实叫作“三来一补”模式，供销两头人家还在自己手里捏着，不怕他日后自己单干。徐勇心想，女儿一天天大起来，已经上小学，照应之余，王惠琴也可以帮上忙了，既顾了家，又干了活，岂不是两全其美了？

夫妻老婆店式的“三来一补”家庭作坊运作了三年，时间已到了2003年。这一年，在“非典”逐渐平息下来之后，徐勇的老板梦却迅速升腾起来。羊年即将过去，猴年即将来临。徐勇直截了当地对王惠琴说，明年咱们自己干行不行？王惠琴没有反对他，而是说了句，可以试试。

春节一过，说干就干。加工制作没有任何问题，划样徐勇自己来，整理和包装由王惠琴负责，皮革、鞋底、鞋带、鞋线这些原材料市场上都可以买到，也没什么困难，最大的难题还是怎样把做好的鞋子销售出去。徐勇没有专门学过市场营销学，他肚子里所有的有关市场营销的知识都来自于扬中的吴家和郭老板。

他开始模仿吴家的做法，也跑到大小商场里寻找销售窗口。当他开始跑销售的时候，徐勇发现，销售还真不是他最初想象的那么简单。考虑到运输成本，他把目标市场放在了无锡、常州和镇江三个城市。他不敢也没有钱进高档的材料做高档的皮鞋，只能从相对低廉的劳保用鞋做起。他也没有实力在大商场里设立专柜，更不用说买门面房了，只好放在各地的劳保商店里代卖。徐勇如今才明白，在21世纪的长江三角洲地区，市场对商品的需求已经逐步转向品牌化、精品化，低端小商品市场竞争激烈，小批量的生产已经很难赚大钱了。

最初，徐勇还请了几个师傅来家里干活，后来为了降低成本，基本上都是夫妻两个自己动手了。勉强支撑了两年，徐勇并没有挣到更多的钱，反而把自己折腾得疲惫不堪，憔悴万分。这样小打小闹下去，除了耗费时间精力外，好像也看不到更大的前途。

徐勇后来知道，在这个世界上，绝大部分新开设的企业都会在两三年内死掉，存活下来摸索出一套适应市场的商业模式，并最后取得成功的企业毕竟还是很少数。一个成功的创业者，会带动一批合作伙伴一起赚钱，看到了赚钱的机会，才会有投资人参加进来，往你的企业砸钱，把你的企业规模进一步做大，赚更多的钱。但所有的这些都是后话，最重要的前提是你得有市场；没有市场，一切都是空话。

创业虽然失败了，但对徐勇而言，并不是没有收获。通过两年的摸索和总结，徐勇理解了管理在企业中的重要作用，他多少积累了一些管理的实践经验。他的管理经验，被他姚桥本村的一个姓王的鞋厂老板看中了，而这个老板经营的企业，就是王惠琴当年工作过的漕红皮鞋厂。

2006年春节过后，徐勇和王惠琴一起去漕红皮鞋厂上了班。王惠琴继续做工人，徐勇则成了管理人员。

徐勇说，漕红皮鞋厂规模不算小，有近70名工人，主要生产外贸鞋、商品鞋和劳保鞋三大类，我负责管理进料、发货和质量验收方面的事情。干了没两年，开始建设镇江到泰州的高速公路，高速要经过我们村子，鞋厂正好处在拆迁范围之内。王老板最初还想借助拆迁的机会，换个地方建新厂房，扩大生产规模，不料，从2008年就开始遇到资金紧张的巨大压力，货发出去多，钱收回来少。

紧随其后的2009年的全球金融危机，则让这种压力雪上加霜。苟延残喘到2010年，却又面临用工荒，劳动力成本急剧上涨。好不容易拖到2011年，又迎来了原材料价格上涨带来的原料荒。多重压力叠加的结果，终于彻底压趴了王老板这样的小老板——他们虽然还能从市场上拿到订单，却已经没有力气撑到天亮了，只能抱着“做大还不如做小，做小还不如拉倒”的自慰想法，关门转行，甚至跑路。

2011年元旦刚过，王老板跟徐勇推心置腹地进行了沟通。王老板告诉徐勇，他不准备再做企业了，他的钱这辈子也够用了，他想为村里做些事情，想竞选村长。徐勇知道自己必须得离开了。

通过这么多年的辛苦，徐勇和王惠琴还是积累下了一笔钱。是用这笔钱再来一次创业，还是用来投资门面房，或者干脆消费掉，夫妻两人商量了好久。最终决定，用这笔钱在新区的银杏家园买个40平方米的门面房。银杏家园紧邻着大港的老街，西边不远处就是中国民主革命的先行者赵声的故居。

徐勇是这样盘算的，现在，整个东乡都已经成为镇江新区的一部分。就在2010年的春天，东乡所在的镇江经济开发区刚刚升级为国家级经济技术开发区。投资门面房，随着新区的发展，只会不停地增值。坝圩埭还有房子，村里还有承包田，加上集体的分红，过日子是没有问题的。门面房的租金用来供刚到镇江城里的女儿上学，绰绰有余。如果夫妻俩再找个安稳的工作，吃个安稳饭，岂不是比上不足比下有余了？

通过熟人的关系，王惠琴在镇江人社局找了份保洁员的工作。她在女儿上学的学校附近租了房子，当起了城民，一门心思把希望放在了女儿身上。

徐勇则不然，他还有着一点点梦想，他希望能有一个机会赚更多的钱。此时，镇江新区的主导产业已经变成装备制造、绿色化工和特种金属，重点加快发展的新兴产业则是新能源、新材料、电子信息、航空制造和海洋工程，传统的制鞋业已经迅速萎缩下去。徐勇觉得，如果还想继续待在东乡挣钱的话，有必要重新学习一门手艺了。

徐勇走进了姚桥镇上的镇江新区雄风工具厂的大门。这是一家主要生产各种接杆工具、大小钻头的机械加工企业。这个民营企业的老板正好是徐勇上中学时的同桌。老同学很客气地告诉他，厂里不养闲人，最缺的就是车间工人。徐勇苦笑笑，他对“好老板不怕没师傅来”这句话算是有了更加透彻的感悟。

徐勇是个对手工活特别有悟性的人。他在工具厂里几乎什么都干，最让他引以为自豪的是，除了能够熟练操作小五金的车床、钻床、铣床外，他竟然把水电工的活儿也学会了。他之所以学习这些技艺，是因为他看到新区的发展非常迅速，装潢生意非常来钱。

不过，当他真的想试水这个行业的时候，他发现，鱼有鱼路、虾有虾道，既没有挂靠公司，也没有人脉资源，再没有口碑流传的，想接到装潢的业务，只能在马路边放一个招揽生意的牌子，上写“水电”“油漆”什么的，瞎猫碰死老鼠了。

2013 年，徐勇的女儿在镇江城里上高二了。王惠琴跟徐勇商量说，女儿已到关键时候，明年就要高考了，你不如到镇江找点事情干干，女儿每天看到你也开心些。徐勇知道，镇江新区的企业越来越高大上，做出的产品都是高科技含量的，像他这样的人，除了打打杂，还能干什么呢？也许，在镇江老城区还有一些发展的机会。

到了镇江城里，徐勇发现，一切还得从头开始。他尝试了许多工作，都不理想，便开始重操旧业，当起了水电工。

有一天，在一个建筑工地上，徐勇和另外一个人搭档安装下水管道。徐勇爬上七八米高的梯子，举着电钻打孔。施工到半途，发现缺了一样专用工具。徐勇便叫扶梯子的搭档赶快去拿工具。搭档走后，徐勇想多打几个孔，举起电钻一用力，没人扶的梯子往后一晃荡，徐勇便一个跟头摔了下来。

徐勇说，真是祖上积德，没有摔成骨折，就是伤了筋。伤了筋的徐勇在家里休息了两个多月，才又重返建筑工地。这次意外事故虽说没有造成什么严重的后果，但让徐勇很是后怕，他发现做装潢业务还有生命危险，在安全上一不小心，不知道哪天就会断胳膊断腿的。勉强干到年底，徐勇就彻底放弃了装潢业务。

徐勇仅剩的那点创业的雄心壮志，自然也彻底束之高阁了。

2014年的春节期间，徐勇和亲戚们聚会的时候，说出了内心的苦恼。他说想找一份事做，但一定要有养老啦、医保啦什么的，要像个正式工，到时候正常退休，退休后正常有退休工资，老了有固定的收入来源，可以安心地养老，想出去玩就去玩，想出去钓鱼就去钓鱼。

徐勇的表妹许正萍建议他，我们单位需要几个绿化工，你真的想过得安稳些，就去当绿化工吧。

许正萍是东乡大路许家弄人，当年徐勇在大路彩印厂的工作就是许正萍的父亲帮着张罗的。许正萍大路中学初中毕业后，在多家单位打过工，最后于2011年1月应聘到城投集团的紫金物业做了保洁员。许正萍一家的户口虽然仍然在老家东乡，但如今已在镇江市区宗泽路的尚海花园自购了一套90平方米的楼房，装修得相当漂亮。这房子的一部分钱，就是来自于许正萍个人的公积金账户。

一语点破梦中人。徐勇知道，表妹虽然是保洁员，但单位不仅帮她办理了所有的各项社会保险，还帮她办了住房公积金个人账户，每月按时往她的账户上打钱。农村和城里的福利和收益一个都不少，政府这么好的政策待遇，以前怎么就没想到来享受呢？

这一个春节，兴奋不已的徐勇，第一次向许多人请教农活。

春节过后，徐勇如愿以偿，到镇江市中心的大市口广场做了一名绿化工。

计划好了今后的人生方向，徐勇变得更加脚踏实地。由于不再把挣更多的钱当作生活中的头等大事，已届不惑之年的徐勇，突然发现自己过得竟然比以前更加开心而轻松。

徐勇说，今年的2月21日，我是怀着愉快而认真的心情，加入绿化班这个大集体的。我到紫金物业公司之前，先后做过印刷工、皮匠、木匠，也开过车床、钻床和铣床，不过，做绿化工还是头一回。刚上班的时候，担心自己做绿化会学上很长一段时间，但来了后，大家都很帮我，很快就上了手。以前虽然没怎么干过农活，但毕竟在农村长大的，没吃过猪肉，还没见过猪跑吗？

徐勇印象最深的就是国企对员工方方面面都很关心，有种大家庭的感觉。他说，上班的头几天，管绿化的领导亲自带我们熟悉环境和花草树木的名称。三个月的试用期期间，老绿化工可以说是毫无保留地手把手地教我们，让我懂得了不少园林养护的知识，什么机械的操作、药水的配制、花木的修剪啦，都是以前从来没有碰到过的。我真的深深地感谢他们。

大半年过去了，徐勇确实用行动证明了他是名爱岗敬业的员工。他的主管这样评价他：该同志工作认真负责，积极向上，勤勤恳恳。绿化工程部负责人的鉴定意见则是："该同志工作认真，勤奋好学。"对一名新进员工而言，这样的评语是非常罕见的。

徐勇自己是这样想的："自从我进入公司，成为一个光荣的绿化工后，我就立志做一个不辞辛劳、兢兢业业的好员工，白天认认真真做事，晚上躺在床上仔仔细细想，怎样做得好、做得快，才能得到老员工和领导的认可和赞许。要看到自己缺点，虚心学习他人的长处，争取做得比别人多，心比别人好，处处为业主着想。"

我问徐勇，那么多年的皮匠活丢了，觉得可惜不可惜？

徐勇笑了，没有直接回答我。

他说，一个人的脚上大约有25万个汗腺，每天能够排出一斤的脚汗。我们穿皮鞋时不要赤脚穿，要穿着袜子穿，最好隔天穿，因为脚在皮鞋里容易出汗，如果没有袜子吸汗，脚汗就会很容易渗到皮鞋里，皮鞋就容易变形，还容易得脚气病，把脚弄得很臭。三个人里面，就有两个人左右脚不一样大，也就是平时我们讲的大小脚。人的右脚一般比左脚要大上一些，但相差也就在一个毫米和五个毫米之间。人的个子不长了，脚还会长，年龄越大，脚也会变得越大一些越宽一些，所以，买鞋的时候两只脚都要试穿，要按最大的那只脚买鞋子。

我笑了，看来你对皮匠这职业是今生难忘了。

徐勇反而认真起来，说，忘虽不能忘，不过，对现今的生活，还是很满意的，用皮匠的话讲，就是：上鞋不用锥子——真（针）好。

弄户口

镇江人说的“弄户口”，以前主要分三种情况：一种是解决两地分居，一种是解决城市户口，还有一种就是解决超生孩子的户口。一个“弄”字，真正是意味深长，有着搅得人心神不宁、想办法要去办成的意思，甚至还有几分无可奈何的含义。就普通人而言，弄户口的主要目的，还是为了自己的孩子有一个更加良好的成长环境。

家访对象：绿化工张培荣家庭

家访时间：2014 年 8 月 29 日周五，天气阴

张培荣有个非常能干的妻子。他妻子包的饺子特别好吃，尤其是笋干猪肉饺子。

老张的妻子陈晓艳在镇江海关做保洁员，每天可以在海关食堂免费吃两顿。跟陈晓艳同班的保洁员有个是四川人，经常会送一些老家的笋干给她。陈晓艳就把笋干发好切末与猪肉和作料拌好后做成饺子馅包成饺子，让老张带到单位给同事品尝。这样的饺子味道非常鲜美，有一种独特的香味，咬在嘴里脆中带韧。

这么能干的妻子竟然比老张还要小上五岁。老张说，老婆跟自己是同乡，家里条件不太好，愿意嫁给他，还是看中了他人肯吃苦，不会玩小心眼。

老张出生于1964年6月，江苏泗洪太平谢咀村人。初中毕业于泗洪太平镇的太平中学，随后便在家务农。1985年过江来到镇江打工，2009年春天应聘到东吴绿地从事绿化工作，先后在花山湾广场、凤凰家园做过，目前在新城花园B区继续做绿化工。

他们一家最初是在镇江临时租房生活。2009年的时候，老张自己在凤凰家园购买了一套两室一厅的78平方米的住房，就是现在住的丹凤苑26幢3单元306室。

老张家的房子其实是一套城投集团自己建造的简装安置房，虽说可以拎包入住，但仍然显得相对简陋。老张买的是别人的二手房，每个平方花了2600块钱。当年这价钱不算太高，时至今日，房价早已翻一番。

老张的儿子张森阳在房间里正上电脑。老张的女儿张露露已经出嫁，前几天刚回来过一次，买了一瓶二十年沱牌老窖、两瓶稻花香，还有一箱牛奶、一箱啤酒。老张说，只要自己把酒喝完了，女儿就会马上给他买来。

老张平时在外面不怎么喝酒。我以前跟他喝过酒，他总是说不能喝酒，只喝一点点。不过今天在他自己的家里，则有点放开来的味道。酒后的老张，说起自己的经历来，还真的口若悬河。

话题是从张森阳的超生开始的。

老张说，为了生这个儿子，当时村上把他家房子屋顶整个掀掉了，甚至把他兄弟姐妹的房子也掀掉了，株连九族啊！他不可能让自己的亲戚承担损失，就把早几年在镇江挣的钱都拿出来给了他们。

老张说，挣的钱都赔光了，后来带着儿子再次回到镇江时，他们夫妻两个身上只剩下500块钱了。那一年是1997年。

他说，幸亏家里有人与乡里派出所的所长关系好，房子虽然被扒了，但儿子的户口却找关系给弄上了。

户口虽然给弄上了，罚款却一分不能少。老张说，按当时的政策，超生的，第一个，要按当地城镇居民年人均可支配收入或者农村居民年人均纯收入的三至十倍罚款；第二个在第一个罚款标准基础之上再加倍。缴了罚款后，才能到当地派出所的户籍科上户口。

现在,他们一家四口的户口仍在老家,还守着那片宅基地。全家的身份仍然是“粮农”。

镇江城里有着很多像老张这样的人家:在镇江买了房子,生活了十几年、二十几年,但全家户口仍然保留在老家的农村。

我问他,女儿不好吗?

老张叹口气,女儿怎么不好?人都是自己跟自己过不去,当年想不开啊,总觉得姑娘是替别人养的,儿子才是替自己养的。现在看看,更体贴的还不是姑娘?

老张说,1989 年生的女儿。女儿 5 岁的时候,手里头有了点钱,心思就多了,就想要个儿子了。老婆怀上二胎后,怕被人晓得,一直躲在镇江没有回去。1996 年儿子生下后,乡里还是得到了消息,要我们回去接受处理。我们哪敢回去?就一直摽着。摽到最后,乡里不耐烦了,就上房揭瓦了。

看一眼坐在自己身边的儿子,老张还是显得相当满足。他说,儿子也读大学了,只是有点苦了姑娘。姑娘很懂事,对弟弟也很照顾。女儿中学上完就自己出去挣钱了。最初在上海打工,后来回到镇江,在一家饭店做服务员。姑娘过过苦日子,很孝顺。

那你们到镇江就是为了生个儿子?我追问老张。

倒也不是。老张实话实说,是想过上更好的日子。

泗洪古称泗州,是江苏全省贫困人口比例最高的地区。就在去年,这个县人均纯收入低于 4000 元江苏省定贫困线的人口还有 20 万人。1997 年的老张的老家,农村里一年人均纯收入能够达到 2000 块钱的家庭,就已经相当不错了。

老张家所在的太平镇,正处于洪泽湖的西岸。虽然靠水吃水,当地人的日子还算稍微好些,但真正殷实的人家却也没有几个。正因为贫穷,巴望能够过上好日子的当地人中间,一直流传着许多一夜便能富足的传奇。

老张讲了这样的一个故事:

从前，洪泽湖的渔民都很穷。有家渔民老夫妻，家里特别穷，只有一条破划子和一口破锅。破锅实在不能用了，老两口就划着划子，打算到集市买口小锅。说也奇怪，在洪泽湖里划了不多远，竟看到一个集市。老两口也没多想，就把划子靠了岸，找到一家卖锅的杂货店。让他们生气的是，无论他们怎么打招呼，所有的人都不答他们的腔。眼看天就要黑了，还没人理自己，老头气得要死，什么也不顾了，在杂货店里拿了一口装着点玉米粒的小锅，钱也不给，转身就跑了。出乎老两口意外的是，店里的人也不追他们，随他们跑了。

我笑着问老张，这锅应该是个宝锅吧？

老张也笑了，说，老两口上船后赶紧划船，再回头一看，吓了一大跳。只见周边都是白茫茫一片，哪里还有集镇？老两口这才晓得，刚才的集镇就是早已沉进水里的泗州城啊。第二天一觉醒来，老两口发现小锅里的玉米竟然变成了活蹦乱跳的鲜鱼，就赶紧把鱼拿到市面上卖了，买回了大米，准备回到船上吃顿饱饭。不曾想，上了划子揭开锅盖一看，锅里竟然全都是喷香的饭菜。这一下，老两口吃饭就不用愁了。

老张卖了个关子，问我，你说后来会发生什么？

我想了一下，回他，锅最后肯定丢掉了，否则你们老家也不会有那么多穷人了。

老张大笑起来，说锅最后真的丢掉了。老两口靠这口锅想吃什么就吃什么啊。有一天，老头不在家，老太勤快起来，就把锅拎到洪泽湖边上，想放到水里洗得干干净净的。想不到的是，这口锅一放进洪泽湖水里，眨眼就不见了。老太后悔得投湖的心都有了。从此以后，洪泽湖的渔民就传下来一个风俗：刷锅不再放到湖里刷了。

故事毕竟是故事，现实中的温饱，还得靠自己的双手去争取。

当年跟老婆结婚后，老张夫妻俩便一起到镇江投奔亲戚。亲戚是老张的姑妈。老张的姑妈是1958年独自一人从苏北逃荒来到镇江的，后来在润州的跑马山嫁了人。

老张说，他姑妈有四个小孩，两男两女。男老表里老二最厉害，在镇江属于混世面的。他初到镇江就是由老二罩着才找到立脚之地的。他先是在镇江塑料三厂门口的山坡子上卖菜，陈晓艳则靠着一个油条烧饼摊子卖油饼。别人觉得他们夫妻俩抢了自己的地盘和生意，就撵他们走。结果，他老表出面，叫了几个人，要跟人家打架。对方心里发怵，他们夫妻俩便有了自己的安身之所。

虽然有老表罩着，但老张自己也很注意搞好与周边人家的关系。他说，我在跑马山的时候，有一个老年人资格很老，讲话很管用。有一次他家屋顶漏水，正准备找人。我知道了，就找了个梯子上去帮他修好了。这事让老人特别感动，后来我们就成了忘年交，一有什么事老人就会出来帮我讲话。

老张说当时卖菜很辛苦，他 3 点多钟就从家里出发，骑着辆老的“永久”自行车，去石马收菜。骑过去要四十里，骑回来还是要四十里。冬天出门的时候，人裹得严严实实的，还是冻得直发抖。回到家就不同了，上身就一件的确良的衬衫，还是浑身热气直冒，汗直往下滴。

他收的菜是矮趴趴的石马特产镇江青，下锅就烂，吃到嘴里鲜甜。地头上的收购价是五毛钱，驮到城里却能卖到一块五到两块钱，而且还很抢手。两麻袋菜，那时卖个早上可以赚到六七十块钱。除了卖菜，他晚上还在家门口附近的工厂找了个值班睡觉的工作。陈晓艳则在镇江的大街小巷卖过油饼，炸过油墩子，也卖过很长一段时间的菜。

女儿有能力挣钱的时候，儿子 9 岁了。夫妻俩觉得自己年龄也大了，卖菜实在是辛苦，老张就做了绿化工，陈晓艳也托人进了镇江海关做了保洁员。

老张说，有了安稳的工作，不能再做晚上值班的事了，就买了辆电动三轮车，做载客的生意。没有特殊的事情，他就会在下午 6 点半后出现在镇江站南广场，一直忙到将近 11 点。靠拉客，他说一个晚上也能赚上三四十块钱。老张说，自己不贪，这样一个月也有个千把块钱的额外收入，毕竟老家还有老父亲需要寄钱回去，儿子上学的费用也不少。

老张说，在火车站做拉客生意的主要是淮安人和安徽人，他们欺生，但不敢跟他多啰唆，知道住在附近跑马山的他家老表不好说话。不过，他现在已停了载客的生意。

我有点诧异，问他为什么不赚这个钱了。

老张说，后来他老表家拆迁了，搬走了，他也买了房子搬家了。

说到搬家，老张对一些社会现象很有些想法。他说，他老表家跑马山拆迁，有搞拆迁的工作人员主动找到他们，说包他们的房子。他老表原来开价每间房 9 万块钱，拆迁的人当场拍板说每间给你们 12 万块，其他的就不要管了。这些拆迁的人要求他老表把他们的三间房分成六套房。老张说，当时为了分户，连他们夫妻俩的名字也用上了。

大学生张森阳插话说，爸，弄不清的事不要乱说。

老张便转过话头，夸赞起自己的儿子。他说，今年儿子暑假时外出打工苦钱，苦了一个月，孩子拿到了平生的第一份工资，为我和他妈买了衣服和鞋子。我心里特别开心，孩子懂事了。

除了我，在老张家做客的还有他的同事水电工薛建明。薛建明的家也住在凤凰家园，跟老张家相距不远。

薛建明出生于 1967 年 11 月，为丹徒大路镇薛港郭家村人。初中毕业于薛港中学，最初在江苏省粮食学校电房做维修电工，1994 年调到丹徒县水电安装公司第十八工程队，2013 年夏天方才应聘到紫金物业做水电工。

薛建明能住上凤凰家园的安置房，完全是托自己妻子的福。老张和妻子属于老夫少妻型，薛建明和自己的妻子则属于姐弟型。

薛建明的妻子徐菊香是镇江润州区七里甸曙光大队枣林八组人，比老薛要大上一岁。徐菊香当年虽然出生于农村，但后来村里征地，招工进城到镇江制革厂做了工人，成了厂里的集体户，户口挂在了市中心的双井路 1 号。

老薛与徐菊香两人走到一起，还属于女追男，姐姐追弟弟。

那时老薛和徐菊香都在镇江粮食学校做事，老薛是电工，徐菊香则在食堂帮人打饭。老薛人老实，做事认真，食堂水电上有了什么问题，司务长都喜欢找他。往食堂跑多了，很多人对老薛就有了印象。

徐菊香觉得薛建明这小伙子不错，不知不觉间就喜欢上了他。一喜欢，就心痛，徐菊香每次打饭时总会刻意多打点菜给薛建明，还会在他的饭盒里舀上一勺免费的肉汤。

肉汤就是油水啊，老薛自然是心知肚明，打心眼里感激徐菊香。一来二去，两人就相当熟悉了，虽没点破，感情却是越来越近。到大家都觉得这两人有意思的时候，时间已到了1987年。这一年，老薛20岁，徐菊香21岁。

谈了两年，他们俩请司务长做了个现成的媒，便于1989年领了结婚证，第二年秋天儿子薛磊便出生了。当时老薛家远在大港，在市区没有亲戚也没有住的地方，只好请老丈人想办法。

老丈人也不嫌弃这个女婿，就跑去找大队书记，想要块宅基地。大队书记说，你女婿又不是曙光村上的，批宅基地给他不就乱了套？还是在自家地块上想办法吧！

老丈人想来想去，实在想不出什么更好的办法，就把薛建明叫来，对他说，家里还能砌房子的地方就是猪圈了，把猪卖了，建个小二楼吧。

老薛当时家里没有钱，徐菊香的父亲索性好事做到底，塞给自己女儿三千块钱。那时，万元户就已经很了不起了，这笔钱也算是大钱了。薛建明这才总算有了个安身之处。

结婚不多久，枣林村征地，徐菊香成了城市户口，进了制革厂，而老薛却仍然是农村户口。儿子出生后，受政策规定，始终报不了城市户口。老薛自己并不认为农村户口有什么不方便的，但徐菊香却认为有个城市户口更好，小孩子上学能讨上不少便宜。为弄城市户口的事情，夫妻俩不知道吵了多少次架。

儿子很快长大了，要上小学了。在考虑选择学校的时候，老薛深切地感受到了城市户口的重要性。为了儿子能够上个更好的学校，老薛终于下决心为自己和儿子弄城市户口了。

上个世纪90年代，镇江有一个政策，凡在城区有合法固定的住房、合法稳定的职业，已居住一定年限的，可以批准在城区落户。那时候镇江新区刚设立不久，也算是城区，靠着老薛的老家，商品房价格比较便宜。老薛夫妻俩便东拼西凑，咬牙在新区的梅樱新村买了一套小户。

老薛说，买房子不算，弄自己和儿子的户口，一起花了一万块钱。现在想想，还是值的。儿子读书成绩很好，从学校出来后，就去了苏州工业园区上班，工资比我们高多了。儿子每个周末都会从苏州回来。儿子刚才打电话说，今天下班后从苏州回镇江了，直接去了 KTV 和同学聚会，儿子的女朋友也去了，但没有吃饱。我要叫他妈赶紧再给他做点吃的。

前几年镇江南徐新城拆迁，老薛家猪圈上的房子也在拆迁之列。这个小二楼置换到了凤凰家园凤梧苑的两套回迁房。老薛自己住的一套房子有 90 多平方，两室两厅。还有一套比较大，有 120 平方，准备留着给儿子结婚。老薛说，这大房子现在租给朋友的亲戚住，一个月也能收个 800 块钱的房租。

老薛说，我家住凤凰家园，凤凰家园是公司的物业点。俗话说，邻居好，赛金宝。我们邻居之间关系融洽。在进入公司工作前，我经常无偿地帮助领导接电换灯。有时下班时发现门口路灯不亮，我就自己找来梯子工具进行维修。

对自己的家庭，老薛说，我没有想过很多，我只知道我必须对家里人好，必须要给老婆、儿子温暖的环境，让他们快乐。我不懂送礼不懂浪漫，但是我会在妻子每年生日时，买两个好菜，一家人一起坐下，好好地吃顿饭。平时我们工作都忙，早出晚归，我们总是主动做好家务，不需要多说。

第八章

产权纪事

土地是农民的命根子，而单位曾一度几乎包揽了城市居民生活中的一切。中国经济改革和发展的进程，客观上就是一个不断明晰产权的过程。从土地改革的“耕者有其田”到人民公社化运动，从生产资料私有制的社会主义改造到科学技术是生产力，从农村家庭联产承包责任制到以城市为重点的整个经济体制改革，普通人的命运始终随着产权制度的变革而悲喜沉浮……

野获

农村美丽是中国美丽不可或缺的重要组成部分。“三农”问题直接牵涉到中国社会的稳定和国强民富。从最初的农村和城市的二元分治，到改革开放之后的城乡统筹，再到如今的城乡一体化发展，随着农业发展方式的不断转变、农民自身综合素质的不断提升、农民增收渠道的不断增多、惠农政策力度的不断加大，曾经作为生存重要技能的“野获”，也逐渐演化为农民闲时的一种爱好。

家访对象：体育会展中心保洁田云家庭

家访时间：2015 年 9 月 4 日周五，天气有雷阵雨

田云家住在山里面。

镇江的山其实是丘陵，都不很高，很适合茶树的生长。田云的家就位于五州山北麓的高资茶场东茶场。这里出产的茶确实很有名，金山翠芽、惊春灵芽等都是全国的名茶。

去田云家有两条路。

一条是经过戴家门，从横穿五州山山腰的 312 国道沿着小路一路向北朝山下走，穿过城际高铁和沪宁高铁，就可以望见树木掩映中的东茶场。如果从这条路去她家，你会想，这里的野味一定不少。

另一条是从城西的长江路跨过运粮河，经过六摆渡的观音禅寺和西小圩，朝西张望，由大大小小池塘所包裹着的远方，就是韦家村，韦家村的西南山坡上，就是东茶场。如果从这条路去她家，你会想，这里的鱼虾一定很多。

说是茶场，其实是几十户人家的一个小小的村落。村子里只有一条东西向的路，很容易找到田云的家。

准确地说，这是田云父母的家。

他们家在路南，我们进出的门其实是他们家的后门。他们家真正的大门在南面，开门见山。

这是一户大家。从北向南，是客厅兼餐厅。客厅的东面是房间。出客厅大门，是一个院子。院子的东边是楼梯和灶房，灶房有着两锅大灶。灶房后面是两间堆放杂物的厢房。院子的西边是一条路，南边则是一幢二层楼房。

田云的母亲说这楼房是为三个姑娘准备的。

我说你们家真够大的！

田云的母亲笑着说，后面还有呢。她便带着我从西边小路绕过这幢二层楼，继续往南走。楼的南边，是一片水稻田，水稻田的东面，果然还有着一幢二层小楼。

田埂上随意走动着三三两两的母鸡们，有一只健壮硕大的黑花公鸡立在小土堆上，侧着头，警惕地朝我观望着。土堆边是菜地。菜地里长着青菜。菜地连接着一条向南的小路，小路向南一直延伸到一条东西向的小河边。小河的对面也是稻田。稻田的南面，便是五州山的山脚。由山脚往上，就是茶园了。再往上，便是莽莽的五州山的峰峦。

我正在走神的时候，田云的母亲说，三个姑娘，将来拆迁的时候，一家一份，一个也不亏待。这水稻田，是茶场当年从生产队手上征下来的，正好在场子的最边上，用不起来，荒在这。我们家不用，别人家也用不起来，就请人来插秧，种了水稻。

水稻田大概亩把两亩的样子。

我问，水稻打不打农药？

田云的母亲说,打,也是请人来打。

我说自家吃的,也打农药?

田云母亲说,我们哪有精力来侍候,种茶可以,种稻子就是外行了,都是花钱请人来种的,只能打药治虫——算好时间的,吃了不碍事。

我说大家不是都讲农村里自家吃的不打农药?

田云母亲说,乡下人哪有那么考究?自家吃的不打农药?骗你的!再不打,运气好的话,两三次药总要打的。有机稻不打药,那是当官的和有钱人吃的,我们吃不起。

客厅里是个大圆桌,圆桌上还有个转盘。

田云母亲说,这桌子平时就这样摆着,每个星期,女儿女婿都回来吃饭的。

田云的母亲共生了三个女儿。老大是田云,老二叫作田慧,老三则叫田苗。田云家是儿子,今年已经 14 岁;田慧家是个女儿,长得俊俏可爱;田苗家则是两个儿子,一个比一个帅气。大大小小十几个人坐下来,一张圆桌顿时热热闹闹地挤满了人。

田云的丈夫姓史,和田云都住在西茶场。小史说,他不是上门女婿,但儿子跟妈妈姓田。他说,儿子都是自己的,跟妈妈姓还不都是一样?田云说小史最多只能喝二两酒,酒没喝就话多。

田慧的丈夫姓陆。田云的父亲说,小陆这个女婿 42 度的白酒能够喝上一瓶。最能喝的是三女婿,今天没有来,能喝两瓶低度白酒。

田云的母亲说,她这一辈兄弟姊妹有八个。她和田云的父亲都是龙门港一带的。高资茶场建场的时候,他们两家才一起搬到这里来。那时她才 14 岁。两人在茶场才认识的。结婚后一直想有个儿子,生田慧的时候就罚了款,生田苗罚得更重。

她的眼睛眯成一条缝:现在回头看看,不生哪有这么多的外孙和外孙女?一天到晚让我烦个不歇!

圆桌上有两盘野菜,一样是香干肉丝炒野水芹,一样是花生米凉拌马兰头。

田云的母亲笑着自嘲,又是水芹又是马兰的,野菜的名字是不是都是姑娘的名字?老早野菜吃多了,生了这么些个野丫头。

她说,三年饥荒计划紧张的时候,我们这里都饿不死人。又是山又是水的,到处都有野菜挖,勤快一点,节俭一点,肚子就不会饿着。

田云的母亲如数家珍,把当年自己挖过的野菜说了个遍。

除了马兰头,镇江人叫"头"的野菜还有枸杞头、灰苋头。枸杞头就是结红颜色枸杞子的嫩树叶子,用开水一烫,放点麻酱油,凉拌就行了。灰苋头到处都能长,有点苦,凉拌能吃,晒干后加点肉丝炒味道更香。

野菜里还有猫耳朵和羊耳朵。猫耳朵就是毛毛头,用来做青团的。清明前,把新鲜的猫耳朵洗干净了,捣烂了,和茶米粉拌在一起,做成的团子很有嚼劲。羊耳朵就是野菠菜啦。

最多的野菜要算荠菜和野蒿了。

经常能挖到的荠菜有旱荠、江荠、百脚荠、扫帚荠、碎米荠、莴菜荠这几种,前面的几种特别香,莴菜荠的叶子特别大,香味就淡了。莴菜荠现在田里都当蔬菜种了,市面上卖的就是这种荠菜。

野蒿就多了,有茼蒿、蒌蒿,这已不能叫真正的野菜了,真的野蒿是邪蒿、白蒿、青蒿和抱娘蒿。春天的时候,邪蒿小的整株都可以吃的,特别大的,就摘嫩头吃,凉拌做汤都很好吃,也可以晒干了做成干菜。青蒿,镇江东乡人喜欢用来做青团。抱娘蒿嫩的时候可以吃,嫩的茎可以炒肉丝,长老了可以用来作柴火。

还有不少用动物起名的野菜,像鸭子嘴、马齿苋、燕子不来香、狗脚迹、猴子脚迹、灯蛾儿、小虫子被单、鹅公英、金鱼藻,都可以吃的。鸭子嘴的叶子有点像慈姑,凉拌生吃,也可以采下来,用开水烫过后晾干,吃的时候再用水泡开,切成碎末,用肉丝炒着吃。马齿苋路边上到处都会长,晒干了可以用来做包子馅、饺子馅。燕子不来香就是臭椿芽。臭椿芽是有毒的,不能生吃。臭椿芽采下后,一定要用淘米水泡,把毒泡掉后,才能炒着吃煮着吃。只要一看见天空有燕子飞了,就再也不能吃臭椿芽了!现在大家吃得最多的还是香椿。

以前比较常吃的野菜还有黄花菜、白鼓丁、伢儿拳、茭儿菜、蒲笋什么的。黄花菜不是金针菜，是三芽菜，扬中那边叫草头，常用来做瓶儿菜的。白鼓丁就是蒲公英，小孩子常常叫成婆婆丁。伢儿拳就是蕨菜，山上很多的，炒咸肉吃，味道最好，也可以风干了，腌起来也行，做成小菜搭粥吃。蒲笋炒肉丝、蒲笋蛋汤，吃起来打嘴巴子都不丢的。

还有一些野菜，平时喂猪的，粮食紧张起来，也能用来救命，像矮慈姑啦，老菱叶子啦，看麦娘啦，婆婆纳啦，野豌豆啦，油灼灼啦，板翘翘啦。还有一种灰菜，吃多了容易过敏，特别是树下和墙下生长的，人吃了更容易身上起疙瘩，痒得受不了。

我笑了，这么多野菜，有些听都没有听过。

田云的母亲也笑了起来，现在还有几个吃不饱去挖野菜的？挖野菜都是为了好玩了！

田云的父亲是个喜欢喝酒的人。田云的母亲说，老头子这辈子喝的酒够他洗澡了。

一点酒不喝的男人，还能叫男人？计划紧张凭票供应的时候，我宁愿少吃点饭，都要留点米酿酒喝。老田酒杯一端，就变得相当健谈。

他说桌上长鱼烧肉的长鱼是他下笼子捉的，红烧的龙虾是他用网网的。

我说龙虾我钓过，下长鱼笼子可是个技术活，放错了地方就白忙了。

老田哈哈一笑说，什么技术活？闲着没事，准备了头二十个竹笼子，下晚就在村子四周的水里放放，隔天一大早收回来，又不要费什么力气，多少有点收获。长鱼这东西性大，白天躲在洞里，晚上才出来找食吃。放个笼子在那里，它会自己钻进去。笼子口有倒刺，进得去出不来。以前放一次吃一个星期，现在放一个星期只够全家吃一顿。不过，说到底，还是野生长鱼好吃。下笼子捉回来的长鱼都是黄里带黑的，有的干脆就是青黑色的，劲大凶猛，不像街上卖的养殖的，都是那种黄里透红，带着黑斑点的。两个比起来，味道是一个天一个地。

我问他是不是在水稻田里捉的。

他说,以前在田里是捉得到的,现在都打农药,长鱼龙虾都活不了,要往东面的水库边上下笼子下网。

田云插话说,我们家每个星期都有野生长鱼吃,都是我爸捉的。能吃上好吃的,我们家都靠我爸辛苦。

田云的母亲不乐意了,说,田云的爸爸只负责把东西弄进门,进了门就什么都不管了。你问他,这辈子有没有下过一次厨房?煮饭烧菜都是我包了。烧长鱼的五花肉是不是很好吃?是从高资街上买的。高资街上有一家卖肉的,卖的都是农民自己养的猪。南瓜你们都吃完了?田云你去把另外一碗也端来。这南瓜是我自己种的,红烧吃,味道是不是还好?青菜也是自己种的,没打过农药,多吃点。秋葵也是自家种的,样子不好看,是田云乱刀剁的。

其他两个女儿赶紧哄她,我们家最辛苦的就是老妈!

田云的母亲这才转过脸来看了看自己的两个女婿,说,大女婿是烧什么是吃什么。二女婿呢,最喜欢吃红烧蹄髈。三女婿是个胖子,平时在外面饭局多,来的时候,喜欢吃鱼,特别是红烧鳊鱼。

三个女儿赶紧拦她,妈,还有客人呢!

喝完酒,田云的父亲说吃点饭。我便陪他。

饭是用自家种的米煮的,入口非常香糯。

我问怎么像是糯米?

田云的父亲便说,是一种新大米,只是口感像糯米。

吃完了饭,田云的母亲端上一大碗现烧的青菜蛋汤。

田云的母亲说,青菜是自家田里的,蛋是院子里的鸡下的,鲜不鲜?

我笑着回道,眉毛都快掉下来了!

我和田云的父亲边喝汤边聊天。

老田说,现在农民养的黑毛猪最好吃,当年我们这里可是出野猪的,野猪肉才叫好吃。修了国道后,野猪才没了影子。

沪宁线上,老早也就是镇江才有真正的野猪可以打。上个世纪 80 年代,还有上海人专门到我们这里来打猎的。那个时候，运气好的话，豪猪还能打到。

到五州山打野猪，最早还是镇江英国租界里洋鬼子玩起来的，后来就一直用的洋鬼子的办法。一个人是打不到野猪的。打野猪还要有头二十个协助的人，就是助猎的。助猎的要事先找好，按天算工钱。以前打猎的都喜欢找戴家门的人，戴家门村子比较大，青壮年多，一次就能找齐。

打野猪要在野猪经常活动的地方找个灌木长得很好的山沟，空着一头，在沟的另一头挡上一块布。助猎的人四处吆喝，把野猪往山沟里赶。野猪一旦进了山沟，就会顺着沟里的灌木丛跑，跑到另一头遇到挡布时，会停一下再冲。就趁它停顿的这功夫，躲在附近的猎手就会开枪打中它。这样即使打不中它或打不死它，野猪也不会冲上沟来跟猎人拼命。

我问老田自己打过野猪没有。

老田说，自己没有枪，不敢惹这夯货。就是一般的喷砂枪，打在野猪身上，也没多大用。“文革”时，曾经有几个造反派带着喷砂枪来五州山打野鸡。结果，在打野鸡时，把一只野猪惊到了，野猪就发疯似地朝他们冲来。这几个造反派也不是吃干饭的，就不跑，几支枪同时迎着野猪打。野猪皮厚，打上去不在乎，直接冲上来把一个造反派撞了个大跟头，然后跑掉了。那个造反派的肋巴骨活生生被撞断了好几根，差点送了命。

后来，五州山茶场越来越大，人多了，误伤人的事情也就多了。误伤人的枪一般会打在屁股上，虽然是喷砂枪，也会让受伤的人吓得不轻。为什么会打在屁股上？两人迎面大撞，脸看得清清楚楚的，怎么会误伤呢？只有看不清的时候才会误伤。什么情况下才会看不清？背对着你在地里干活或拉屎的时候才会看不清啊！以为是个动物，一枪过去，屁股还不开了花？

我问田云的父亲，你没打过野猪，总打过野鸡吧？

老田有点得意地说，除了放笼子捉长鱼、网龙虾外，以前确实打过野兔、野鸡什么的，不过，不是用枪，而是用夹子。

我有点兴奋，问，就是能够打野猪的夹子？

他笑了，说，我的夹子都是小夹子，打不了野猪的，就是人踩上了，也没有什么大碍。

老田说，外地人放夹子有不分季节的，我们镇江人放夹子是分季节讲规矩的。一般是从霜降放到过春节。过完春节，立春之后就把夹子都拿回家了。

我问，你以前是什么时候开始放夹子？

我是树上开始掉树叶的时候才在这前后左右的山里放夹子。春天野鸡要孵小鸡，野兔要生小免，再放夹子打，就缺德作孽了。

随便放吗？

哪能随便放！人要走路，兔子也要走路。夹子必须放在兔子走过的路上，不这样放，是打不到兔子的。野鸡也有自己的道。

放道上就行了？

有技术。打野鸡光找到野鸡道不行，还要会用夹子。夹子打到野鸡，十之八九会把野鸡的腿打断。野鸡性子躁，会拼命挣，把断腿留下，还是会跑掉。最后，放夹子的拿不到野鸡，被打的野鸡倒成了别人的外快。我打野鸡，会用黑色的电工胶布把夹子绕上个几圈，这个打到野鸡，绝对不会把野鸡腿打断的，性子再躁的野鸡，也挣不脱的。

说到兴头上，老田便领着我离开客厅，拐到灶房的后面看他的夹子。灶房里弥漫着浓浓的柴火香味，一盏白炽灯散发着橘色的光芒，虽不很明亮，却很亲切。

他在找夹子的时候，我看到地上有两个红色的大塑料盆。一只盆里是老田网来的龙虾，还在张牙舞爪；另一只盆里则游着几只泥鳅，时不时折腾两下，“扑通”作响。

老田把翻出的夹子放在地上，说，泥鳅是捉长鱼时顺带抓的，少，还做不成菜。

老田的夹子大大小小有十几个，都黑亮亮的，看样子保养得很好。老田拿起一只小夹子，松开保险，然后拉开装好，放在地上。他拿起一根小木棍，往夹子上捣了一下。立即“啪”的一声响,棍子被夹子夹住了。他把棍子甩了甩,说,很紧,甩不掉的。

我问他,现在还放夹子吗?

老田笑了,国家早就不让打了。不过,这东西舍不得丢掉,没事总喜欢翻出来看看。

农垦

与共和国历史命运紧密相联的农垦事业，从亘古荒原到鱼米之乡，从单一的农林牧副渔到农工商企一体化，始终是国家发展战略中的一支不可替代的中坚力量，更是当代中国“毫不动摇地巩固和发展公有制经济”的一个缩影。共和国的农垦兴于勇于开拓、艰苦奋斗，未来也将同样因艰苦奋斗、勇于开拓而振兴壮大。

家访对象：如意江南保安胡光家庭

初次家访：2014 年 7 月 4 日周五，天气阴有大雨

胡光非常敬业。

有一次晚饭后巡楼，在一幢楼下发现一只皮包。里面并没有失主信息。他没有把包上交上去，而是一层一层地挨家挨户按门铃，花了两个多小时，终于找到了失主。

家虽然是胡光的家，但前店后居的房子却是他亲家的。

桌上已经摆好了两个地道的东北凉菜。一个是凉皮，一半是猪皮，一半是豆皮。另一个是凉拌土豆丝。

我有点意外。

胡光笑了，说，我出生在山东，但 1 岁多的时候就到了东北，在东北长大的，只会做东北菜。

后来我发现，胡光做得最好的一个菜是小鸡炖蘑菇。

胡光说，东北人招待贵客，一定要上小鸡炖蘑菇的。

他说，小鸡一定要用当年的公鸡，没打鸣的更好。蘑菇则一定是榛蘑。最上品的榛蘑是完达山出产的。新鲜的榛蘑是白色的，在镇江只能吃到黑色的干蘑做的小鸡炖蘑菇。

胡光的叙述是从正在屋里忙碌着的妻子身上开始的。

我老婆王远香是家中的老大，已经退休在家了。我老婆跟我一样，小时候就长在东北。我老婆的老家是你们江苏高邮的。我的老家在山东胶南县。我们兄弟三个，我是老二。

我问，你怎么会到镇江来的？

胡光憨厚地笑了笑。他说，说起来话就长了。

我们夫妻俩在东北下岗后，因为王远香的表妹夫一家在镇江，咱们也就跟着到镇江来了。经人介绍，我们女儿跟镇江本地的一个男孩谈了对象，结了婚，就有了镇江本地的儿女亲家。我亲家母从厂里退下后，一直自己开店做生意。亲家母看见我们在镇江租房子住挺贵的，就把自己的这个日杂店交给我们打理。我们夫妻俩白天帮着守店，晚上睡在店里，在镇江算是真正落了脚。前年，当了保安。

胡光讲的日杂店，就是他现在的家。这里本来是一楼的住宅，两室一厅的房子。北面靠路的一个房间被改作店面，原来的客厅就当作餐厅和仓库，剩下的一间房间便是胡光夫妻俩的卧室。

我问，那你在东北的家呢？

胡光说，他在东北已经没有房子。他当年结婚时，农垦就不分房了，只给了他块地。他花了四千多块钱建了新房，单位补贴了一千多。全家到镇江后，他便把自家的房子卖了，价钱是十万块。

他觉得，现在他们全家不愁吃不愁穿不愁住，每个月自己挣钱自己花，也不用为孩子操心，过得挺好的，没啥激闹的。

我问，你是山东人，又怎么会到东北的？

胡光说，他们全家到东北，跟他父亲有关。

我的父亲叫胡金福，1934年生的，山东胶南农村的。父亲在老家结婚不久，就在1954年参了军。他当时当兵是在青岛海军基地。1959年，苏联将辽宁的旅顺军港还给中国后，第二年中国就成立了北海舰队，父亲也就从山东到了辽宁旅顺，成了北海舰队的一名战士。1965年，父亲从海岸炮兵排长的位置上转业了。那时候山东老家很穷，家门口的山上也不长树，平时连烧饭的柴火都要找上半天。父亲便和几个战友相约，一起去北大荒吧。

胡光说，父亲不属于北大荒最早的拓荒者，他们去的时候，北大荒已经相当红火了。

胡光显然对北大荒的历史了如指掌。

北大荒农垦事业的第一颗火种是1947年在宁安、通北等公营农场播下的，播下这火种的是一批从延安等地来到东北巩固根据地的军人。随后，又有了1949年荣复军人创建的荣军农场，国民党投诚士兵创建的“解放团”农场。再后来，就是1954年第一支整建制的开荒部队——农业建设二师8300名官兵的入驻，以及1956年前后17000多名铁道兵部队的挺进。

胡光说，北大荒大规模的军垦始于1958年的春天。从那年3月份开始，从全国各地陆续来到北大荒的解放军转业官兵总共有81000多人。

1966年，北大荒再次迎来了投身农垦事业的10700多名复转军人。胡光的父亲便属于这其中的一员。

胡光的父亲被分到了密山垦区的853农场。这地方如今属于宝清县。

胡光说，他虽然不是出生在853农场，但他2岁时就跟随父母生活在这里了。

位于完达山麓荒原的853农场，是由当年的铁道兵司令员、解放军副总参谋长、农垦部部长王震亲自考察选址，于1956年正式成立的。刚成立时，853农场的主体为1500名铁道兵。第二年，来了600多名河北支边青年。

第三年，来了2800多名转业官兵和近500人的“右派”。第四年，又来了2000多名山东支边青年。到1965年，853农场再次涌入了600多名北京知识青年。

1966年，当胡光的父亲随同其他500名转业官兵来到853农场的时候，农场的条件已经相当好了，大豆田是一望无际，被人们称作“荒原中的乐园”。

胡光说，我父亲他们来到853农场时，这个农场的规模已经很大，生活设施也相当齐全了。下面除了种子分场、畜牧分场外，还有着六个农业分场；有着40多个机械化生产队，十几个畜牧队，有着基建大队和工副业大队，有着汽车队、修配厂，那么高的机械化程度，全国也是少有的；有着中小学、商店，有着银行和邮电所，有着一份名为《丰收报》的报纸，还有一所职工医院，面积要有2500平方米，当时城市里也不多见。最让我父亲他们羡慕的是，853农场还有着制材厂、粮油加工厂、酒厂，能够把成万吨的粮食和上万方的木材调运到北京，支援首都的经济建设。

最具荣誉感的是，当年，853农场几乎就是“北大荒”的代名词。

胡光不无自豪地说，以853农场为背景，牡丹江农垦局文工团创作了大型话剧《雁窝岛》，轰动全国，很快又由北京电影制片厂改编成电影《北大荒人》；国家副主席董必武亲自为853农场垦荒战士们编写的《雁窝岛》散文集封面题字；《开发雁窝岛》一文被选入小学《语文》课本……北大荒在当时可是革命青年心目中的圣地！

我问，当年北大荒在你父亲的印象中，是不是比老家要好上很多？

胡光说，我父亲觉得，这样的地方跟老家比起来，已经就是天堂了。他赶紧写信告诉我母亲，说找到了可以过上好日子的地方了。我母亲听说北大荒有地可以种，生活条件还这么好，二话不说，带着两个孩子也到了北大荒。我父亲干脆一不做、二不休，就动员自己的兄弟姐妹到北大荒来。很快，我在山东胶南老家的两个叔叔和两个姑姑也一起跟到了北大荒。

多少年来，我一直以为，北大荒从来就是个荒凉的地方，从来就是个“艰苦”的代名词，但从胡光的叙述中，我才发觉，在上个世纪60年代，比起全国绝大多数的农村，北大荒无疑是个人间的天堂。

胡光的父亲扎根北大荒的第二年，也就是“文攻武卫”急剧升级的1967年，“踢开党委闹革命”，整个中国已陷入“全面内战”的动乱局面，但853农场的绝大多数干部职工仍然坚守在劳动的岗位上，当年粮豆播种面积45万亩，总产7.2万吨，盈利594.8万元。

胡光说，与当时全国许多地方相比，谁能说1967年的853农场，不是一方乐土？

胡光的岳父一家，则早在1959年就从江苏来到了北大荒。

1958年，中央发出了《关于动员青年前往边疆和少数民族地区参加社会主义建设的决定》的号召。

王远香父亲那一代人，是打内心里希望参加边疆的建设，满怀理想，要去开发沉睡的处女地。报名离开家乡之前，胡光的岳父已经在徐州煤矿工作。到了853农场后，胡光的岳父成了北大荒的一名推土机手。

巧的是，胡光岳父到853农场的那一年，恰好是“三年自然灾害”的头一年。853农场本来并不缺少粮食，就是生产粮食的地方，怎么会没有粮食呢？为了给国家分担困难，农场还是跟全国其他地方一样，过上了苦日子。那几年，农场生产出来的粮食，除了种子和每人的口粮外，其余的粮食全部上交给了国家。

口粮每人每天只有半斤原粮，准确地说叫作“四两八钱”。所有的职工家属全部吃食堂，每天早晚两餐，每人每个月交六块钱。这虽然已是比当时很多城市还要好的条件，但半斤粮食哪够一个成年人填饱肚子？为了充饥，大家便挖野菜，和着玉米粒和大麦粒一起煮着吃。好在当时的北大荒遍地都是宝，荒原上有成片的野菜，山地里有采不完的蘑菇，河水里有数不清的鱼。一角钱一斤的鱼，农场的职工是成麻袋地往家里运。粮食不够吃，鱼可没少吃。

胡光说，他岳父刚到853农场的时候，虽然农场已经建好了不少的新房子，但他们还是住在地窨子里的。

我有点奇怪：有新房子为什么不住，偏要住地窨子？

胡光说，地窨子冬暖夏凉。在地下挖个长方形土坑，四周立起柱脚，架上尖顶支架，上面再盖上东西，人住进去还是比较舒适的。我岳父他们刚到北大荒的时候，天已经比较冷了，新房子抹泥时，泥抹到墙上就会掉下来，再抹上去，又掉下来，很难抹上去。墙上没抹泥的房子，四面透风，温度都在零度以下，哪有地窨子里暖和？只有抹好了墙，砌好了炕，这样的房子才能住人，也才比地窨子暖和。

胡光说，听他岳父讲，从1962年开始，农场就开始把耕地分作三类：商品田确保上交国家，口粮田确保职工吃饱，园田地每人三分，补充家庭生活。家家户户兴高采烈地在自己的园田地上种上了庄稼，养起了鸡鸭，生活很快改善起来。作家丁玲刚到北大荒，做的就是养鸡的活儿，后来才到畜牧队做文化教员，做妇女的扫盲工作。

生活稳定下来后，我岳父就回了一趟江苏高邮老家，在老家找了个对象结了婚。婚后不久，就带着新婚妻子一起返回了北大荒。

我问，当时的女孩子怎么这么喜欢嫁给北大荒的小伙子？

胡光回道，我岳母说，那个时候，姑娘们找工作、找对象的标准很简单：第一是能吃饱，第二是能挣到工资，第三是能嫁个能挣钱、会过日子的小伙子。按照这个标准，当年的北大荒就是个天堂了！

当年北大荒对普通劳动者来说，或许是个天堂；但对城市知识青年来说，就未必是个天堂。

全国掀起知识青年上山下乡的高潮后，北京、天津、上海、宁波、哈尔滨、佳木斯、双鸭山，这些对口城市的知识青年一下来了8200多人，几乎比农场原来的人口还要多。吃的问题还好，住的问题就大了，更大的问题是这些人根本不会干农活。

为了解决这些人住的问题，几乎每户人家都住进了知识青年，胡光家也不例外。但即便这样，大部分的知青还是没有地方住。刚来的时候，知青不会砌房子，很多人就只好住帐篷，也有些人住过马架子，睡过地窨子。后来砌房子的时候，考虑到知青又不打算在北大荒安家，就建了不少大宿舍。

第一年夏锄的时候，可把不少知青累坏了。胡光说，夏锄季节，有个“早上三点半，地里三顿饭，晚上看不见”的说法。

参加生产的除了农工排的兵团战士，机务排、后勤排的战士都要的，连农场学校的像他这样的学生也要上来帮忙干活。他说，当地人习惯了，不能算特别的苦。

有忙就有闲。冬天是最轻松的。活儿不多，每天不到4点就收工了，也就是活动活动筋骨。待在宿舍里，男知青们最喜欢做的事情就是打扑克赌香烟，有时干脆就是往脸上贴纸条、喝凉水。喜欢读书学习的，时间就多了去了。但那时候动不动会停电，知青们不愿意买蜡烛，都点自制的小油灯，烧柴油的。柴油虽不花钱，但烟灰特别大，一晚上点下来，早上一抠鼻孔，手指都是黑的。

上个世纪70年代末，中国发生了一件大事：城市知青的返城大潮。

这一年，胡光已读初中。他清楚地记得，就从这一年开始，大批的知青离开了853农场，就像当年来的时候一样，一车皮接着一车皮地走了。有的连队人走得太急，不少拖拉机都找不到人开了。也有的知青为了回城，狠下心与本地的配偶离了婚。

那个时候，北大荒人骑得最多的自行车牌子叫作“永久”和“飞鸽”。转业军人和支边青年把自己称作“永久”牌的北大荒人，而把知青叫作“飞鸽”牌的北大荒人。“飞鸽”意味着北大荒只是暂栖的枝头，他们迟早有一天会远走高飞。最终，只有不到4%的“飞鸽”成了“永久”。

胡光说，这些最终留下来的知青，放弃了再做城市人的机会，担当起了家庭和社会的责任，是非常了不起的真正的北大荒人！

我说，“永久”牌的北大荒人似乎很少叙述自己的苦难史，而“飞鸽”牌的北大荒人中却出了很多著名的作家。

胡光淡淡一笑，说，对我们来说，北大荒就是我们真正的家乡，就是我们生活的全部；对知青来说，北大荒的经历，最终只是他们人生的财富。

谈到当时853农场的知青，胡光说他最佩服的是宁波女知青陈越玖。

陈越玖，先是在853农场畜牧排喂猪，后来担任畜牧卫生员，24岁时因为肠癌去世，被追认为烈士，骨灰葬在了北大荒。

胡光是1981年去当兵的。就在这一年，853农场遭遇建场25年来的最大的一次涝灾，受灾面积57万多亩，有29万亩颗粒无收。他说，就是这么大的涝灾，我们那儿也没有饿死过一个人。

当兵的胡光仍然没有离开农场。部队安排他养猪，他成了23军68师后勤农场的一名养猪战士。他精心伺候着猪们，按时给它们喂食。看着猪们茁壮地成长，他真的觉得非常开心。

他把雷锋当作榜样，也学过雷锋在列车上让座。

那年春节，部队让他回家探亲。春运的火车上人挤人。有一个妇女带着一个小孩站在车厢里，没有座位。车子晃动时，她既要顾自己，又要顾小孩，看上去十分疲惫。胡光便站了起来，把自己的座位让给了这母子俩。有不少乘客立时便说，还是解放军好。胡光心里觉得暖暖的。后来，他站了很长一段时间，正觉得有点吃不消时，有人站起来招呼他，让他换着坐一会儿。这让他也很感动。

但最让他自豪的则是，他们农场在1983年荣立了集体一等功：百来人的农场，连续几年，每年都创造着300万左右的利润，人均利润3万元。

一个农场人均创效3万元是个什么概念？那个时期最有钱的人叫作“万元户”；到了上个世纪90年代，才有了“万元不叫富，十万刚起步，百万才叫富”的叫法；再后来，已经不能简单地用百万、千万来衡量，这才有了“大款”一词的流行。如果按如今的合作制和股份制来分配收益，这个农场的所有员工当时都属于的“大款”。

但胡光不可能成为“大款”。养猪战士胡光不仅没有成为“大款”，而且连自己的初恋女友也丢掉了。

随着上大学越来越成为年轻人改变自己命运的渠道，“大学生”的身份标签已经幻化为上世纪80年代最耀眼的光环，“吃菜要吃白菜心，嫁人就嫁解放军”的社会风尚正在迅速退潮。

胡光是清河中学的毕业生。在他参军之前，已经有不少学校的知青老师通过高考去了北京，很多师兄也纷纷通过高考远走高飞。胡光并没有想得太远，因为他跟同班的一个女生感情很好，觉得“老婆孩子热炕头”的理想并不太遥远。

到部队后，他和这位女同学的恋情持续了不到一年，便宣告终结。这位女同学嫁给了高他们一届的一个师兄，很快便生了孩子，并于上个世纪举家去了北京，当了“北漂”。

胡光对离开自己的初恋女同学没有一点坏印象。他说，她是个开朗热情、拼搏向上的人，也是一个非常典型的853人：具有强烈的感召力，无论身处顺境还是逆境，永远都是一张笑脸，带给大家一份开心。

在23军当了五年兵之后，胡光又回到了853农场，回到了自己的家里。

由解放军养猪战士重新变为建设兵团农垦战士后，家里给胡光张罗的第一件大事就是结婚。

胡光说，结婚时家里条件不是特别好，过了很多年才给妻子买了件首饰。当时看到妻子高兴的样子，自己也很开心。他说，刚结婚的时候，父母怕我们自己不会做饭，每天都把饭做好送给我们。有了孩子以后，节假日带着孩子和礼物回家，看到自己父母开心的样子，自己也心情特别好。

让胡光特别欣慰的是，女儿不仅小时候很乖巧，长大后也很懂事，很听话。她上班后，把第一个月的工资全部拿出来，给爷爷奶奶买了礼物。她说是爷爷奶奶从小带大了她，她要好好待他们。胡光说，我们自然很高兴，觉得孩子真正长大了。

1997年，胡光家里失火，房子被烧得惨不忍睹。他的同事们一边忙着帮他收拾屋子，一边给他募捐了一笔款子。这份情义让他始终难忘。后来，只要有机会，胡光总是会帮需要帮助的同事一下。

上个世纪80年代，853农场成为农垦系统改革的先驱者，一方面大力兴办家庭农场，一方面对下属工业单位实行厂长招聘制，同时还对职工实行合同制。从部队回来的胡光，自然也是合同制工人。一直以为自己本质上就是个战士的胡光，一夜之间身份就彻底变成了合同工，脑筋一时还真的扭转不过来。

1987年秋冬之际，853农场的一项重大改革举措有了成果，农场和职工集体投资建立的大麦芽厂竣工投产。这个厂的规模是年产5000吨，经检验试产的大麦芽均为一级品。

这个项目的融资发展模式，即便放在今天来看，也仍然是现代企业需要努力的方向。

胡光对农场的经济改革满怀憧憬。他成了这个麦芽厂最早的员工之一。

他先后在麦芽厂做过工段长和车间主任。胡光说，麦芽厂从1998年后便开始走下坡路，最终关了门。他多少有些遗憾：在麦芽厂，从建到关，他整整干了20年！

离开麦芽厂后，胡光在家闲了几年，然后去内蒙古闯荡了两年，直到2008年才到了镇江。到镇江前，胡光于2007年曾经回过一趟山东老家胶南。

他说，上一次回胶南还是中苏边境自卫反击作战的时候。珍宝岛战斗打响后，由于农场紧邻中苏边境，离珍宝岛不远，他父亲怕战火延烧过来，便于1969年夏天把他送回了胶南。相隔近40年再次回到老家，胡光发现，整个胶南的发展已经是853农场所无法比拟的了。“三十年河东，三十年河西”的巨大变化，不幸应验在了他两个家乡身上。

我对胡光说，北大荒从当年你父辈们心目中的天堂，变成如今有点落后的地方，其中的原因，你应该是最清楚的。

胡光说，要说我们农场的落后，也是改革开放之后的事情。1999年初雁窝岛集团就挂牌成立了，853农场是整个黑龙江垦区第一个实行公司化管理的农场企业集团。但后来小富即安，配套的东西没有跟上，最关键的是留不住人了。改革如果不能让大家得到真正的实惠，甚至连“永久”牌的北大荒人也留不住了，就不能算是真正的改革。没有真正跟上改革开放的步子，是农场发展缓慢的根本原因。

人总是往高处走的。几十年前，山东的年轻人为什么往北大荒跑？还不是因为能过上更好的日子，能够拿上工资，结婚了就能拿上一套房？现在我到镇江来，图的还不是就业机会更好、收入更高点？

沉默半晌，胡光又继续往下说。

不过，农场虽然落后，但那里人的精神却不落后。即便是现在，骑个自行车出去办事，把车往街上一停，还是不用锁。不用说锁车，出去连家门都不锁，心里也不用担心什么。人如果知足的话，待在农场也没有什么不好的。现在我的父母，我们家老大、老三，我们胡家很多人还生活在853农场，岳父岳母也是一样。我们853农场特产一种“小清河”，农场人叫作“雁窝岛烧刀子”的自酿白酒。喝惯了这酒的人，就舍不得离开那地方了，即便离开，心中也免不了牵挂。

胡光的故事讲完了，桌上小鸡炖蘑菇中的榛蘑也被大家全部吃光了。

说实话，这干的榛蘑看上去并不怎么样，但吃在嘴里却异常鲜美，以至于碗里最后剩下的只是鸡块。

胡光说，榛蘑被叫作东北的第四宝，榛蘑炖小鸡就是东北人招待贵客不可缺少的传统佳肴，而完达山的野生榛蘑，至今仍然无法人工培育成功。

差点忘了。

最后要说的是，胡光是一名中国共产党党员。

过一把瘾

锁根是非公有制经济的先行者，知道“下海”后的酸甜苦辣。临分手的时候，我问锁根，老板当过了，再当个普通的保安，心理上有没有落差？锁根笑了，当然有落差。不过，可能正是因为有了落差，这辈子才觉得过得跟别的人有点不一样。我看过不少地方的瀑布，大家都觉得瀑布很好看，很壮观。反过来想想，瀑布给大家很深的印象，还不就是因为有了落差吗？

家访对象：镇房财富广场保安廖锁根家庭

家访时间：2015年6月7日周日，天气阴有雨

很多人都喊廖锁根“廖总”。

一个保安被大家称作“总”，难道是一种黑色幽默？打听的结果，并不是黑色幽默，也没有什么典故，而是锁根真的当过老总。俗话说，老板不在大小，好歹是个法人代表。一个当过企业老总的人，怎么心甘情愿地当起普普通通的保安来了？

锁根家住桃花坞5区21幢301室。但当我敲开他家大门的时候，我以为走错了：几乎没有任何装修的家里，让你找不到一丝主人曾经腰缠万贯的痕迹。

锁根家房子建成于上个世纪80年代，一室半一厅，独厨独卫，前后阳台，

50 多个平方米，是当年标准的套房。因此，在中国的改革开放初期能够住上这样房子的，按我们镇江话讲，都是“有本事的人”。不过，以今天的标准去衡量，未免显得有些寒酸。

客厅里是一张四边可以折叠的木桌，收起来是方桌，打开来便是圆桌。桌子边上放着几张已经有些老旧的木质方凳，虽然漆面有些斑驳，但坐上去仍然非常结实。家里所有的门都是白色混水漆，已经开裂，泛成了象牙黄。除了大房间的门上贴着一只 2011 年的“万事如意”的兔子外，其他门上则贴着一个红色的“福”字。估计这些“福”字的年纪和如意兔差不多。

正对大门的墙上，贴着一张披金戴银的财神像。财神两边是一副对联：“瑞气盈门添百福，四海财源通宝地。”横批是：“金玉满堂。”这副对联把我格登住了，我念了几遍都觉得气不顺。

我有点疑惑地问锁根，这对联是哪个吉祥店里买的？

锁根不好意思地笑了，说是路边摊子上买的，买的时候就剩下这两幅了，半买半送的；卖的人说，这是两个上联，两个下联是“吉庆满堂纳千祥”和“九州鸿运进福门”。

大房间里放着一张双人床，还有一只书柜。除了小说外，书柜里最显眼的是几本佛教故事和易经算命的书。小房间里则是一张上下铺床，一白一花两只肥硕的狮子猫蹲在床上，警惕地望着我。

锁根告诉我，他一个人睡大房间，他前妻和儿子睡小房间，那两只猫是前妻的宠物。

离婚不离家的特殊家庭，我在家访中第一次遇到。

锁根老家是镇江丹徒三山乡的。三山这个地方，三分之一是丘陵，三分之一是平原，还有三分之一是湖泊，虽然风景绝美，但丘陵多干旱，湖区多水灾，想要把田种好，还真的不太容易。所以，在上世纪 80 年代苏南乡镇工业经济兴起之前，丹徒三山的年轻人，总会带着如家乡紫云英一般的梦幻，外出谋生。

锁根的父亲虽然也出身于农村，但他幸运地结识了镇江城里斜桥街的一个姑娘。按当时人的思维，城里人与农村人结婚是需要相当大的勇气的。

如今两个老人都不在了，他们的爱情故事已不得而知，我能够知道的是他们先后生下了六个子女，厮守了一生。

锁根的父母虽然在镇江城里成了家，但根据当时的户籍政策，与城里人结婚的农村人，不得把户口从农村迁入城里，他们子女的户口也只能放在农村。所以，锁根的户口自然跟他父亲一样，也是丹徒三山农村的。

1978 年，锁根在三山中学高中毕业了。这一年，他正好 18 岁，中国农村改革的序幕刚刚拉开。这一年的夏天，他随同 610 万考生一道，参加了曾被关闭了十多年的中国高考。当年，一百个考生中只有六七个能够跨进高等学府的大门。锁根属于名落孙山者中的一员。

老师希望锁根复读，参加第二年的高考，但锁根的家境不允许他再继续读书了。锁根家有六个兄弟姐妹，他上面是四个姐姐，下面还有一个弟弟，自己排行老五。为了两个弟弟读书，姐姐们已经牺牲了很多，锁根必须自食其力了。

锁根最初确实是在家务农的。但每当劳作结束在田边休息的时候，他就会看见飞来飞去叫个不停的麻雀。只要看见麻雀，他就会情不自禁地想到中学课本上农民起义领袖陈胜说的一句话：“嗟乎，燕雀安知鸿鹄之志哉！”种地种了一年多，他觉得一辈子不能就这样过下去。他想他应该出去闯闯，哪怕撞到头破血流再回来，也算甘心了。

想什么事还真来什么事。父亲把锁根叫去，告诉他，镇江彩色印刷厂准备扩大生产规模，需要很多学徒的。父亲作出了一个重大决定：自己提前退休，让锁根顶职。

锁根的父亲自打结婚后，一直想在城里找份工作，但苦于城乡户口的障碍，没有成功。“文革”期间，1966 年至 1969 年这三年，镇江城的初高中毕业生，除了独生子女外，全部下放了农村，却从农村招收了近 9000 名工人，形成了镇江历史上一个特殊的城乡劳动力大对流现象。就在这次城乡劳动力的大对流中，锁根的父亲成了镇江彩印厂的一名拥有集体户口的工人。虽然是集体户口，但总算解决了自己吃商品粮的问题。美中不足的是，集体户口的城镇工人，是不能够把自己农村孩子的户口迁到城里来的。

1980年,锁根成了镇江彩色印刷厂的一名学徒工。从此,眼前热闹的街道和喧嚣的车间取代了锁根眼目中连绵的丘陵和宁静的田野。

进了厂,锁根才知道,父亲原来工作过的镇江彩色印刷厂竟然是镇江印刷行业的“双雄”之一,与镇江前进印刷厂齐名。镇江前进印刷厂属于国营老厂,是江苏省的书刊印刷主要基地,而镇江彩印厂则是江苏省包装装潢公司的定点厂,代表着当时全国最先进的彩印水平。

厂领导把他们这批青工召集在一起,开了一个大会。会上,厂领导告诉他们,这个厂是1956年由28个个体劳动者自己凑了260块钱起家的。当时只是个做做切纸、裱画、装订的生产合作社,生产场地只有30平方米,最值钱的设备就是一台切纸机。而当时的前进印刷厂呢,有工人260个。厂领导激动地说,要知道,当时整个镇江的印刷业职工也才不到290人。现在呢?前进厂有职工350个,我们彩印厂加上你们新进来的,已经有了360个人,超过了他们。厂领导最后说的一句话让锁根印象尤为深刻:事业不是靠祖上留下来的,是靠自己干出来的。

随后,厂里安排他们参观了荣誉室。锁根觉得这个厂实在太了不起了,几乎拿下了当时整个镇江印刷行业三分之二的奖项。图版印刷系列食品、日用品、工艺品包装盒,胶印印刷的挂历、外销包装盒,统统获得了江苏省的优秀印刷产品和华东地区大奖。当锁根走出彩印厂荣誉室的时候,他激动得四肢都有点打颤,脑海里跳出了农民领袖陈胜说的另外一句话:“王侯将相宁有种乎?”也就是从那一刻起,锁根相信自己一定会在印刷行业干出一番大事业的。

对未来充满憧憬的锁根被安排到塑印车间当学徒。这个车间当时刚刚引进六面凹版印刷机和海德堡印刷机,能够在玻璃纸和薄膜上印刷精美的彩色图片、扑克牌、商标、装潢品和有价证券,其设备和工艺都是江苏省最领先的。

厂里看中了锁根的根正苗红,专门把他送到外地培训,学习印刷糖果纸的技术,希望他日后能够挑大梁。但正是因为这次外出学习,让锁根知道了什么叫作跑供销。上课的老师对他说,技术当然重要,但跑材料跑销售更重要，能够赚大钱并不是靠技术，而是靠供销跑得好。

培训回来半年不到，锁根就再也无法专心去印他的糖果纸了。他算了一本账，他即便马上定级为一级工，他的工资也只不过一个月 35 块钱，年底能够拿到的奖金不会超过 70 块钱。但如果去跑供销，年底可能一分钱奖金拿不到，也可能一下子能够拿上几百块钱。他觉得他能够冒这个险，即便跑不到奖金，也总比在农村种地强。

锁根找到厂领导，说他想跑供销，哪怕奖金提成低一点也无所谓。要知道，那个时候，很多人还相当保守，还习惯性地觉得捧着个“铁饭碗”、吃着个“大锅饭”比较安心，很少有人主动愿意去跑供销的。锁根主动找上门来，还真的让厂领导又惊又喜，拍拍他的肩膀，立马同意了他的要求。

锁根成了中国历史上改革开放之后的第一批供销员。千千万万个锁根一样的供销员，有力推动了上个世纪 80 年代镇江经济的飞速发展，成就了镇江地区的“供销员经济奇迹”，也缔造出了闻名全国的“四千四万”精神。

发源于镇江的“四千四万”精神，是从镇江地区近 10 万供销员身上概括提炼出来的，其具体内容就是：“跑遍千山万水，走进千家万户，说上千言万语，吃尽千辛万苦(历经千难万险)。”“四千四万”精神在本质上体现了当时镇江人永不满足的追求、百折不挠的坚韧，敢于赢得合同、赢得市场的拼搏。

镇江的“供销员经济”，用现在的话来说，就是“订单经济”。上个世纪 80 年代中期，在镇江下辖的扬中，27 万人口中，供销员的数量竟然超过了 3 万人，而整个扬中 80%的工业产值，就来自于供销员手中的订单。正是凭借着“四千四万”精神，凭借着手中的订单，很多小供销员迅速成长为大业务员，大业务员又华丽变身为小老板，小老板最后变成了大老板。

锁根在镇江彩印厂跑供销整整跑了 15 年。他可以称得上是一个大业务员，但他从来没有主动想过如何去成为一个老板，他觉得企业实行的承包责任制挺好的，跑供销挣来的钱已经够吃够用了。不过，这种“小富即安”“小胜即满”的状态并没有如他所期望的那样一直延续下去：1995 年，镇江彩印厂进行企业改制，股份被出售给经营层，所有的老职工被“一刀切”，自谋出路。

此时的锁根已经羽翼丰满，经历过世面。他有两点想不通：一是企业要想更活，应该更加围着订单和供销员转才行，忽视了供销员，不就是忽视了市场吗？二是企业的很多领导都是通过各种关系当上的，把企业的产权交给他们，他们除了卖地皮变现，还有更好的办法去创业？后来的历史事实完全印证了锁根当时的想法。

锁根并不怕“一刀切”，他相信订单就是活路，有了订单，还不是想吃什么就吃什么？他便拉了七八个老职工，在老城区的民国春街(46号)找了个地方，投资成立了润州华兴印刷厂，主攻账册和报表的印刷业务。凭着他多年跑供销的人脉积累，他接下了镇江财政系统和许多会计事务所的业务，生意红火得连他自己都有点不相信。

2000年，20世纪的最后一年，也是锁根人生的一个转折点。

这一年，他已经有了一笔不小的积累。仅仅五年的功夫，锁根就有了自认的“第一桶金”。怎么用好这第一桶金？让第一桶金变成更多的金子？他决定涉足当时非常火爆的餐饮业。

有三个方案摆在了他的面前：家里一个亲戚建议他在镇江郊区结合观光农业搞一个大型农家乐；一个朋友建议他结合镇江的文化传统开一家特色江鲜鱼馆；还有一个做婚纱照的女老板希望他去另外一个城市淮阴开一个火锅城。

最后，锁根听从了这个女老板的建议，大家结伴前去淮阴考察。女老板已经在淮阴有了一家生意非常兴隆的大型婚纱摄影店。这个婚纱摄影店的红火景象刺激了锁根，他决定在淮阴投资餐饮，把当时在镇江城非常红火的火锅店引进苏北。

鬼使神差，从来没有搞过餐饮的锁根，竟然选中了淮阴的楚天宾馆白天鹅烤鸭大酒店。他决定把这个有着12个包厢的饭店承包下来，改造成当地最高档的火锅店。他觉得他同样会在餐饮业上取得辉煌的成功，就像他五年前一不小心就把印刷厂搞得非常红火一样。他花了800块钱请了所谓的“高人”给火锅店取名字，最终敲定的名字叫作“天府香火锅城”。他失败之后，才有人告诉他，这个店名谐音“添副香火可成”，意思是离成功还差点，如果在中间加上“自助”二字，就肯定成功了。此时的锁根也只能苦笑笑，徒生苍生有幸我不幸的感慨罢了。

很显然，异地投资开设一家大规模的餐饮店，已经超过了锁根当时的能力和财力。但他似乎就是一根筋，八匹马也拉不回头。为了筹集资金，锁根背水一战，竟然断然地把经营多年的华兴印刷厂作价转让给了别人。

另外一个女人作了最后的努力，希望他开一个规模小一些的饭店，把印刷厂继续做下去，不要把所有的投资都砸在一个项目上。这个女人就是锁根的妻子韦娟。

在镇江彩印厂跑供销期间的锁根，很有一股子闯劲，不仅在业务上敢闯，在情感的追求上也不囊。随着彩印厂业务的不断拓展，很多有知识的漂亮女青年也不断地被招进厂里。有一天，锁根出差回到厂里，与一个苗条白腻的女孩子擦肩而过，他一下子就被吸引住了。他当天就打听清楚了：此美女是装订车间新来的，名字叫作韦娟，已经被好几个小伙子给瞄上了。

供销员最厉害的就是市场信息的搜集。很快，情报汇总完毕：

韦娟，出生于1963年，比我锁根小三岁。有弟弟、妹妹。出生于军人家庭，父亲是南通的，年轻时参加了新四军，先后转战苏北和山东。韦娟本人在山东出生和长大。独立清高，心地善良，能够用心照顾别人，工作认真负责。

接下来的事情，对锁根来说，纯属小菜一碟。追求韦娟时，供销员的“四千四万”精神，在锁根身上发挥得是淋漓尽致：主动出击，千言万语，百折不挠，圆满成功。

1985年，锁根与韦娟办了一个比较风光的婚礼。结婚后的锁根，决心做一个好丈夫，所有的工资和奖金都交给了韦娟，自己几乎不怎么花钱。锁根说，他后来发现一个现象，把工资和奖金都交给老婆的男人，养成了算大账的习惯，80%都混得很好；而自己在家管钱的男人，养成了算小账的习惯，80%都混得有点灰头土脸的。

结婚的第二年夏天，两人的儿子就出生了。

锁根给儿子取名叫作廖韦洋。他说，“韦”是妻子的姓，“廖韦”就是两个人爱情结晶的意思。最初想给儿子取丰收的“丰”的，后来找了个算命的瞎子，说是儿子八字缺水，便改成了“沣”。“沣”的意思是春天里水量也很大的河流。就算是“春雨贵如油”的时候，有了这个“沣”字，也不缺水了。

嫁了锁根这样踏实有为的男人，韦娟自然是心满意足。韦娟先在装订车间当工人，后来调到仓库当保管员，管材料管了八年，直到 1995 年改制，随同锁根一起回家创业。那段时间，她实际上从不干涉锁根的事情，对锁根非常放心，把主要时间和精力都放在了相夫教子上。

但韦娟的劝阻丝毫没有影响锁根的决心。

很多男人都有个不大不小的毛病：烧钱的时候，特别喜欢听外面女人的话，特别不喜欢听自己老婆的话。锁根好像也不例外。

不过，锁根多少还是听进了一些，没有把自己现在居住的桃花坞的房子抵押出去融资。

锁根的桃花坞的这套房子，其实应该算是他外公的。当年锁根的父亲和他母亲结婚后，他外公便在斜桥街自己的房子里隔出了一间，算是给女儿和女婿在城里有个落脚之处。后来遇到旧城改造，锁根便添了点钱，加上拆迁的房款，买了桃花坞的这套房子。果真把这套房子抵押出去，生意失败之后，锁根一家恐怕就不得不搬出去再找地方住了。

理想总是非常美好的，现实总是非常残酷的。天府香火锅城开业后只红火了一个星期，便开始门前冷落鞍马稀了。

楚天宾馆当时属于淮阴商业局。宾馆的总经理徐总和锁根一样纳闷，生意为什么好不起来？徐总便集思广益，张罗着把淮阴所有下属县市的商业局长请来品尝火锅。这些商业局长吃完火锅后，很不以为然地说，这火锅辣得来辣得去的，没什么吃头，没有红烧大甲鱼，没有软兜长鱼，有什么好吃的？

锁根自己并不知道，包括徐总在内，他们其实对淮阴人的消费习惯还不是很了解。由于淮阴的菜具有自己非常鲜明的特色，本身即是中国四大菜系之一淮扬菜的重镇之一，因此，淮安人味蕾对火锅的接受，注定是一个漫长的过程，还要等到十年之后。超前进入市场的产品，和过气了的产品一样，也注定其命运是悲凉的。

一年之后，锁根从淮阴铩羽而归。淮阴之行，让锁根亏损了整整 30 万元。这一年，镇江一个正常上班的工人，一年的平均工资收入还不到 1.2 万元；一套两室一厅的房子，即便在比较好的地段，也不会超过 6 万块钱。涉足餐饮业的结果，让锁根知道了什么叫作"损失惨重"。

"四千四万"的精神让锁根不会轻易地倒下，就此一蹶不振。好在印刷行业的人脉还在，锁根决心重操旧业。原来的印刷厂已经转让，只有另起炉灶。他选中了镇江城与老家三山之间的官塘。在官塘中学，他挂牌校办企业，又办起了一个印刷厂，名字叫作润州区官塘印刷厂，还是由他自己担任法人代表。

印刷厂虽然重新开起来了，但此时的锁根已经不是从前的锁根了。锁根并没有意识到，当他的厂离城市的喧嚣越来越远，离家乡的宁静越来越近的时候，他的斗志其实已经在迅速地衰落。

两年不到的时间，镇江如雨后春笋般冒出的新的印刷企业不知道又有多少家了。而且，这些新成立的印刷企业，不仅资金雄厚，而且设备更加先进。没有太多钱投入的锁根，只能用些二手的设备，接些印刷精度不高的活，算是苟延残喘。

技术含量不高的业务只能靠成本来竞争。像他这样的小厂，最大的成本自然是人工成本，最低廉的人工成本当然是他自己了。为了节约成本，他变得喜欢给工人施加压力，更加容易挑工人的刺，动不动就要人家回家。他后来发现，如果为了压缩成本，只有不断地裁员；人员裁得越多，业务量也接得越少；业务量越少，就越要裁员。裁到最后，几乎只剩下他自己了。

我问锁根，你的第二个印刷厂弄得不太理想，究竟是工人和成本的问题，还是你自己经营上的问题？

锁根说，这两年他反思了一下：当年自己业务红火的时候，业务越好，他就越是去招人；人用得越多，业务就越红火。他已经悟到：一个企业发展得好坏，跟员工的多少没有必然的联系，员工恰恰是企业最宝贵的财富。有活干没活干是老板的事情，活干得好干得坏才是工人的事情。如果因为没活干就裁减大量经验丰富的工人，确实是一种舍本逐末的短期行为。

非常可惜的是，锁根虽然悟出了这样的道理，但他可能再也没有机会去重新实践自己的经营理念了。

一个成功的男人，哪怕回顾自己当年的失败，都是一种财富；一个刚刚失败的男人，即便是回忆起自己曾经的辉煌，也只会徒添痛苦。正如野兽总不愿意把自己的伤口裸露出来一样，当年沮丧透顶的锁根也不会把自己内心的无助向亲人倾诉。但锁根内心的焦虑和受伤的自尊心，确实需要有一种渠道来加以平息和恢复，他不由自主地选择了麻将，沉溺其中，以至不能自拔。

以前的锁根没有夜生活，第二次开印刷厂的锁根有了夜生活，喜欢上了麻将，把家当成了旅馆。以前的锁根，虽然为了跑业务，一年时间倒有半年不在家，但韦娟对他很放心，觉得他就是飞出去的鸽子，到时候自然就会飞回来。第二次开印刷厂的锁根，虽然人没有跑远，深夜也回来睡觉，给韦娟的感觉却是这个人好像已经在自己生活中消失了，她仿佛在吃力地牵着一只风筝，手中的线随时都会断掉。

韦娟并没有埋怨锁根，而是自己默默地每天赶到厂里，亲自做起了装订和糊纸袋的活。但锁根似乎并没有注意到这一切，仍然是一有空就和几个朋友打麻将，甚至彻夜不归了。

韦娟苦口婆心地劝锁根少跟那些朋友来往，说近墨者黑，这样下去，日子就没有奔头了。但那时候的锁根，仍然好面子，不太听得进韦娟的话，却特别听朋友的话。

韦娟养起了猫，而且不是一只，是两只。这其实是一个非常特别的信号。一个女人突然对猫感兴趣，养起了不止一只猫，说明这个女人内心里已经觉得孤单，她需要男人给予更多的关心和温暖。否则，她只会跟这个男人渐行渐远。没有学过心理学的锁根哪里能够看出端倪，仍然是我行我素。

变化最大的是，锁根开始对家里的钱也斤斤计较起来。自从淮阴回来之后，他不再把所有的钱交给韦娟，而是自己挣钱自己花了。

终于，韦娟对锁根彻底失望了。韦娟回了娘家，正式向锁根提出了离婚的要求。

锁根大吃一惊。他根本没有想到韦娟会跟他离婚。他动员韦娟的妹妹和弟弟做韦娟的工作，但韦娟是铁了心，坚决要求离。韦娟告诉锁根，如果不能断绝与那帮打麻将的朋友的关系，改变不了好玩的习惯，只是把家当作旅馆，做夫妻还有什么意义呢？

几乎所有的男人在成长过程中都会出现一点认知上的障碍，往往不知道什么才是自己今生最珍贵的东西。但这种毛病会被某件事情一刺激，突然就好了起来。当韦娟向锁根提出离婚的时候，锁根这才发现，自己忙来忙去，不就是为了老婆孩子吗？如果忙到最后连老婆都没有了，这不是在瞎忙吗？

锁根开始思考自己的生活。他想，当年跑供销的时候，娶妻生子，那时候是非常幸福的。后来被迫创业，奔着自食其力的目标，也很充实。后来有了钱，就想着赚更多的钱，做更大的事情，除了增加一些吹牛的资本，好像也没有觉出更多的快乐。再后来失败回家，除了钱没有了，老婆还是像以前一样关心自己，儿子还是像以前一样在乎自己，也没有失去什么。如此看来，健健康康地生活着，快快乐乐地有些事情做，不就是真正的幸福吗？幸福跟钱多钱少好像没有直接的关系。

锁根悟得更深的是，人生就这么多年，很多事情自己经历过了，不论成功失败，这种经历本身就是一种收获，就是一笔巨大的财富。

我问锁根，当年离婚的时候，你有没有把这些想法跟韦娟谈过？

锁根笑了，那个时候我讲什么话老婆都不相信了，这样的话讲了也没有用，还不如用行动来证明自己确实改变了。

韦娟跟锁根领了离婚证，但并没有跟锁根把家庭财产进行分割。锁根觉得生活的天空虽然阴沉下来了，但早晚还会出太阳，阳光还会照在他的身上。他觉得，自己不能再这样下去了。他好交际，好结交朋友，如果再让他守着个印刷厂，他的时间仍然由自己把握的话，他很难拒绝那些朋友们的诱惑,很难不去打麻将。

2014年的年底,锁根终于做出了一个重大决定:当一个本本分分、普普通通的保安。

他相信,只有用这样的工作来约束自己,才能让自己脱胎换骨,做一个让韦娟再次满意的好男人。

2015年1月,锁根应聘到财富广场做了秩序维护员。他把官塘的印刷厂交给了别人,自己过起了按时上下班的生活。闲下来的时候,也会看一些书。韦娟则仍然会回来照顾儿子,打理家务,只是不再去管锁根的事情。每个月,韦娟都会问一下锁根开销了多少水费、煤气费和电费,然后自己掏一半的钱,两个人实行严格的AA制。

晚上9点半钟,锁根和我都有些微醉了。此时有人用钥匙开门。有一个身材高挑的女人走了进来。锁根说,我老婆回来了。韦娟微笑着向我打了声招呼,便走进自己的房间,把门关上了。我估计她是在照顾她的两只猫。过了一会儿,门重新打开,韦娟站在客厅里开始跟我聊天。

韦娟上身穿着件豹纹衣服,看上去有点惊艳的感觉,显得相当的自信和有气质。讲起话来直来直去,给人的第一印象是性格豪爽,果断有力。

韦娟说,我现在是早出晚归,要到父母家照顾生病的父亲。儿子现在在外地上班,也省了不少心。虽说跟这个人办了离婚证,每次朋友来家里吃完了喝完了,还是我给他收拾整理。这个人心不坏,就是爱玩,现在比以前好多了。这个人有的时候非常马虎的,到现在还是记不起我的生日。离了婚,不用再管这个人了,反而轻松了。以前怎么说他都不听,现在反而对我客客气气了。将来?将来不知道他会是什么样子,还是现在这样子比较好一些。

大约夜里11点钟,锁根送我下楼。我对锁根说,这样的老婆,离了真是太可惜了,赶紧想办法复婚吧。

锁根很不好意思地说,我哪里想离?当年离婚由不得我做主,现在想复婚也是由不得我做主。现在这样大家各自保持一种相对独立的状态,确实让我改变了不少,也许并不是一件很坏的事情。

临分手的时候,我问锁根,老板当过了,再当个普通的保安,心理上有没有落差?

锁根笑了,当然有落差。不过,可能正是因为有了落差,这辈子才觉得过得跟别的人有点不一样。我看过不少地方的瀑布,大家都觉得瀑布很好看,很壮观。反过来想想,瀑布给大家很深的印象,还不就是因为有了落差吗?

后　记

对于历史，我的感悟是，我只能是一个忠实的记录者，本书中的几十个普通家庭只不过通过我的笔在讲话而已。黑格尔曾说过这样一句话："历史题材中有属于未来的东西，找到了，作家就永恒。"寻求这种永恒的努力，不仅仅存在于写作者的笔端，更多地还存在于普通老百姓的心里。事实上，当一个普通家庭讲述与追踪自己家族的历史的时候，这种永恒就已经如同密码一样，被绵长而细密地编织在了他们的叙述与回忆之中。

本书中每一个故事的主角总是给未来留下了充分的空间，他们并不执迷于某一种教条，更不会让自己对生活的信心受制于某种无助或者苦难，他们的创造力和开阔的胸襟，总能让他们找到一条继续前行的道路，总能看到远方的那座山峰或黑夜里的那颗星星。他们生活中的精彩、智慧和温暖，远远超出了我的想象……

每一次家访，我总能阅读到一个普通家庭的不普通的人生，他们的人生阅历，同时也浸润进我的意识，不断地在丰富着我自己的人生阅历，捶打着我的心灵，让我的精神结构更加的多彩和细腻，进而更加成熟。正是从这个意义上讲，家访的过程，就是我不停阅读的过程；记录的过程，就是我精神更加成熟的过程。历史归根到底是由人创造的，因此，人的精神生活的逻辑必然决定着历史的逻辑。可以毫不夸张地说，写作这本书的历史，同时也是我个人的精神进一步发育的历史。

从《我的兄弟，我的姐妹》，到《共和国平民简史》，我对历年来所有热情接待我家访的近400个镇江城建产业集团的普通一线员工家庭，致以深深的谢意！没有他们的精彩人生，就没有我的一次又一次的精神还乡之旅，就没有这本平民简史的文字。如果说文学能够照亮人们的生活，那么，恰恰是这些普通人的生活点燃了我的书写！

时近三年，此书终于付梓。但细究起来，这本书委实称不上是我一个人的成果。

《我的兄弟，我的姐妹》一书于2014年春天出版后，很多人建议我再选择若干个家庭从纵轴上来写一写。贺绍俊先生期望我能写出一本“以普通民众为对象，来重新构建历史”的书。王必胜先生告诉我：“家庭是社会的细胞，家访实录的时候，可以带入他们人生的变化，命运的变化，要让这些普通人，走出来他们的命运感、痛苦感，对生活的渴望。”何建明先生更直截了当地向我指出：“哪怕去写一个非常简单的老太太，如果我们去用她的语言，用她的情感来表达出这个家庭、这个街道、这个城市的变化，就是非常了不得的一件事情；从一个普通人家的一扇门窗入手，从他们的小孩、老人入手，走进他们的生活，可以写出多少精彩来？”

对我的创作进行鼓励的还有何西来、范咏戈、张陵、徐忠志、丁晓原、王晖等专家学者。慧善真诚的何老已于2014年12月8日驾鹤西去，但他病中给我留下的最后的话语我将永远铭记于心：“如果你要写一个镇江的历史文化、地域文化的这么一本书的话，你照样能写得好，照样会有血有肉。我在阅读一个一个的一线职工的家庭的同时，在你的作品中，有一种历史的感悟和历史的展开。”

感谢中华全国总工会宣传教育部的王晓峰部长、中华全国总工会基层组织建设部的张晓辉副部长、江苏省总工会的邢春宁主席和马永青副主席、镇江市总工会的王荣正主席对我的激励，他们都希望我能够把走进普通员工家庭的“亲情家访”工作坚持下去。“亲情家访”是镇江城建产业集团党委开展的党建和精神文明建设的重大活动项目之一，深受一线员工的欢迎。这项活动之所以能够不断取得成果，和宇文家胜同志的全力支持是分不开的。

特别需要一提的是,2014 年 12 月 10 日,江苏省作家协会到镇江开展“深扎”活动,现场指导基层作者的创作。就在这次文学创作座谈会上,我汇报了有关本书的初步创作情况。当时仅仅是个构思而已,连书名都没有想好。听完我的汇报后,江苏省作家协会创作室徐晓华副主任建议我把这部作品定名为《共和国平民简史》。评论家费振钟先生对徐晓华的建议表示赞同,并要求我在建构小历史与大历史的关系上,要能通过小历史的展现,来反映出一个时代的风貌,凸显出一种独特的意义,而不能简单地演绎国史。费振钟希望最终成稿的是一部精心构建的真正普通人的历史,是通过国家史的背景能够衬托出普通人的命运的作品。最后,江苏省作家协会储福金副主席也认为创作这本书是一件非常有意义的事情,希望我能够把普通人生存空间的各个侧面表现出来,越是个人的,才越是国家的。

本书的创作还得到了中国报告文学学会李炳银副会长、江苏省作家协会范小青主席的热情指导。令我感动不已的是,2016 年的夏秋两季,江苏省作家协会汪政副主席先后两次乘火车到镇江,跟我面对面沟通,以师长般的热情提出修改意见后,连夜又乘火车赶回南京。他不仅对本书的章节目录如何安排作了非常详细的建议,还对重点内容的增删指明了方向。

格非对我立足于镇江的叙述给予了充分肯定,让我倍感朋友般的温暖。他说:“镇江是江南文化的腹地,书写镇江的时代变迁和风土人情,具有微缩江南乃至中国当代史的意义。”

温暖还来自于娘家人——镇江市总工会、江苏省建设工会工作委员会的支持。在本书的创作出版过程中,还得到镇江市文联、镇江新区党工委宣传部以及韩益华、朱和顺、佘玉龙、蒋宁、包建国、陶伟、徐炳辉、马季、李雪雄、袁美霞、陈龙、张晓薇、刘葶葶等诸多同志的帮助,在此一并表示深深的谢意。

六度空间理论认为,人与人之间的距离,中间只相隔六个人。每一个人,无论你贫贱或者富贵,无论你在地球的这边还是在地球的那一边,都会有一条路径,将两人紧密地联系在一起。从这个意义上讲,所谓的当代历史,其实是所有当代人的历史。

我希望通过这本书，能够印证出这样的一个道理：如果选择一个合适的方向，找到一条合适的路径，走进合适的平民家庭，就能够看到共和国令人难忘的另一幅历史画卷。一路风尘而来的我们面对着这幅画卷，如果能够感受到一种久违了的温暖，就像小时候母亲怀抱里的那种略高于体温的软绵绵的温暖，就已经足够了！

2017 年 2 月

图书在版编目(CIP)数据

共和国平民简史:一个工会主席的家访周记/董晨鹏著.—南京:江苏人民出版社,2017.3

ISBN 978-7-214-20503-2

Ⅰ.①共… Ⅱ.①董… Ⅲ.①纪实文学—中国—当代 Ⅳ.①I25

中国版本图书馆 CIP 数据核字(2017)第 041196 号

书　　名	共和国平民简史——一个工会主席的家访周记
著　　者	董晨鹏
责任编辑	张晓薇
装帧设计	刘葶葶
出版发行	凤凰出版传媒股份有限公司 江苏人民出版社
出版社地址	南京市湖南路1号A楼,邮编:210009
出版社网址	http://www.jspph.com
经　　销	凤凰出版传媒股份有限公司
照　　排	江苏凤凰制版有限公司
印　　刷	江苏凤凰扬州鑫华印刷有限公司
开　　本	718毫米×1 000毫米　1/16
印　　张	18.25　插页 2
字　　数	270千字
版　　次	2017年4月第1版　2017年4月第1次印刷
标准书号	ISBN 978-7-214-20503-2
定　　价	45.00元

(江苏人民出版社图书凡印装错误可向承印厂调换)